밥 딜런 평전

이 도서의 국립중앙도서관 출판시도서목록(CIP)은 e-CIP홈페이지
(http://www.nl.go.kr/cip.php)에서 이용하실 수 있습니다.
(CIP제어번호 : CIP2008001939)

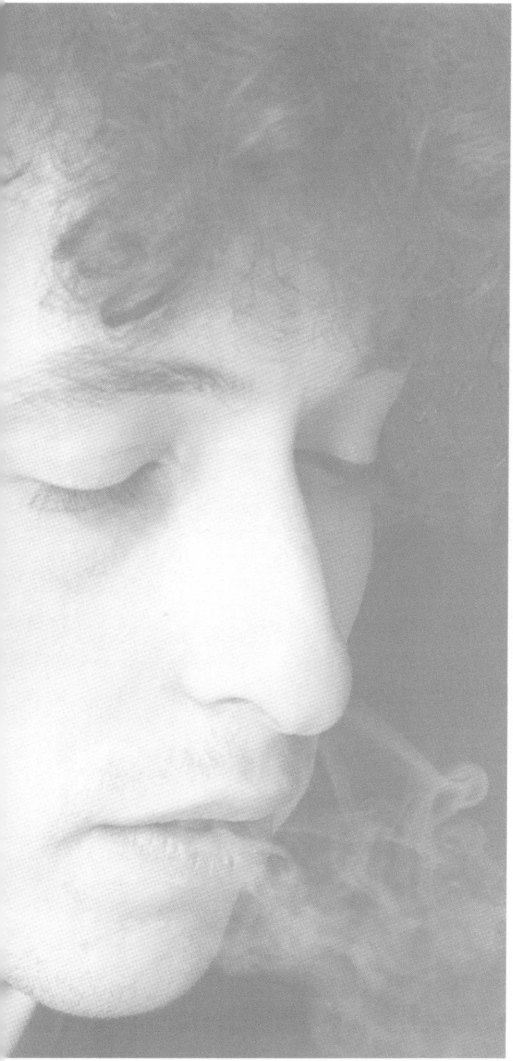

마이크 마퀴스 지음 | 김백리 옮김

역사인물찾기 25

밥 딜런 평전

실천문학사

WE DEMAND
DECENT HOUSING NOW!
NO U.S. DOUGH TO HELP JIM CROW GROW

1963년 8월 28일 오후. 워싱턴 D.C. 경찰청은 20여만 명의 시민이 일자리와 자유를 부르짖는 행진을 하기 위해 미국의 수도로 몰려오고 있다고 발표했다. 여기서 22살의 밥 딜런은 〈배가 들어오면(When the Ship Comes In)〉을 부른다. 무한한 자유를 담은 딜런의 '배'는 '저항운동' 그 자체를 상징했다.

메카시즘으로 고통받던 피트 시거(오른쪽에서 두번째)가 기획한 제1차 뉴포트 포크 페스티벌. 저항곡의 산실이 된 이 페스티벌의 참가자들은 자신들의 운동이 체제 권력과 상업자본에 이용당하는 것을 우려했다. 연인이었던 존 바에즈(왼쪽에서 네번째)와 밥 딜런(왼쪽에서 다섯번째)이 보인다.

딜런의 음악적 아버지가 된 우디 거스리. 딜런은 거스리에게서 독창적인 유머와 격정적인 면모, 개인주의자인 동시에 민중주의자로서의 방랑벽, 대중문화 산업의 관습에 대한 대안, 그리고 현실참여적인 포크 싱어의 전범을 찾아냈다.(위)

비트 제너레이션을 대표하는 시인 앨런 긴즈버그. 그는 실험정신에 가득찬〈구르는 돌처럼〉을 두고, "그것은 위대한 예술이 주크박스에서도 가능한가를 실험해보는 도전이었다"고 갈무리했다. 딜런은 공연 때마다 긴즈버그에게 무료입장권을 한 주먹씩 쥐어주곤 하였다.(옆)

POT
is a
REALITY
KiCK.

딜런의 런던 공연을 찾은 비틀즈의 드러머 링고스타(맨 앞줄), 아내 오노 요코와 어깨동무를 한 존 레논이 보인다. 1964년 〈프리휠링 밥 딜런〉은 영국에서 톱 20위에 들고, 싱글앨범 〈시대는 변하리라〉는 십대들의 열광적인 찬사를 받았다. 그가 방문한 시기를 전후로 영국 대중음악은 변하기 시작했다.

사람은 얼마나 많은 길을 걸어봐야
진정한 삶을 깨닫게 될까
백비둘기는 얼마나 많은 바다 위를 날아야
백사장에 편히 쉴 수 있을까
전쟁의 포화가 얼마나 많이 휩쓸고 나서야
영원한 평화가 찾아오게 될까
친구여, 그건 바람만이 알고 있어
바람만이 그 답을 알고 있다네

_〈바람만이 아는 대답〉 중에서

존 바에즈

아를로 거스리

슬리 스

리치 해븐스

컨트리 조

존 세바스티

그레험 내비쉬

지미 핸드릭스

데이브 브라운

조 코커

1970년 우드스톡 페스티벌에 참여한 아티스트들(왼쪽부터 시계 방향으로 존 바에즈, 아를로 거스리, 슬리 스톤, 그레험 내쉬. 지미 핸드릭스, 데이브 브라운, 조우 코커, 존 세바스티앙, 컨트리 조, 리치 해븐스), 이 페스티벌을 조직한 히피 자본가들은 어렵게 딜런의 공인을 받아 지하 신문에 '3일간의 음악과 평화'라는 광고를 실었다. 그러나 밥 딜런은 정작 참여하지 않았다.

2003년 비평가들의 조롱거리가 된 특집영화 〈가면을 쓴 익명의 존재(Masked and Anonymous)〉는 모호하게 처리된 군부와 기업의 독재, 가난과 게릴라전, 국가의 테러, 그리고 미디어 조작으로 전염된 사회를 그 배경으로 삼고 있다. 딜런(오른쪽에서 두번째)은 잭 페이트(Jack Fate)란 이름으로 전설적인 가수이자 작사자의 역할을 맡았다.

영국의 하드록 카페에 있는 밥 딜런의 수기(手記).

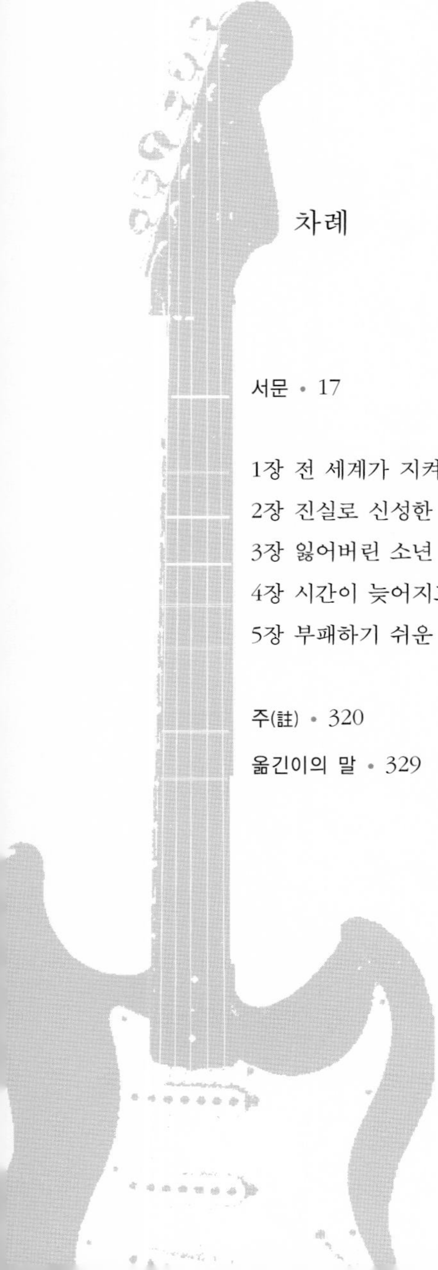

차례

서문

9·11사태가 발생한 몇 주 뒤 열린 한 콘서트장. 수많은 청중들의 환호 속에 밥 딜런Bob Dylan이 등장했다. 그는 말없이 〈전쟁의 지배자들Masters of War〉을 부르기 시작했다. 순간 객석 어딘가에서 누군가의 외침이 들려왔다. "빈 라덴Osama bin Laden에게 죽음을!" 삽시간에 객석을 가득 메운 청중이 소리를 지르기 시작했다. "빈 라덴에게 죽음을! 빈 라덴에게 죽음을!" 노래는 잠시 중단되었다. 저항의 시대, 미국의 군산복합체를 비판하던 그 노래가 거대 자본주의 시대에는 대테러 전쟁의 적을 공격하는 노래로 받아들여진 것이다.

늘 그랬던 것처럼, 딜런은 아무런 말도 하지 않았다. 왜 그 노래를 불렀는지, 청중들의 외침에 대해 어떻게 생각하는지……. 베트남전쟁에 대한 견해를 끝끝내 밝히지 않은 것처럼 그는 침묵할 뿐이었다. 1대 부시George Hebert Walker Bush 대통령이 걸프전을 치를 때 열렸던 1991년 그래미 시상식에서도, 또 2004년 대통령 선거 전야제에서도 〈전쟁의 지배자들〉을 불렀지만, 그는 그 노래에 그다지 깊은 의미를 부여하고 있는 것 같진 않았다.

이처럼 오랫동안 사랑받는 노래나 예술작품이 창작될 당시의 역사적 성격과 달리, 엉뚱하게 수용되기도 한다. 이는 작품의 의미를 함께 공유할 수 있는 확고한 기반과 환경이 조성되지 못했기 때문이다. 때론 그것이 지닌 역사적 성격이 정반대의 뜻으로 변질되기도 한다. 한 대형 회계 법인 회사가 〈시대는 변하리라The Times They are A-Changin〉를 광고 음악으로 채택한 것이 바로 그 예이다. 저항적인 예술마저 상업용으로 도용하는 현대 자본의 위력을 이보다 더 실감나게 보여주는 사례가 또 어디 있겠는가?

내가 처음으로 밥 딜런을 만난 게 언제인지 정확히 기억나지는 않는다. 다만 투표권을 갖게 되고, 스스로 문화 상품을 선택하는 소비자로 첫발을 내딛으면서 그의 존재를 의식하게 되었다는 것만은 분명하다. 1967년 열네 살이 되던 무렵, 나는 그때까지 출시된 딜런의 앨범을 대부분 섭렵했다. 나는 그가 진보적인 문화 의식의 최첨단을 걷고 있다고 확신했다. 물론 딜런에 대한 전설도 잘 알고 있었다. 그가 남들의 비판 따위에 아랑곳하지 않은 채, 요란하게 오토바이를 몰며 자신의 은둔처로 가버렸다는 사실도 알고 있었다. 그의 신화에 온몸으로 감응하던 나는 딜런풍의 시를 써보려고 애를 쓰기도 했다. 이는 나뿐만이 아니었다. 사회적 명성이나 지위보다 책이나 사상을 더 적극적으로 받아들이고, 가치 있는 '무엇'의 일원이 되고 싶어 안달하던 당시의 청년들에게 딜런은 불가사의한 힘을 지닌 존재였다.

딜런은 나의 모순된 충동 위에 놓인 다리였다. 돌이켜보면 세상은 옳지 못한 일로 가득했다. 그런 세상에 도전하는 이들처럼 정의로운 이들이 어디 있겠는가! 나 또한 그런 사람이 되고 싶었다. 하지만 동시에 세상은 아름답고 경이로운 것들로 가득 차 있었다. 나는 그것들을 모조리 경험해보고 싶었다. 그래서 다양한 시와 영화, 그림, 음악을 걸신들린 듯 집어삼키고, 점점 더 폭력적으로 변해가는 사회를 변혁시키기 위한 방안들에 대해 밤새 고민하기도 했다. 어떻게든 개인과 사회라는 두 영역을 화해시키고자 했으며, 온 힘을 다해서 정신을 단

련했다. 1960년대의 경험—특히 딜런의 노래—이 내게 끝없는 메시지를 던지고 있었다. 어쩌면 그 당시의 나는 지나치게 자주, 정치에서 미학적인 부분을, 미학에서 정치적인 부분을 기대했는지도 모른다.

나는 1960년대에 헤아릴 수 없이 많은 선물을 받았다. 급속도로 확장되어 예상조차 하지 못했던 대중 급진주의의 일원이 되어 그 시대를 직접 목격했고, 냉전에 대한 아메리카의 오만한 가설들이 저돌적인 폭력으로 도전받는 것을 목격했다. 그 과정을 지켜보던 미국인들은 어느새 변화에 대한 가능성을 현실로 믿게 되었다. 이것은 축복이자 저주였다. 그러한 시대에 '젊다'는 것은 워즈워스William Wordsworth가 말한 '진정한 천국'(윌리엄 워즈워스의 시구, "살아 있다는 것은 행복이지만, 젊다는 것은 진정한 천국과도 같다Bliss It Was to Be Alive, But to Be Young Was Very Heaven"에서 인용)이 아니었다. 1960년대의 미국에서 젊음은 시시때때로 불안하고, 두렵고, 끝없는 도전에 놓여 있다는 의미와 같았다.

물론 미국의 1960년대는 전 세계 1960년대의 일부에 불과하다. 하지만 미국의 1960년대는 분명 어떤 변별력을 지닌다. 대중정당의 부재, 인종차별의 중심지, 미국의 독특한 운명과 정체성에 대한 광범위한 신념, 그리고 감히 입에 올리지도 못했던 제국이 되었다는 현실 등, 1960년대의 미국은 전 세계적인 소비 확대 정책과 미디어 집중 현상이 가장 뚜렷하게 앞선 곳이었다. 그런데 역설적이게도 미국의 자본은 혁명적 열기로 가득한 미국의 반체제 문화를 세계로 퍼뜨리는 데 일조하였고, 그 중 하나가 바로 밥 딜런의 음악이었다. 그래서 그의 노래를 이해하기 위해서는 그의 노래가 뿌리내린 시대와 장소의 근원을 먼저 밝힐 필요가 있다.

1960년대는 극단이 응축된 시대였다. 수많은 영혼들을 뒤흔들던 갈망, 좌절, 열정, 그리고 혹독한 자기 회의들이 한껏 고조되었다가 단번에 급락한 시대였다. 딜런의 노래는 이와 같은 1960년대의 복잡다단한 정치·문화적 요소들을 그만의 색깔로 활기차게 제공해주고 있다. 한 가수의 작품에서 그토록 많은 역사적 경험을 발견할 수 있다는 것은 참으로 드문 일이다.

딜런의 음반·테이프·CD는 발매 이래 3천5백만 장 이상 팔렸다고 한다. 비틀즈Beatles나 엘비스 프레슬리Elvis Presley, 프린스Prince, 마돈나Madonna, 엘튼 존Elton John, 마이클 잭슨Michael Jackson, 이글스Eagles, 에어로스미스Aerosmith, 그리고 케니 로저스kenny Rogers 등이 1억 장이 넘는 판매고를 올렸다고 하지만, 대중문화사에서 중요한 것은 단순히 얼마나 많은 사람들이 상품을 구매했는가가 아니라 그 상품이 사람들에게 어떤 의미를 주며, 그들의 삶에, 또 그들의 상상력을 구체화하는 데 어떤 역할을 했느냐이다. 대중문화란 획일적인 집합체가 아니기 때문에, 그와 관련한 미적 가치관과 정치성에 대해 우리는 특별한 판단을 내려야만 한다.

나는 이라크에 포화가 쏟아지는 동안 이 책을 썼다. 최근 몇 달 동안 만난 젊은 반전 운동가들은, 딜런이 약 40년 전에 정치적 연대에서 등을 돌렸음에도 불구하고, 당시 그의 활약상을 알고 있었으며 그를 반전 예술가로 인식하고 있었다. 나는 가끔 그들이 1960년대에 지나치게 주눅 들어 있다는 생각이 든다. 우리 세대와 딜런에 대한 무반성적인 찬사는 이들에게 도움이 되지 않는다. 그 시대가 남긴 유산은 풍부하지만, 이는 비판적으로 검토될 경우에만 누릴 수 있는 것이다. 딜런의 예술을 통해 얻을 수 있는 한 가지 교훈은, 대중문화 생산자와 소비자들이 공정하고 적절한 환경에서 그 시대의 유산을 구별하고 판단하기 위해서는 양자 모두에게 아주 활발하고 논쟁적인 태도가 필요하다는 것이다.

1960년대 이후 이어지는 딜런의 작품은 1960년대의 작품만큼 시대와 밀착되어 있지는 않은 것으로 보인다.

어쩌면 딜런의 노래는 그 시대의 투명한 반영물이라기보다 차라리 그 시대에 반응하고 영향받은 한 개인에 의해 만들어진 구성물이 아닐까? 딜런은 수동적인 피뢰침도, 장대한 역사적 흐름을 이끄는 위대한 지휘자도 아니었다. 오히려 그는 그러한 흐름을 가로질러 앞서가는 항해자에 더 가까웠다.

이 책에서 다루어진 기간 동안 딜런은 아홉 개의 앨범을 출시하고 수백 개의 미발표 곡을 만들었다. 라이브 공연도 셀 수 없이 많이 했다. 또 포크 싱어에서 저항 가수로, 로큰롤 시인으로, 고국의 현자로, 문장가로, 정치적 · 개인적 변모를 신속하게 거듭해 동료들을 놀라게 했다. 실로 생생하고 박진감 넘치는 변화라 할 만하다.

이 책은 예술가와 저항운동에 관한 이야기이며, 궁극적으로는 서로 맞닿아 있으나 쉽게 풀리지 않는 개인과 사회의 위기에 관한 이야기이다. 이 이야기들은 광범위하고도 다층적인, 역사적이라 할 만한 순간들과 함께 전개될 것이다.

마이크 마퀴스Mike Marqusee

1장

전 세계가 지켜보고 있다

정직한 사람은 모두 예언자이다.
그는 사사로운 일이든 공적인 일이든
자신의 생각을 말한다.
__윌리엄 블레이크William Blake

1963년 8월 28일 오후. 워싱턴 D.C. 경찰청은 20여 만 명의 시민이 미국의 수도, 워싱턴으로 몰려오고 있다고 발표했다. 몇 시간 사이, 애초의 예상보다 훨씬 더 많은 사람들이 미 전역에서 물밀듯 밀려들어왔다. 스물한 대의 전세 열차와 수백 대의 버스가 꼬리에 꼬리를 물고 길 위에 늘어서 있었다. 이날, 워싱턴에 모인 시민 대다수가 흑인이거나 남부 출신이었지만, 그 중에는 노조 당원, 학생, 지식인, 좌파 급진주의자 등 수만 명의 백인들도 섞여 있었다. "자유를 갈망하는 마음으로 오늘 아침 깨어났네……." 그들은 〈자유의 노래Freedom Medley〉(1961년 결성된 피터, 폴 앤 메리Peter, Paul and Mary의 노래—옮긴이)를 부르며 거리로 쏟아져 나왔다.

미국의 수도 한복판에서 펼쳐지는 반反인종차별운동

의 뜨거운 열기가 TV 방송망으로 생중계되고 있었다. 사람들은 마치 군무하는 새 떼처럼, 온갖 인종이 뒤섞여 일사분란하게 움직이는 운동의 일부가 되었다는 사실에 저마다 흥겨워했다. 더 이상 이들에게선 주류 사회로부터 추방되어 미시시피 골짜기나 후미진 대학 캠퍼스, 공장 등으로 밀려나면서 느꼈을 외로움 따위는 찾아볼 수 없었다.

시위자들이 모여들자 워싱턴광장 부근에 자리 잡고 있던 포크 싱어들이 환영해주었다. 존 바에즈Joan Baez가 〈오, 자유Oh, Freedom〉를, 오데타Odetta가 〈내 길을 가련다I'm On My Way〉를 노래했다. 이어서 스물두 살의 아티스트 밥 딜런이 헝클어진 머리를 한 채 가냘프고 긴장된 모습으로 마이크를 넘겨받았다. 그는 거대하게 운집한 아프리카계 미국인 군중 앞에 서서 아무 말 없이 두 곡의 노래만 부른 후 무대를 내려왔다. 그 노래는 둘 다 최신 곡이어서 청중들은 물론, 동료 포크 싱어들에게조차 낯설었다. 하지만 당시 상황에 완벽하게 들어맞는 곡들이었고, 그날 다른 싱어들이 부른 곡들과는 다른 무엇인가가 느껴졌다.

첫번째로 부른 곡은 〈배가 들어오면When the Ship Comes In〉. 딜런은 이 노래로 민중의 거대한 폭발에 축

배를 들었다. "바다가 갈라지고 해안선이 흔들리는" 그 거대한 폭발에 "태양은 갑판 위에 서 있는 모든 얼굴들에게 경의를 표할 것"이며 "물고기들이 웃음을 터뜨릴 것"이며, 심지어 "모래 위로 바위들이 우뚝 솟아오를" 것이다! 모든 것을 아우르는 무한한 자유를 담은 딜런의 '배'는 '저항운동', 그 자체였다. 이 '배'는, '그날'을 예고하며 사람들 속으로 들어오고 있었다.

성경 구절을 인용한 이 노래는 평등한 미래를 약속하고 있었다. 이 약속은 마틴 루터 킹Martin Luther King의 '꿈'과 뿌리를 같이하고 있었다. 그러나 〈배가 들어오면〉은 킹 목사가 언급한 화해와 용서, 궁극적으로는 공민권운동(미국의 인종차별 철폐, 소수파의 권익보호운동이다. 1964년에 법률이 제정되었다—옮긴이)이 적을 변화시킬 수 있을 거라는 신념과는 다른 느낌을 주었다. 특히 마지막 두 연에서 그 차이가 확연히 드러난다.

오, 적들은
여전히 잠이 덜 깬 눈으로 일어나겠지.
그러곤 침대에서 일어나 조금 전 꾸었던 꿈을 생각하겠지.
자신을 꼬집어보고 비명을 질러대면서

그 꿈이 사실이라는 걸 깨닫겠지.
이미 배가 들어와 있다는 걸.

적들은 두 손을 번쩍 쳐들고서
너희들의 요구를 들어주겠다고 말하겠지만,
우리는 뱃머리에서 고함을 칠 거야.
"너희의 시대는 갔노라!"
그리하여 파라오의 족속처럼
적들을 물속으로 떠밀어 넣고 말 거야.
그러면 골리앗처럼 승리를 얻게 될 거야.

통쾌한 보복 심리를 담고 있는 이 승리의 찬가는 사실 딜런이 사소한 푸대접을 당한 뒤에 만들어졌다. 워싱턴 행진 몇 주 전, 딜런이 호텔에서 쫓겨나는 사건이 일어났다. 행색이 초라하고 말이 없는 그를 호텔 직원이 알아보지 못한 것이었다. 존 바에즈가 돌아오고 나서야 일은 간신히 수습되었다. 딜런은 자기 방에 틀어박혀 골똘히 브레히트Bertolt Brecht와 바일Kurt Weill(독일의 작곡가. 1935년 미국으로 이주했다—옮긴이)의 '해적 제니Pirate Jenny'[1]를 생각했다. 그 뒤 곧장 〈배가 들어오면〉을 썼다. 잔뜩 뒤틀린 심사가 시심詩心으로 옮겨진 것인데 딜런에게는 흔한 일이었다.

그가 부른 두번째 곡 역시 한 사건에서 비롯됐다. 6월 12일, 케네디John Fitzgerald Kennedy 대통령이 새로운 공민권을 위해 법률 제정을 모색하겠다는 뜻을 공포했다. 그로부터 불과 몇 시간 뒤, 미시시피 주州 잭슨에서 '전미유색인종지위향상협회National Association for the Advancement of Colored People'(주로 NAACP라 약칭한다. 두 보이스Du Bois가 이끄는 흑인 청년단체와 백인 단체가 통합돼 1909년에 창설된 인종차별 철폐 기구—옮긴이)의 지도자인 메드거 에버스Medgar Evers가 비통하게 암살당한 것이다.

〈배가 들어오면〉이 끝나자마자 딜런은 침통한 장례식에 어울리는 〈그는 단지 하수인이었을 뿐Only a Pawn in Their Game〉을 연이어 불렀다. 이 곡은 사실상 메드거 에버스가 아니라 암살자와, 특히 그러한 암살자를 낳은 당시 정치체제를 겨냥하고 있었다. 그는 마치 랩을 하듯 분노를 곱씹으며 〈그는 단지 하수인이었을 뿐〉을 읊조렸다. 흔히 이 노래에서 딜런의 직접적인 분노가 느껴진다고 하지만, 사실 이 노래 안에는 분노 이상의 의미가 숨어 있다.

남부 정치인이 가난한 백인을 훈계하네.
"당신들은 흑인들보다도 더 많은 것을 소유하고 있으니 불평하지 마.
형편이 훨씬 더 좋잖아.
백인으로 태어났으니까."
그들은 알려주네…….

모두가 자유와 해방, 그리고 단결을 노래하던 때, 딜런은 이 노래를 통해 인종차별주의를 계급에 기초하여 분석하였고, 동시에 백인 특권에 기반을 둔 미국의 정책을 농도 짙게 풍자했다.

그사이 불어난 군중은 연방보안관들을 무시하고 예정보다 이른 시각에 링컨광장 쪽으로 밀어닥쳤다.

행진의 지도자들은 무대 뒤에 자리를 잡자마자 언쟁을 시작했다. 논쟁점은 학생비폭력조정위원회Student Nonviolent Coordinating Committe(SNCC라 약칭한다. 1960년 사우스 캐롤라이나에서 다이앤 내쉬Diane Nash와 존 루이스John Lewis가 만든 단체—옮긴이) 측의 존 루이스의 연설이 지나치게 편협하고 성급하며 과장이 심하다는 것. 루이스의 연설 초안에는 연방정부와 케네디가 제안한 법률의 부적절성을 꼬집는 신랄한 비판이 가득했다. 이는 연장자들에게 선동적인 언사로밖에 보이지 않았다. 행진 자금을 지원한 미국자동차노동조합United Automobile Workers of America 간부는 그 연설문을 보고 펄쩍 뛰면서 화를 냈고, 가톨릭 대주교는 연단을 떠나겠다고 윽박질렀다. 후원자라곤 거의 없는 학생비폭력조정위원회의 활동가들을 지원하겠다던 전미유색인종지위향상협회 지도부조차 루이스에게 삿대질을 하며 고래고래 고함을 질렀다. 루이스도 물론 그에 응수했다. 킹 목사는 루이스에게 연설문의 어투를 조금만 바꾸고, 대신 내용은 그대로 하는 것이 어떠냐고 제안했다. 루이스가 그 제안을 받아들이자, 제임스 포먼James Forman(초여름에 딜런이 미시시피에서 만나 감탄을 금치 못했던 학생비폭력조정위원회 사무장—옮긴이)은 논쟁이 된 부분을 삭제하고 연설문을 서둘러 다시 썼다.

그러나 사전검열을 거쳤음에도 불구하고 루이스의 연설은 여타의 강연자들이 암묵적으로 합의한 선을 훌쩍 넘어버렸다. 그는 연이은 체포, 폭격, 구타와 살해 등을 나열하며 경찰국가에 대한 끝없는 공포 아래 공민권 운동가, 혹은 흑인으로 산다는 것에 대한 비애를 강력히 호소했다. 그는 "연방정부가 한 일이 도대체 무엇인가?"라고 반문하며, 이 나라 정치제도가 평등을 방해하는 주요 장애물이라 주장했다.

사실 학생비폭력조정위원회의 젊은 흑인 활동가들은 남부에서의 첫 투쟁, '연좌운동Sit—in Movement(공공장소의 백인 전용 좌석에 앉아 일어나지 않는 방식으로 인종차별에 항의한 운동—옮긴이)' 이후로 벼랑 끝에 놓여 있었다. 그러나 그들은 그 후 3년 반이란 기간 동안 고통과 희생을 감수하며 인종차별철폐운동을 계속해나갔다. 물론 워싱턴 행진은 그들의 운동이 정당하다는 것을 입증해 주었다. 하지만 행진에 참가하고 있던 그들의 머릿속에는 '그래서, 다음은 어디로 가야 하는 거지?'라는 물음이 계속 떠올랐다. 그들은 일부 젊은 학생의 영웅적인 행위로 만들어진 워싱턴 행진의 들뜬 분위기에 동의할 수 없었다. 케네디 정권과 연방정부에 대한 무비판적인 접근에는 더더욱 동의할 수 없었다. 또 한편으로는 케네디 정권과 흑인 중산층 지도자들, 그리고 제도 언론이 시위와 운동을 이용하는 것을 우려하고 있었다.

그날 딜런은 자신의 노래 〈그는 단지 하수인이었을 뿐〉을 통해 국가가 인종차별주의에 협력하는 현실을 드러냈다. 이는 그날의 포크 싱어들과는 전혀 다른 목소리였다. 이 노래에서 암시하는 바를 낱낱이 설명한 것이 바로 학생비폭력조정위원회의 존 루이스의 연설이었다.

동지들이여, 우리가 중대한 사회 혁명의 노정에 있다는 것을 기억합시다. 미국의 정책은, 비도덕적인 타협을 거쳐 정치적 · 경제적 · 사회적 착취를 버젓이 자행하는 정치인들에 의해 좌우되고 있습니다. 우리의 당은 어디에 있습니까? 워싱턴으로 행진할 필요가 없도록 해줄 우리의 정당은 어디에 있냐는 말입니다. 버밍엄 거리를 행진하지 않게 해줄 정당이 어디에 있단 말입니까?

행진이 있고 난 몇 주 뒤, 딜런은 루이스의 연설이 고스란히 반영된 시를 제임스 포먼에게 보냈다. 그 시는 딜런의 세번째 앨범, 《시대는 변하리라》(1964)의 음반 재킷에도 실려 있다.

지미, 지미
우리 당은 어디에 있나?
소속된 모든 이들이 평등하고
나를 비롯한 모든 이들을 위해
존경받는 길을 준비하고 봉사하기를

희망하는 사람들 사이에서
그 맹세를 몸에 새긴 이들이 함께한
그러한 당 말이네.

워싱턴 행진의 열기는 점점 달아올랐다. 마할리아 잭슨Mahalia Jackson이 〈나는 조롱과 멸시를 받았네I've Been Buked and I've Been Scorned〉를 부르자 군중은 엄청난 환호를 보냈다. 절정에 달한 마틴 루터 킹의 연설은 희망과 목표가 충만한 피난처로 대중을 이끌었다. 실은, 킹은 미리 준비해온 글을 읽다가 맥락을 놓치고 말았다. 킹의 뒤쪽에 서 있던 마할리아 잭슨이 조심스레 외쳤다. "꿈에 대해서 이야기해요, 마틴." 그는 원고 읽기를 중단하고 새로운 사회에 대한 희망을 외쳤다. 그것은 수세기에 걸쳐 자행된 인종차별의 만행에서 벗어난 항구적인 이상론을 품고 있었다. 그날 킹 목사는 흑인영가 가수가 되어 아름다운 연설을 펼쳐냈다.

킹 목사의 그 유명한 연설은 그 자리에 있던 딜런을 비롯한 포크 싱어들을 자극했다. 그 속에는 새로운 레퍼토리들과 은유, 이미지들이 가득했다. 성서의 비유적인 표현과 운율 체계, 흑인 교회의 전통인 부름과 응답, 노예와 농장 노동자의 음악, 또 여전히 개개인에게 도덕적인 선택을 요구하는 공동 운명체 의식, 지금까지도 대중들의 마음을 움직이는 경구 등이 그것이다.

워싱턴 행진 덕분에, 법률적 평등에 대한 아프리카계 미국인의 요구는 미국 대중들의 뇌리에 각인됐다. 그러나 워싱턴 행진은 이후의 합법적 운동을 무기력하게 만들기도 했다. 돌이켜보면, 그 행진은 그저 형제애를 나눈 이상주의자들의 축제이기도 했다. 행진이 있던 그날도 비슷한 논쟁이 있었다. 말콤 엑스Malcom X는 자못 경멸스럽다는 듯 삐딱하게 앉아 "워싱턴 행진은 어릿광대짓"이라 조롱하며 백인 정치제도의 꼭두각시와도 같은 온건주의 지도자들을 비난했다. 학생비폭력조정위원회의 젊은 활동가들은 그의 말에 동의했다. 그들이 보기에, 미국의 잔인무도함을 직접 체험했음에도 불구하고, 포크송과 연설을 통해 축제 기분에 젖은 나머지 미국을 형제애가 흘러넘치는 자유의 나라로 상정한 것은 착각이었다. 사실 그들의 요구 사항은 몇몇 입법안을 개정하는 것만으로 해결될 일이 아니었다.

여하간 행진은 대단히 좋은 평가를 받았다. 언론은 군중이 처신을 잘했다며 짐짓 선심 쓰는 태도를 취했다. 그러나 밥 딜런과 동료 포크 싱어들이 기여한 바는 인정하지 않았다. 『뉴욕타임스New York Times』는 '공연이 없고 인기가 하락 중인 십대 가수'라는 내용으로 딜런에 대해 스물세 줄의 기사를 썼다. 또한 『보스턴 헤럴드 트레블러Boston Herald Traveler』의 한 비평가는 다음과 같이 빈정거렸다.

순수 백인이나 유색인종 모두에게 시민의 권리가 있다는 데는 전적으로 동의하지만, 나는 백인이 백인이라는 이유로, 다른 모든 백인과 잘 지내야 한다고는 생각지 않는다. 자, 공평하게 말해보자. 누군가가 예컨대, 흠, 저 딜런에게 가르침을 받도록 해야 할까? 여러분의 여동생이 그와 결혼하기를 바라는가? 그런데도 우리 유색인 동업자들은 우리가 사기꾼 같은 포크 싱어에게 방을 내주기를 은근히 바란다. (조지 프라지어George Frazier, 「누구의 공민권인가?Whose Civil Rights?」, 『보스턴 헤럴드 트레블러』, 1963년 8월 30일)

이는 신문뿐만이 아니었다. 코미디언이자 운동가인 딕 그레고리Dick Gregory는 워싱턴 행진 중 자신의 귀를 틀어막고 물었다. "밥 딜런 같은 백인이 왜 저기 있지? 저런, 또 누구? 존 바에즈? 행사를 돕는다고? 놀랍군, 행사를 돕다니, 같이 행진을 하다니. 우리 뒤에나 서 있으라지. 앞에 나서지 말고."

한편 활발한 운동가이자 워싱턴 행진의 실행위원이었던 해리 벨라폰테Harry Belafonte의 생각은 달랐다. "존과 밥은 자유와 정의라는 것이 누구를 막론하고 책임 있는 사람들이 개입해야 할 보편적 사안이라고 생각했기 때문에 시위에 참여했다. 그들이 운동을 이용했나? 아니면 운동이 그들을 이용했나?"

물론 흑인의 권리를 위한 대중운동에서 백인과 포크 싱어와 같은 유명 인사들이 한 역할은 미미했다. 하지만 생각해보라. 그 운동에서 진정한 목소리를 낸 이는 누구였을까? 억압과 저항은 어떤 관계였을까? 메시지를 팔아먹는 것과 타협하는 것의 경계는 어디일까? 착취를 벗어나기 위한 이 운동에서 누가 누구를 착취하고 있었던 걸까?

*

미국은 여전히 경직되어 있었다. 전쟁이 끝난 후와 같은 분위기 속에 마치 칙칙한 플란넬 회색 운동복을 입은 것 같았다. 매카시McCarthy, 공산당, 청교도, 강한 폐쇄 공포증적 경향 등 현실적 토대에서 발생한 모든 것들이 현실과 유리된 채 은밀히 진행되었다. 언론매체들이 그것을 인식하고 억제할 수 있게 된 것, 즉 그것을 제지하고 어리석은 짓으로 간주하게 된 것은 그로부터 몇 년이 지난 뒤였다.

—밥 딜런[2)]

1961년 2월, 밥 딜런은 그리니치빌리지에 정착한다. 당시 그의 나이 열아홉 살이었다. 그리니치빌리지는 1차 세계대전 전까지 미국 최고의 보헤미안 도시였다. 지식인과 예술가들은 값싼 임대료 때문에 이곳으로 몰려들었다. 그리니치빌리지는 반체제 인사들과 기인奇人들에게 방어적인 은신처였다.

그리니치빌리지에 정착할 무렵, 딜런의 머릿속에는 팝, 로큰롤, 가스펠, 블루스, 컨트리, 포크와 같은 다채로운 스펙트럼의 음악들이 가득 차 있었다. 북부 미네소타의 소읍에서 출생하여 유태계의 중산층 가문에서 성장한 딜런(본명은 로버트 알렌 짐머맨Robert Allen Zimmerman으로 시인 딜런 토마스Dylan Thomas의 이름을 따 밥 딜런이라 지었다—옮긴이)은 스스로 이름을 새로 지으며 우디 거스리Woody Guthrie(포크 음악을 하나의 장르로 정립한 인물로, 가수뿐만 아니라 작곡가, 칼럼니스트, 미국 전역을 떠돌아다닌 음유시인으로 추앙받고 있다—옮긴이)를 닮기로 결심한다.

아일랜드인 가수 리암 클랜시Liam Clancy는 당시의 딜런에 대해서 "그리니치빌리지라는 온실에 교묘히 들어와 줄담배를 피워대는 귀여운 아기천사" 같았고, "마치 스펀지와 같아 모든 것을 빨아들였다"고 회상한다. 호기심이 왕성했던 딜런은 친구가 수집한 음반을 꼼꼼히 챙겨보는가 하면, 시내의 가수들의 모든 레퍼토리들을 샅샅이 찾아내서 거뜬히 소화해내기도 했다. 점차 딜런은 그와 다른 의견을 가진 사람들의 생생한 체험을 흡수했는데, 그것은 바로 그리니치빌리지의 정신이었다.

당시 그리니치빌리지의 정신은 좌파 신문인 『매시스The Masses』를 통해 극명하게 드러난다. 이 신문에 글을 기고한 사람으로는 존 리드John Reed(미국의 시인, 모험가, 작가, 운동가. 포틀랜드의 부유한 가정에서 태어난 그는 1910년 하버드대학을 졸업하고 1913년부터 좌파 신문인 『매시스』에 글을 기고하기 시작했다. 파업을 조직·선동한 혐의로 체포된 그는 급진주의 지도자로 기반을 잡았고, 미국 공산당 결성을 도왔다), 엠마 골드먼Emma Goldman(1890~1917년에 미국에서 여성 무정부주의자로 활동. 1919년에 러시아로 추방당했다—옮긴이), 도로시 데이Dorothy Day(가톨릭노동운동의 창시자—옮긴이), 그리고 마거릿 생어Margaret Sanger(미국 산아제한운동의 창설자이며 이 분야의 국제적인 지도자—옮긴이) 등의 정치 활동가와 존 슬론John Sloan(20

세기 초 뉴욕의 일상생활을 생동감 있게 표현한 화가—옮긴이), 유진 오닐Eugene O'Neill(미국의 대표적인 극작가로 퓰리처상과 노벨문학상을 수상—옮긴이)과 같은 예술가, 그리고 막스 이스트먼Max Eastman(사회주의 경향의 작가. 훗날 사회주의를 비판한 것으로 유명하다—옮긴이) 등 다양한 방면에 퍼져 있었다. 『매시스』는 다음과 같은 광고를 내걸었다. "우리 잡지는 개혁지가 아닌 혁명지이다. 유머 감각을 갖춘 잡지이다. 잡지가 하고 싶은 대로 최종 결정을 할 것이며, 독자는 물론, 독자 할아버지에게도 환심을 사는 일은 하지 않을 것이다." 말콤 카울리Malcolm Cowley(미국의 비평가 겸 사회사학자로 1929～1944년 『뉴리퍼블릭The New Republic』의 문학 담당 편집자로 근무했다. 좌파적 성향을 보인 그는 대공황기의 다양한 정치·문학 투쟁에서 중요한 역할을 수행했다—옮긴이)는 다음과 같이 회상했다. "전쟁이 일어나기 전의 『매시스』를 둘러싼 주위 환경은 두 가지 형태로 요약된다. 이 둘은 간략하게 보헤미아니즘과 급진주의라고 보면 된다. 그런데 이 시기에는 두 흐름을 서로 분간하기가 어려웠다. 보헤미안이 마르크스를 읽는가 하면, 급진주의자는 대부분 보헤미안적 기질을 지니고 있었다. 뿐만 아니라 사회주의, 자유연애, 무정부주의, 생디칼리즘, 자유시 등의 모든 신조어가

공공연히 하나의 부류로 뭉뚱그려 취급을 받았다."[3]

1차 세계대전으로 이런 모든 것이 부서지기는 했지만, 그리니치빌리지에는 여전히 수많은 사상과 여러 장르의 예술이 하나의 물결이 되어 흐르고 있었다. 개인적인 창조성과 집단적 정치 행동 간의, 모더니즘적 전위와 대중 급진주의 간의 합일점을 찾는 수십 년의 과정 동안 그리니치빌리지의 영혼은 성숙해져갔다. 전 시대가 남겨놓은 이러한 정신적 업적을 바탕으로, 딜런은 1960년, 특별한 여행을 시작한다.

*

1960년, 딜런은 우디 거스리의 자서전 『영광을 향하여Bound for Glory』의 초판본을 친구에게 빌려 읽은 후 엄청난 충격을 받는다. "나는 기차 지붕에 올라앉아 다양한 피부색의 수많은 사람들을 만났다"로 시작되는 우디 거스리의 『영광을 향하여』(1943)는 한 '촌놈'이 다양한 인종들과 함께 이동하며 겪는 모험담이다. 딜런은 다음과 같이 회상했다. "처음부터 끝까지 단숨에 읽어버렸다. 단어 하나하나 몰두해 읽었다. 문장들은 때론 노래가 되어 흘러나오기도 했다. 거스리는 글을 격렬하게 쓰기 때문에 글을 보는 내내 황홀했다." 딜런은 우디 거스리가 뿜어내는 아우라를 수혈받으며 그가 쓴 가사들을 외우기 시작했다. 심지어는 사투리식 철자법까지 모방했다. 딜런은 그의 노래를 서민을 위한 시로 인식했다.

거스리는 자신의 책에서 노동계급의 어조와 악센트를 생생히 그려냈다. 그 속에는 그들이 지닌 생기가 흘러넘쳤고, 그는 그것을 높이 평가했다. 반면 경찰이나 경비원에게는 분노를, 부자나 그들의 하수인에게는 경멸감을 숨기지 않았다. 거스리는 "머릿속에 뭔가가 쌓이기 시작하면서 그것을 어떤 방식으로든 표현해야만 했다. 그렇지 않으면 재능이 다 말라버릴 것만 같은 기분이 들었다"고 고백했다.

원래 유화를 그리던 우디 거스리는 돌연 기타를 집어 들고, 스퀘어댄스(남녀 네 쌍이 마주 서서 추는 춤—옮긴이) 무대에서 연주를 하면서 옛날 곡에 새 노랫말을 붙이기 시작했다.

> 저기 황진에 덮인 분지 한가운데 텍사스 평원.
> 석유파동이 지나가고 밀밭은 바람에 휩쓸려
> 주택융자금, 빚, 세금, 질병
> 온갖 몰아치는 근심거리에 시달리며

노동에 지쳐 비틀거리는 사람들.

나는 보고 말았네, 노래해야 할 수많은 것들을.[4)]

우디 거스리는 노동자들의 노래, 또 "할리우드 식의 겉치레나 허세를 부리지 않으면서도 고된 인생에 대해서, 불운에 대해서, 힘든 여정에 대해서 무언가를 담은" 노래들을 만들고 불렀다. 그러한 곡을 쓰면서 생계를 유지하기란 쉬운 일이 아니었지만, 그는 절대 타협하지 않았다. "라디오 방송국에서는 진짜 노래를 부르게 하진 않아. 그치들은 순전히 쓰레기 같은 하찮은 거나 바라지." 그가 여자 친구에게 한 이 말 속에서 우리는 그의 예술관을 엿볼 수 있다.

거스리의 재능은 널리 알려지기 시작했다. 그리고 그에게로 돈벌이가 될 기회가 찾아왔다. 그는 『영광을 향하여』에 레인보우룸에서 있었던 오디션에 대한 이야기를 언급했다. 레인보우룸은 맨해튼 한복판 록펠러센터 65층에 자리한 상류층의 사교장으로, 항간에서는 "새우를 스탠더드 오일(세계적인 석유 회사. 록펠러John Davison Rockefeller가 클리블랜드에서 시작한 정유 사업이 이 회사의 모태이다—옮긴이)로 살짝 데치는" 곳이라고 비아냥거리기도 했다. 아무튼 거스리는 마이크를 잡자마자 레인보우룸에 자리한 사람들을 향해 캘리포니아의 살구 포도원을 시작으로, CBS 스튜디오로 향하는 공원 주변의 조잡한 싸구려 술집들, 대규모 노조 집회가 열렸던 매디슨 스퀘어 가든 등 최근 몇 달간 노래했던 장소를 차례차례 읊어댔다. 오디션 끝 무렵에 그는 〈뉴욕 타운New York Town〉이라는 곡에 새 가사를 붙여 "레인보우룸은 너무 너무 높아서 록펠러의 영혼이 그 옆으로 둥둥 떠다니고 있어"라고 노래하기 시작했다.

나는 교회에 대해 노래했네, 광신도처럼, 몇 구절은 이분음표를 집어넣고, 몇 구절은 블루스 스타일을 슬쩍 끼워넣어, 조금은 외설적으로, 고적하고, 슬픔에 젖은 컨트리 뮤직 사운드를 뒤섞어, 몇 개의 흐트러진 음조로 즉흥곡을 흥얼거렸네. 선술집을 지나 벌판을 가로질러 한두 개 친숙하고 고적한 음표를 내뱉으며 저 손때 묻은 기타가 이번만은 나를 도와서 나와 함께, 날 위해 이야기하고 내 생각을 말하게 했다네.

아, 레인보우룸, 즐겁게 놀 수 있는 곳.
여기서 미국까지는 멀고도 멀다네.

오디션은 성공적이었다. 레인보우룸의 관리자들은 곧장 거스리에게 일을 주겠다고 했고, 호들갑스러운 한 여자는 후원자를 자처하며 프랑스 농부나 루이지애나 벌목장의 인부, 피에로 복장과 같은 소박하면서도 예스러운 의상을 입고 공연하자고 제안했다.

그들이 호들갑을 떠는 사이, 거스리는 저 아래에서 "삶을 견디며, 숨을 쉬고, 욕을 퍼붓기도 하고, 웃음을 터뜨리는" 뉴욕 시민들의 모습을 창밖으로 내려다보고 있었다. 거스리는 자칭 그의 후원자와 이야기를 나누며 휴게실로 가다가 별안간 엘리베이터로 훌쩍 뛰어들어갔다. 그는 엘리베이터 관리인에게 한마디를 던졌다. "아래로 내려가는 가장 빠른 길이 너무 느리군요." 그는 윤기가 흐르는 대리석 로비를 걸어 나가며 큰 소리로 기타를 쳤다. 그러고는 노래를 부르기 시작했다. "늙은 록펠러는 내 친구가 아니야. 하나님, 감사해요. 약삭빠르지도 고지식하지도 않은, 가짜가 아닌 모든 것들, 모든 사람들에 감사해요." 그는 인파가 붐비는 시가지로 정처없이 걸어갔다.

그가 부른 노래들은 진정으로 민중을 위한 것이었다. 그는 자신과 청중들의 처지가 다르다는 사실에 고민했다. "어찌 되었든, 가장 훌륭한 노래는 빗물이 새는 지붕 아래에서 가장 자연스레 흘러나온다." 그는 스스로 '빗물이 새는 지붕'을 찾아 다녔다.

1930년대 후반, 로스앤젤레스의 한 라디오 방송에 출연하면서 그는 청취자들에게 자신의 노래집을 등사해 우편으로 보내곤 했다. 그 우편물에는 아래와 같은 간략한 메모도 들어 있었다.

> 이 노래는 28만 년 동안 저작권 승인을 내린 하나님과 바람 소리에 판권이 있습니다. 우리 허락 없이도 이 노래에 사로잡힌 분들은 멋진 친구가 될 수 있을 겁니다. 우린 상관하지 않을 거니까요. 사용하세요. 베껴 써요. 노래를 부르세요. 주변에 돌리세요. 요들 조로 불러도 됩니다. 이 곡은 우리가 만들었고 우리가 원하는 것은 바로 그뿐입니다.[5)]

거스리는 자기 식대로의 순수 마르크스주의자이자 열정적인 계급 투사였으며 열성당원이었다. 그는 공산당 기관지인 『웨스트 코스트West Coast』의 '민중의 세계'라는 섹션에 '우디 발언대Woody Sez'라는 이름으로 매주 칼럼을 기고했다. 이후 『뉴욕 데일리 워커Daily Worker in New York』에도 정기적으로 칼럼을 썼는데, 이 칼럼에는

"파시스트를 제거하는 악기"라는 문구와 함께 그의 기타가 그려져 있었다. 그는 한 칼럼에서 예수를 '사회주의 운동가'라 찬양하고, "금융업자와 설교자들이 그를 십자가에 못 박았다"는 과격한 발언을 하기도 했다.

1940년, 우디 거스리는 《더스트 보울 발라드Dust Bowl Ballads》(더스트 보울은 1930년대 황진 피해를 입은 미국 중남부의 건조 평원 지대를 가리킨다—옮긴이)를 발표하는데, 이 앨범은 빈곤과 재앙에서 벗어나려고 발버둥치는 이주민, 즉 일자리와 자존심을 지키려다 박해받는 이주 노동자들에 관한 것이었다. 뿌리 뽑힌 채 추방당하는 집단의 운명을 환기시킨 이 앨범은 대륙에서 대륙으로 이동하는 이주 노동자들과 21세기 세계 자본의 출현을 예언했다. 그 후에 거스리는 그의 최고의 역작 중 하나로 손꼽히는 〈추방자들Deportees〉을 쓴다. "어떤 이는 밀입국자여서 다른 사람들을 만나려 하지 않아. 노동계약서는 쓰지도 못한 채 왜 이리저리 옮겨 다녀야만 하는지…… 소도둑, 무법자, 도둑이라 몰리며 쫓겨 다니는 사람들……." 이처럼 거스리는 억압받는 이들을 위하여 노래를 불렀을 뿐만 아니라, 좌파 급진주의자들의 꿈을 충족시키고, 마르크스주의자로서의 정치관을 민중의 언어로 표현하기도 했다. 때문에 그는 좌익에게도 인기가 높았다.

그는 또한 어린이를 위한 곡을 짓고, 성병과 관련한 서정시를 쓰기도 하는 등 다양한 방면에 열정을 쏟아 부었다. 그 중 모든 것을 삼켜버리는 중서부 지방(애팔래치아 산맥의 서쪽, 로키 산맥의 동쪽, 오하이오 강 미주리 캔자스 주 이북 지역—옮긴이)의 모래폭풍을 묘사한 노래, 〈안녕히, 그동안 행복했어요So Long It s Been Good to Know You〉에서는 딜런풍의 시를 발견할 수 있다.

전화벨이 울렸고, 그 소리가 벽을 쳤다.
"사랑하는 친구여, 이제 아마도 마지막일 겁니다.
당신이 죄에서 구원받을 마지막 기회입니다."
목사님의 전화를 받고
그는 말했네.
"안녕히, 그동안 행복했어요……."

거스리의 곡은 거칠고 불경스럽고 우울했다. 하지만 그는 압축의 묘미를 알고 있었다. 때문에 부정적이고 위선적인 사안들을 폭로할 때는 놀라울 정도로 간결한 문장을 사용했다.

그는 또한 모든 계급적 차별을 반대했다. 그러한 태도

때문에 공산당연맹은 1943년 그가 당원으로 가입하고자 하자 그것을 거부했다.[6] 어윈 실버Irwin Silver는 다음과 같이 회상했다. "엄격하고, 근시안적인 좌익은…… 술에 만취하고, 상심하고, 또 여자 뒤꽁무니를 좇아다니며 방탕한 짓을 하고, 듣도 보도 못한 지독한 소리를 해대는 이 독특하고 사색적인 음유시인의 행동을 도무지 이해하지 못했다…… 그들은 그를 그 자체로는 절대로 받아들이지 못했다."

1940년대 후반, 거스리는 수첩에 다음과 같은 말을 적어두었다.

레닌 : 발랄라이카Balalaika(삼각형 몸통의 류트계 악기. 17세기 러시아 민속악기인 돔라Domra에서 분리되어 나왔다. 주로 농민들의 가무 반주에 사용되었다—옮긴이) 연주자 세 사람이 만난다면, 네번째 사람은 공산주의자가 되어야 해.

나 : 공산주의자 세 사람이 만난다면, 네번째 사람이 기타 연주가가 되는 게 마땅하지.

딜런이 거스리에게 받은 영향은 단순히 이미지나 악센트뿐만이 아니다. 딜런은 거스리에게서 독창적인 유머와 격정적인 면모, 개인주의자인 동시에 민중주의자로서의 방랑벽, 대중문화 산업의 관습에 대한 대안, 그리고 정직하며 현실참여적인 포크 싱어의 전범을 찾아냈다. 거스리는 딜런에게 '진정한 딜런'에 가장 근접한 정체성을 부여했고, 이는 사회가 규정한 딜런의 이미지를 넘어서는 것이었다.

*

뉴욕에 도착한 얼마 뒤, 딜런은 뉴저지의 국립정신병원에 입원한 거스리의 병실 침대로 순례를 떠난다. 그는 그곳에 대해 "희망이라곤 찾아볼 수 없는 수용소였다. 울부짖는 소리가 복도에서 들려오곤 했는데…… 그 때문에 정신이 들긴 했지만 심리적으로 나는 위축되어 있었다"라고 말했다. 광인이 된 노인과 그의 어린 추종자가 얼마만큼 소통할 수 있었을까? 그러나 딜런에게는 그것은 중요한 문제가 아니었다. 몇 달 후 딜런은 〈우디에게 바치는 노래Song to Woody〉를 만들었다.

> 헤이, 헤이, 헤이, 우디 거스리,
> 당신에게 드릴 노래를 썼어요.

다음에 올 세상은 정말 재미있을 거예요.

배고프고 힘들고 괴롭고 아파 보여요.

죽어가는 것 같고, 태어난 걸 후회하는 것 같아요.

마치 세상에 태어나지도 않았다는 듯이 죽어가고 있는 것 같아요.

딜런은 이 불행에 빠진 선배에게 바치는 곡으로 첫발을 내딛는다. 이 노래를 통해 딜런은 스스로 우디 거스리가 걸어온 존엄한 전통의 일부가 되어 남들과 다른 길을 걷겠다고 다짐하였다. 특히 마지막 구절에서는 더듬더듬, 자신의 다짐을 말한다.

내일 떠날까 하지만 오늘 떠날 수도 있다네.

언젠가 앉았던 그 길가 어딘가에서

내가 하고 싶었던 마지막 이야기는

나 또한 힘겨운 여행을 마주했다는 거라네.

딜런은 뉴욕에서 열린 '제1회 포크 리바이벌First Folk Revival'에 참석한 좌익의 유명 인사들과 활발한 교감을 나눈다. 그는 한때 거스리와 함께 노래했던 피트 시거Pete Seeger, 거스리의 첫 스튜디오 녹음을 담당했던 앨런 로맥스Alan Lomax(로맥스의 비서인 칼라 로톨로Carla Rotolo는 딜런의 여자 친구인 수즈Suze Rotolo와 자매였다. 수즈는 딜런의 앨범 《프리휠링 밥 딜런The Freewheelin' Bob Dylan》(1963)의 표지에 실린 여성이다—옮긴이)를 비롯해 그의 옛 동료들을 만난다. 그 중 우리는 앨런 로맥스를 주목해야 한다.

사실, 그가 포크 음악에 끼친 영향은 대단히 크다. 1940년, 로맥스는 자신의 선집 앨범 《노래하는 나라Our Singing country》에 거스리의 노래를 수록하며, "마이크와 타자기에 능숙하고 감옥과 화물열차와도 친숙한 황진 지대의 민요시인"이라고 예찬했다. 로맥스는 거스리를 포크 예술의 새로운 유파를 주도한 전위대라고 정의하였다.

> 민중은 자신들의 문제를 의식적으로 검토하며
> 로버트 프로스트Robert Frost보다도 더 깊이 천착하고
> 엘리엇Thomas Stearns Eliot보다도 더 솔직하고 간결하게
> 자신들에 대하여 이야기하기 시작했다.[7)]

앨런 로맥스는 포크 음악이 발라드라든가 상업적인 힐빌리Hillbilly(미국 남부 산악 지대의 민요풍 음악. 컨트리

음악의 원형—옮긴이), 레이스Race(블루스를 바탕으로 한 단순한 재즈—옮긴이)와는 다른 노동가와 영가靈歌에서 유래했고, 살아 숨 쉬는 유기체로서 역동성과 다양성을 지녔다고 생각했다. 그는 포크 음악이 '녹음'되기 시작하면서부터 변질되었다고 여겼다. "일부 민간 전승된 곡들은 점점 활기차게 변화하는 중이었다. 그런데 가사나 곡조를 인쇄한 포크송이 수없이 다양한 목소리를 내는 개개인의 노래를 아주 고정된 방식으로 정형화했다."

이 혈기 왕성한 민속학자, 앨런 로맥스는 정치에도 깊숙이 개입하였다. 1937년, 그는 스물한 살의 나이에 미국의회도서관의 포크송보관소 소장으로 임명되고, 워싱턴에서는 백악관까지 연결된 뉴딜관리국과도 연고를 맺게 된다. 게다가 좌익 인사이자 작곡가, 음악 학자인 찰스 시거Charles Seeger, 루스 크로포드 시거Ruth Crawford Seeger와도 긴밀한 관계를 유지하는데, 특히 찰스의 아들인 피트 시거가 거스리를 만나 동반자가 된 것도 로맥스를 통해서였다.

로맥스는 포크 음악이 지속적으로 진보하기 위해서는 '진정성'을 목표로 해야 한다고 강조했다. 연주 방식에서는 꾸준히 기술을 갈고닦는 과정을 중시했는데, 그가 미국의회도서관에 남긴 무명의 천재들에 대한 기록을 보면 이 부분이 여실히 드러난다.

미국의 포크 역사를 탐구하는 이전 연구자들이 포크 음악을 숙명적으로 '무저항 정신의 산물'이라고 여긴 반면에, 로맥스는 그것을 '비극과 저항'을 기저에 깐 미완성의 테마라고 인식했다. 로맥스에게 포크는 적의로 가득한 세상을 변화시키기 위해 투쟁하는 '자유의 노래'였다. 이 '자유의 노래'에 걸맞은 참된 운명은 박물관과 같은 곳에 고립되는 것이 아니라 보다 더 의미심장한 전체의 일부가 되는 것이었다. 그는 "민속학자의 몫은, 자기 목소리를 낼 수 없어 세계 문화의 큰 흐름에 동참할 수 없는 이들을 돕는 것"이라고 생각했다. 이처럼 포크 음악에 있어 성실하게 진정성을 추구한 로맥스는 포크 음악을 저돌적으로 홍보했다. 그는 라디오, 녹음, 책, 언론 기사 그리고 콘서트—심지어 백악관에서까지 열정적인 공연을 펼쳤다—등을 통해서 살아 있는 포크 음악을 전도했다.

1940년 로맥스는 시거와 거스리, 리 헤이스Lee Hays, 밀러드 람펠Millard Lampell 등으로 구성된 알마낙 싱어스Almanac Singers를 후원한다. 알마낙 싱어스는 전통 민요와 포크 음악, 시사적인 가사를 결합한 최초의 도시적 앙상블이었다. 알마낙 싱어스의 멤버들은 맨해튼 시내의

한 아파트에서 공동생활을 했고, 늘 청재킷과 청바지를 입었으며, 연주를 할 때도 전혀 격식을 차리지 않았다. 그들은 포크 음악을 통해 참여정신을 구현하자는 뜻으로 하나가 되었기 때문에 좌익의 호감을 살 수 있었다. 알마낙 싱어스는 이를 바탕으로 활발한 활동을 하였다.

1941년 6월 독일이 소비에트 연방을 침공하고, 그해 12월 진주만이 폭격을 당하자, 그들은 노동계급이 독일과 일본에 대항할 것을 독려하기도 하였고, 2차 세계대전 이후에는 '민중의 노래People's Songs'에 참가하기도 했다. 민중의 노래는 좌익운동에 있어 포크 음악의 비중을 높이고, 더 활발히 활용하고자 하는 시도였다. 민중의 노래의 감독위원은 바로 거스리와 시거, 로맥스, 그리고 존 해먼드John Hammond였다. 1946년 총파업이 고조되는 가운데 그들은 "대중은 행진할 때 포크를 불러야 한다"고 선언하며, "브로드웨이와 할리우드의 음악이 독점"하지 못하도록 하겠다는 의지를 드러내기도 했다.

그러나 반공산주의자들의 마녀사냥이 격렬해지면서 '아메리카니즘'에 대한 모든 항의는 원점으로 돌아갔다. 민중의 노래와 예술인들은 산업별노동조합Congress of Industrial Organization(미국 최대의 노조 연합체—옮긴이)에서 탈퇴하기로 결의한다. 1950년, 결국 로맥스는 유럽으로 떠나고, 거스리는 어머니에게서 유전된 헌팅던 무도舞蹈병, 유전성 중추신경 질환의 일종인 퇴행성 신경계 질환으로 무너져내렸다.

민중의 노래는 활동을 중단한 이후에도 밥 딜런을 배출한 포크 리바이벌에 오랫동안 영향을 주었다. 1950년 5월에 창간된 『싱 아웃!Sing out!』은 이전 해에 시거와 헤이스가 쓴 〈망치의 노래The Hammer Song〉에서 제목을 따 그 서막을 열었는데, 이 노래는 10년 만에 기적적으로 살아나 제2회 포크 리바이벌 기간 동안 인기를 얻기도 했다.

한편, 시거와 리 헤이스 등 남겨진 알마낙 싱어스의 멤버들은 더 적극적으로 상업적인 노선을 모색하기로 결정하여, '위버스The Weavers'(1381년의 농민 반란을 다룬 극본에서 이름을 땄다—옮긴이)라는 이름의 그룹을 결성한 뒤 연이어 히트곡을 내놓았다. 그러나 위버스는 그리 오래 지속되지는 못했다. 위버스는 자신들의 이름이 블랙리스트에 올라 있다는 사실을 알고서 1952년에 해체한다. 컨트리 스타인 텍스 리터Tex Ritter는 "포크 음악이 어디서 끝나고 공산주의가 어디서 시작되었는지 꼬집어 말하기는 곤란하다. 하지만 그때는 나 스스로 포크 싱어라고 명명하기를 포기한 때이기도 하다. 어떻게든 생계를 유지해

나가려 했지만 가시방석이었다"[8]라고 당시를 회상한다.

*

가장 먼저 밥 딜런의 재능을 발견한 인물은 존 해먼드이다. 인재를 발굴하는 능력이 탁월했던 그는 1961년, 스무 살의 밥 딜런과 컬럼비아레코드 사 간의 계약을 성사시키기 전부터 이미 전설적인 인물이었다. 그는 1930년대에 베시 스미스Bessie Smith와 빌리 홀리데이Billie Holyday의 음반을 녹음하고, 베니 굿맨Benny Goodman과 카운트 베이시Count Basie를 후원했으며, 한편으로는 음악 산업 내부의 인종차별에 맞서 격렬하게 투쟁했다. 해먼드는 이십대 후반에 이미 '레이스레코드Race Records'(1920년대에서 1930년대 초반에 걸쳐 흑인 고객을 대상으로 취입·발매한 레코드의 카탈로그상의 명칭—옮긴이)로 명성을 얻은 부유한 백인으로 제작·홍보·후원·비평 등에 능했다.

그가 선호한 음악은 박력과 리드미컬한 즉흥연주가 돋보이는 재즈와 블루스. 콘서트홀 음악에서 느낄 수 없는 자연스러움과 힘을 재즈와 블루스에서 발견한 것이다. 그 후 그는 쏟아져 나오는 상업적인 음악들 속에서 진정한 재즈를 구분하는 데 심혈을 기울였고, 이는 자연스레 정치운동으로 흘러가게 되었다. 즉, 자신이 사랑하는 재즈와 블루스가 처한 실질적인 환경, 야만적인 인종차별을 깨닫게 된 것이다. 이런 깨달음을 바탕으로 1931년, 해먼드는 스코츠버러 소년들Scottsboro Boys(스코츠버러 사건에 연루되어 전원 사형 혹은 종신형을 받은 소년들을 지칭. 아홉 명의 흑인 소년들이 화물열차에서 백인 소녀를 폭행한 혐의로 형을 선고받고 집행당했으나, 이는 소녀의 날조된 증언으로 밝혀졌다—옮긴이)의 구명운동에 열성적으로 참여하면서 곧 전미유색인종지위향상협회 국가위원회에 가입하기도 했다.

1938년, 해먼드는 정통 콘서트 음악의 아성인 카네기홀에서 역사적인 공연을 연출한다. 그 공연을 채운 음악은 흑인영가와 스윙 등의 흑인음악. 이 행사는 공산당 산하 잡지 『뉴 매시스New Masses』의 후원을 받았다. 『뉴 매시스』의 입장에서 그 공연은 진정한 다민족 미국 문화를 수호하는 좌파 투사의 작품이었다. 『뉴 매시스』는 "미국의 흑인이 만들어낸 진실하고, 타락하지 않은, 순수한 최초의 작품을 그들만이 지닌 원시적이면서 장중한 영가를 통해 들려줄 것"이라고 공연을 소개하였다.

"카네기홀이라는 것을 잊으세요." 공연 전, 해먼드는

청중에게 음악인들이 최고의 연주를 할 수 있도록 편안한 분위기를 만들어달라고 간곡히 청했다. 위엄 있는 장소에 이런 공연을 연출했다는 것만으로도, 해먼드의 말에 권위가 실렸다.

그러나 그날 밤 해먼드가 내세운 이들은 재능과 실력이 뛰어난 프로 연주자들이었다. 다시 말해, 『뉴 매시스』가 소개한 미국의 때 묻지 않은 '순수한 최초'와는 거리가 멀었다. 공연은 앨버트 애먼스Albert Ammons와 미드 럭스 루이스Meade Lux Lewis의 부기우기 식 피아노 연주에 이어, 로제타 사프 시스터Sister Rosetta Tharpe가 부르는 가스펠송과 소니 테리Sonny Terry의 익살스러운 하모니카 연주, 시드니 베쳇Sidney Bechet의 뉴올리언스식(뉴올리언스에서 기원한 초기 재즈 음악의 한 형식—옮긴이) 기교, 빅 빌 브룬지Big Bill Broonzy의 기묘한 블루스, 그리고 카운트 베이시와 그의 밴드가 연주하는 지방색 짙은 스윙으로 이어졌다.

'순수한 최초'가 아닐지라도, 이미 이 공연은 단순한 대중 공연이 아니었다. 그 자체만으로도 인정받을 만한 위대한 예술이었다. 아프리카계 미국인의 음악 전통을 집대성한 이 공연의 이면에는 아프리카계 미국인들이 그들의 전통에 걸맞은 지위를 얻고자 하는 권리 주장이 내재되어 있었다. 공연을 연출한 해먼드는 스윙—그 당시 미국 백인 청년들이 열광해 돈 벌어들이는 기계가 되었던—뒤에 자리한 흑인 혈통의 발자취를 찾아내 미국의 현대문화에 깃든 흑인의 뿌리를 세상에 알렸다. 당시 십대이던 딜런은 78회전으로 녹음한 구형 음반을 통해 이 공연을 듣게 되었다.

때론 해먼드의 카네기홀 공연은 흑인 고유의 문화나 예술을 백인이 도용한 사례가 되곤 한다. 사실, 당시 음악의 '진정성' 여부는 해먼드에 의해 결정되었다. 또한 그는 자신이 후원한 음악인이 그가 설정해준 특정 분야나 영역 밖으로 이탈하는 것을 매우 불편해했다. 그는 꽤나 까다로운 민중주의자였던 것이다. 그는 늘 연주자들에게 탁월한 기량과 세련미를 갖출 것을 요구했다. 그러나 듀크 엘링턴Duke Ellington에게는 교향악을 쓰는 것은 무모한 짓이라고 잔소리를 했고, 2차 세계대전 이후의 비밥Bebop(초기 모던재즈의 한 형식으로 다채로운 리듬, 복잡한 멜로디나 화성이 특징이다—옮긴이) 개척자들을 이해하려 들지 않았다. 그는 "그 전위적 행동가들이 형식을 확장하기보다는 오히려 더 축소시켜 음악을 그들만의 언어로 만들어버렸다"고 하면서 도리어 "미국 젊은

이를 다시 춤추게 하는" 로큰롤에 찬사를 보냈다.

어찌되었든 딜런의 재능을 포착한 이 걸출한 연출가는 음악적 세대와 장르를 훌쩍 뛰어넘을 만큼 대단한 능력의 소유자였다(딜런의 첫 앨범이 상업적으로 실패하자, 이 어린 가수는 '해먼드의 바보'라는 별명을 얻기도 했다). 어떤 의미에서 그는 음악에 있어서 흑인과 백인, 전통과 대중, 그리고 전통의 의미를 재정의하기 위해 일찍부터 노력해왔다고 할 수 있다. 그러나 기획자로서 해먼드의 방식은 융통성이 없고 상당히 직설적이었기 때문에, 앨버트 그로스먼Albert Grossman이 젊은 딜런의 새 매니저를 맡자 이내 밀려나고 말았다.

*

냉전 탄압이 절정에 이른 1952년, 포크웨이즈Folkways는 그들이 발매할 《미국 포크 음악 선집Anthology of American Folk Music》(1952)의 선정 기준을 공포했다. 《미국 포크 음악 선집》은 차후 딜런과 당대 포크 음악인들에게 큰 영향을 끼치게 된다. 포크웨이즈는 유대인 소설가 숄렘 애쉬Sholem Asch의 아들인 모에 애쉬Moe Asch가 경영하는 소규모 사업체였다. 그는 어느 단체와도 동맹이나 연맹을 맺지 않았으며 어디에도 속해 있지 않은 자유로운 사람으로, 광범위한 범주의 토속 음악을 보존하고 펴내는 것을 사명으로 삼았다.

《미국 포크 음악 선집》은 해리 스미스Harry Smith라는 젊은 청년이 편찬하고 편집했는데, 그는 아주 독특한 세계관을 지닌 인물이었다. 스미스는 선구적인 영화 제작자인 동시에 화가였고, 미국 원주민 성가聖歌를 연구하는 아마추어 인류학자인 동시에 마리화나를 피우는 보헤미안이었다. 1944년에는 우디 거스리의 연주를 듣기 위해 버클리를 방문한 뒤, 베이 지역의 실험 예술계에 이끌려 '샌프란시스코 문예 부흥'을 주도했던 시인들과 교류하기도 했다.

스미스의 독특한 이력은 《미국 포크 음악 선집》에 그대로 담겨져 있다. 그가 선정한 《미국 포크 음악 선집》은 지방 특유의 표현 형식을 실험적인 방식으로 변형한 곡들이 대부분이었다. 때문에 이 선집에 실린 곡들은 1950년대의 청취자뿐만 아니라 오늘날의 청취자에게도 비현실적으로 느껴지는 다양한 소리로 가득 차 있다. 상업적인 주류 음악의 흐름에서 배제된 음들이 저마다 독특한 색깔을 과시하고 있는 것이다.

스미스는 자신의 선집이 골동품 애호가의 소장품이

아니라 사회 계몽을 위한 하나의 도구라고 생각했다. 그는 세상을 떠나기 바로 전인 1996년 그래미 시상식에서 "내 꿈이 실현되었다는 말을 할 수 있어서 기쁩니다. 나는 음악으로 변화된 미국을 보았습니다"라고 말했다. 스미스와 오래도록 친분을 유지한 시인 앨런 긴즈버그Allen Ginsberg(미국의 시인. 1950년대 미국에서 일어난 문화운동인 비트운동을 주도했다. 긴즈버그를 비롯한 이 운동의 참여자들을 '비트세대'라 부르는데, 이들의 삶은 제도권 사회로부터의 일탈과 저항, 그리고 마약 사용으로 집약된다. 그가 미술 · 음악 · 정치에 미친 영향은 이후 40년 동안 지속되며 애비 호프만Abbie Hoffman, 바츨라프 하벨Vaclav Havel, 밥 딜런, 오노 요코Ono Yoko 등 다양한 인물이 그를 정신적 스승으로 삼았다. 법률가가 되기 위해 컬럼비아대학에 입학한 긴즈버그는 중간에 전공을 문학으로 바꾸었고 잭 케루악Jack Kerouac, 닐 캐시디Neil Cassidy의 영향을 많이 받았다. 이후 이들은 함께 비트세대를 이끌었다—옮긴이)는 이 의미를 다음과 같이 설명했다.

> 로큰롤, 밥 딜런, 이후의 청년문화……. 그는 바우어리(뉴욕 시 바우어리 가街를 말함. 싸구려 술집과 하숙이 즐비한 골목—옮긴이)에 사는 굶주린 한 사람으로서, 노

숙자와 흑인, 소수집단 등 빈곤에 허덕이던 바우어리 사람들의 철학을 잘 알고 있었다. 그는 이들의 생각을 미국이 충분히 깨닫고 정책에 영향을 끼칠 정도가 될 때까지 오래 살았다.[9)]

딜런은 스미스가 편집한 《미국 포크 음악 선집》에서 많은 영향을 받았다. 그는 이 선집을 통해서 1920년대 후반의 '길 잃은 예술'과 만나고, 또한 해리 스미스의 감각으로 그려진 1950년대의 보헤미안 전위예술과 행복한 동거를 하게 된다. 그는 이 선집을 통해 "황무지로 걸어 나와 자연스럽게 비트 계열과 보헤미안, 비밥 무리에 섞였는데 그게 기가 막히게 잘 연결되었다"라고 말하고 있다. 이후, 딜런은 비트족의 충격요법에 흥미를 갖다가, 마약과 섹스를 너무나 자연스럽게 받아들이는 그들의 태도를 접하고 당황하기도 한다.

사실 1950년대 중반, 사회 개척자인 이 소규모 그룹, 비트족은 완전히 고립되어 있었다. 그들이 지닌 신념과 문화적인 실천, 개인적인 습관 등이 미국 대중과는 너무나 달랐기 때문이다. 그러나 이 소그룹은 자신들의 고립을 기꺼이 받아들였다. 그들은 미국 주류 사회와 좌파가 공유하는 청교도주의를 거부하면서 반문화적인 것, 즉 범죄, 음악, 마약, 그리고 섹스 등에 빠져들었다. 동시에 새로운 통속에 귀를 기울이고, 10년 뒤 전국적으로 유행된 비밥 시기의 재즈에 심취했다.[10] 이들의 종잡을 수 없는 말들이 딜런의 독특한 화법이 흘러나온 수원지 중 하나라는 것은 분명하다.

*

공주들과 왕자들은
어느 게 진짜이며 어느 게 가짜인지 내기를 한다.
_〈에덴의 문Gates of Eden〉

제1회 포크 리바리벌에서 짚고 넘어가야 할 점은 마르크스주의 비평가인 테오도르 아도르노Theodor Adorno의 소위 '진정성(본래성)의 은어The Jargon of Authenticity'라는 개념이 소개되었다는 것이다. 이 개념은 음악 공연과 예술의 목적뿐만 아니라 개개인의 일상에도 적용되었다. 포크 싱어들에게 있어 '진정성'[11]은 역사와 전통, 포크와 민중에 대한 이해를 공유하는 방향으로 나아가는 실존적인 요구였고, 그 기준은 바로 '정직'이었다. 때문에 형식적으로는 꾸미지 않은 수수함이, 주제 면에서는 노동이나 육체적 고행 같은 것이 선호되었는데, 대개의 경우 지난 세대의 투쟁을 구체적으로 표현한 노래들이 대부분이었다. 그런데 당연한 일이겠지만, 1950년대에 성장한 당시의 백인 중산층 포크 싱어들에게 처음부터 진정성을 요구한다는 것은 모순이었다.

딜런의 경우도 마찬가지였다. 물론 그는 진정성이 내포하고 있던 모순을 비껴 훌륭한 곡들을 만들었지만, 애초에 계보가 달랐다. 그는 노래로 달아나려 하거나, 노래를 문화적 소산으로 표현하는 부류의 포크 싱어가 아니었다.

당시 딜런은 블루스 가수들에게 빠져 있었다. 그 중 하나가 바로 로버트 존슨Robert Johnson[12)]이었다. 1961년, 컬럼비아레코드 사에서 재출시된 로버트 존슨의 《델타 블루스 싱어스의 제왕King of the Delta Blues Singers》에 대해 딜런은 이렇게 말한다. "기타에서 터져 나오는 소리 때문에 창문이 부서지는 줄 알았다. 존슨의 언어가 온 신경을 다 건드렸다. 극단적인 진실들이 갑각류의 심장처럼 관념의 껍질 속에 단단히 둘러싸여 있었다."

존슨의 노래와 연주에 깃든 번민과 혼란은, 딜런의 심중을 그대로 꿰뚫었다. 당시 로버트 존슨은 별로 알려져 있지 않았지만, 그 음색 하나하나와 느린 말투, 온 힘을 쏟고 있는 기타 소리는 그라는 인간을 고스란히 담고 있었다. 딜런과 그의 동료들은 존슨을 그들이 추구하는 부류의 '진정성', 즉 개인과 음악이 완전하게 합일된 세계를 선취한 우상으로 여겼다. 딜런은 존슨의 〈방랑하는 마음Ramblin' On My Mind〉과 〈친절한 여인Kindhearted Woman〉을 자신의 레퍼토리에 추가했고, 훗날 〈로버트 존슨의 죽음The Death of Robert Johnson〉이라는 곡을 만들었다. 존슨은 이제 막 수면 위로 떠오른 딜런의 미학에, 다양한 측면에서 구체성을 부여했다. 그 미학의 한 축이 바로 '진정성'이었다.

*

1950년대 후반, 미국의 젊은이들은 원자폭탄에 대해 염려하기 시작한다. 1959년, 초강대국들의 핵무기 경쟁을 반대하는 학생평화연맹이 조직되었다. 이 조직은 1년 안에 백여 개의 캠퍼스에 지부를 두었고, 그 회원 수만 해도 3천 명에 달했다. 1960년 봄, 그들은 행동에 나섰다. 천여 명의 대학생들이 연간시민방위훈련을 거부하고 나선 것이다. 이들에게 그 훈련은 터무니없고 소름 끼치는 것이었다. 이들의 저항은 진정되지 않았다. 게다가 1961년 봄, 미국 정부가 군사 소비를 목적으로 쿠바 침공을 시도하자, 핵실험에 반대하는 5천여 명의 학생 시위대가 워싱턴으로 모여들었다. 이는 1930년대 이후 수도에서 거행된 저항 행진 중 가장 큰 규모로서 이후 벌어질 수많은 사건의 전조가 되었다.

히빙Hibbing(미국 미네소타 주 동북부의 도시로서 철광산이 있다. 딜런의 출신지—옮긴이)에서 십대를 보낸 밥 딜런 역시 방사성 낙진 지하대피소의 비인간적인 풍경을 보고 경악을 금치 못했었다. 그 무렵 딜런은 이지 영Izzy Young에게 "방사성 낙진과 폭탄 실험에 대해서 무언가"를 쓰고 싶다고 말했다. 하지만 "그 노래가 선전문구가 되는 것은 싫어. 저항곡 중에는 좋지 않은 음악이 너무 많아"라고 덧붙였다. 2월 22일에 영이 자신의 노트에 글을 남겼다. "밥 딜런이 방금 전 나타나서 〈내 뜻대로 죽으리Let Me Die in My Footsteps〉라는, 방사성 낙진 지하대피소에 관계되는 새 노래를 완성했다고 했다."

이 노래는 광기 어린 핵무기 경쟁에 참가하기를 거부하는 결연한 의지를 품고 있었다. 개인의 인격까지 왜곡하는 그릇된 사회정책에 대한 본능적인 반발은 이후 오랜 세월에 걸쳐 다양한 모습으로 변주되면서 딜런의 작품을 관류하는 주제가 되었다. 가령, "종말이 가까이 왔다고 생각하는 사람들/살 방법은 배우지 않고 죽음을 배우고 있네"라는 구절에서 지하대피소에 모인 사람들의 두려움에 가득 찬 얼굴을 엿볼 수 있다. 또, "두려움을 야기하는 사람들은 항상 존재했다네/그들은 오랫동안 전쟁 이야기를 해왔지"에서는 핵 위협이 국민들을 통제하려는 전략의 일부임을 간파하고 있다. 특히 단순한 비판을 넘어서서 억눌려 있던 생의 신비를 터뜨리는 대목에서는 딜런의 진정성이 돋보인다. "산줄기에서 넘쳐흐르는 물을 마시게 해다오/야생화의 향기가 내 피 속으로 흘러 들어오게 해다오." 이처럼 딜런의 노래는 목적성을 강하게 지닐 때조차도 진한 야생화 향기로 사람들을 취하게 만들었다.

1962년 2월, 피트 시거는 시스 커닝햄Sis Cunningham과 고든 프리슨Gordon Friesen에게 딜런을 소개했다. 커닝햄과 프리슨은 1930년대 노동 투쟁이 낳은 사람들이었다. 이들은 알마낙 싱어스에도 참여했었는데, 매카시 열풍(1950년~1954년 초반 미국을 강타한 초보수주의적 반공주의 열풍. 매카시Joseph Raymond McCarthy 의원의 "국무성 안에 205명의 공산주의자가 있다"는 폭탄발언으로 시작, 2차 세계대전 이후 냉전 갈등이 격화되며 광범위한 지지를 얻게 되었다. 매카시 의원의 이름을 따 매카시즘이라고도 불린다—

옮긴이)으로 인해 신변에 위협을 받으면서도 끝까지 자신의 정치적 신념을 지켰다.

딜런이 그들을 찾아갔을 당시, 그들은 시사 노래를 다루는 잡지 『브로드사이드Broadside』의 창간 준비를 하고 있었다. 딜런은 그들에게 새로 작곡한 노래를 들려주었다. 그 노래가 바로 반공주의 편집증에 대한 풍자를 담은 〈존 버치 피해망상 블루스Talkin' John Birch Paranoid Blues〉이다. 이 노래는 『브로드사이드』의 첫번째 특집으로 실렸다.

일부에서는 이를 두고 잠재적 후원자에게 환심을 사려는 약삭빠른 행위라고 하였다. 즉, 그리니치빌리지에서 주목받고자 고참 좌파의 지지를 얻으려 했다는 것이다. 하지만 이 시기에는 반공주의—우익의 구호이기도 하면서 냉전을 지지하는 자유주의자의 주춧돌—에 도전하면 출세에 심각한 지장이 있을 거라는 관념이 지배적이었다. 게다가 시스와 고든이 만들려고 한 잡지는 발행부수도 적은 비상업적인 출판물이었다. 그 이듬해부터 딜런은 정기적으로 『브로드사이드』의 작곡가 모임에 참석하며, 시사적인 노래 스물아홉 곡을 기고했다.

1963년, 딜런은 처음으로 공중파방송인 에드 설리번 쇼The Ed Sullivan Show에 출연하기 위해 CBS 스튜디오로

갔다. 그곳에서 그가 존 버치John Birch(미국 첩보 장교이자 선교사로서 1945년 2차 세계대전 종전을 8일 앞두고 중국 공산당에게 살해당했다. 1958년, 그의 이름을 딴 존 버치 협회가 창설된다. 미국의 우익 보수 조직이면서 기독교 문화 창달을 원칙으로 한 이 협회는 좌익, 특히 사회주의자와 공산주의자를 반대했다—옮긴이)를 풍자한 〈존 버치 피해망상 블루스〉를 연주하려고 하자, 진행자는 다른 곡으로 교체할 것을 요구했다. 딜런은 이를 거절했고, 결국 출연을 정지당했다.

그 당시 평화운동과 공민권운동은 양쪽 모두 공산주의자 혹은 공산주의자로 추정되는 사람들과 관련이 있다는 의혹 때문에 고통을 겪었다. 마틴 루터 킹은 그와 절친한 조언자들이 공산당과 연계되어 있다는 이유로, 그들과의 관계를 끊으라는 경고를 수없이 받았다. 학생평화연맹 역시 안팎으로 압력을 받고 있었다. 공산주의는 물론, 어떤 형태로든 조직화한 마르크스주의자와 연대를 맺고 있는 개인은 받아들이지 말라는 요구였다. 그러나 학생비폭력조정위원회와 민주사회학생연합Students for a Democratic Society의 진보적인 청년들은 매카시즘이 공산주의자의 음모보다 훨씬 더 자유를 위협한다는 사실을 깨닫는다. 딜런이 〈존 버치 피해망상 블루스〉에서 신랄하게 조롱한 것이 바로 그들이 깨달은 이 사실이었다.

*

1962년 초봄, 그리니치빌리지의 어느 허름한 뒤편과 가스등이 켜진 카페에서 딜런은 〈바람만이 아는 대답 Blowin' in the Wind〉을 썼다. 그는 초연을 하기 전 "지금 부를 이 곡은 저항곡이 아니며 그런 식의 무엇도 아니다. 왜냐하면 나는 저항곡을 쓰지 않기 때문이다…… 그저 누군가를 위해서, 누군가에게 전해 들은 것을 쓸 뿐이다"라고 소개했다. 이 곡은 정식으로 취입하기 1년 전부터 이미 급속히 퍼져나갔다. 5월에 딜런은 피트 시거와 시스 커닝햄이 함께한 자리에서 〈바람만이 아는 대답〉을 불렀다. 몇주 후, 『브로드사이드』 6호 표지는 그 가사로 도배되었다. 입에서 입으로 전해져 그 노래는 곧바로 언더그라운드 인기 순위에서 1위를 차지하게 되었다.

생각해보면 〈바람만이 아는 대답〉은 시간을 초월한, 추상적이고 소박한 노래였다. 그러나 청중은 딜런이, 얼마나 더 많은 시간이 흘러야 '포탄'이 영원히 금지되고, '어떤 사람들이 자유를 허락하게' 될 때가 오는지 묻고 있다는 사실을 의심치 않았다.

사람은 얼마나 많은 길을 걸어봐야
진정한 삶을 깨닫게 될까?
백비둘기는 얼마나 많은 바다 위를 날아야
백사장에 편히 쉴 수 있을까?
전쟁의 포화가 얼마나 많이 휩쓸고 나서야
영원한 평화가 찾아오게 될까?
친구여, 그건 바람만이 알고 있어.
바람만이 그 답을 알고 있다네.

얼마나 긴 세월이 흘러야
산이 씻겨서 바다로 내려갈까?
사람은 참된 자유를 얻을 수 있을까?
언제까지 고개를 돌리고
외면할 수 있을까?
친구여, 그건 바람만이 알고 있어.
바람만이 그 답을 알고 있다네.
얼마나 많이 올려다보아야
진짜 하늘을 볼 수 있을까?
얼마나 많은 귀들이 있어야

타인의 울음소리를 들을 수 있을까?
얼마나 많은 사람이 희생되어야
무고한 사람들의 죽음을 깨달을 수 있을까?
친구여, 그건 바람만이 알고 있어.
바람만이 그 답을 알고 있다네.

〈바람만이 아는 대답〉은 희망과 견딤 사이에서 진자운동이라도 하듯 미묘하게 떠다녔다. 변화를 기다리는 초조하고도 간절한 심정으로 가득 찬 이 노래는 "친구여, 그 답은 부는 바람만이 알고 있다네"라는 모호한 후렴구와 함께 무언가를 말해주고 있었다.[13)] 잡힐 듯 말듯 모호함으로 가득 찬 그 "답"은 여기에 있으면서도 없었다. 공기처럼 분명히 존재하고, 사방에서 그 힘이 느껴지는 데도 여전히 잡히지 않았다. 그 모호함이 청중을 강하게 매혹했다.

1963년 피터, 폴 앤 메리는 〈바람만이 아는 대답〉의 커버버전(원래 곡의 가수나 작곡가가 아닌 가수나 그룹이 취입한 것을 말한다—옮긴이)이 실린 싱글앨범을 내놓는다. 부드럽고도 열정적으로 부른 〈바람만이 아는 대답〉 커버버전은 출시 후 단 2주 만에 30만 장이 팔렸다. 워너브라더스 역사상 가장 단기간에 30만 장을 넘긴 싱글앨범이었다.

사회적인 의식이 갑자기 팝 차트에 흘러 들어오자 언론매체들은 깜짝 놀랐다. 그들은 그때서야 최근 젊은이들의 경향과 그 한가운데 있는 흐트러진 외양의 한 음유시인을 돌아보았다. 그러나 〈바람만이 아는 대답〉이 성공한 것은 신비스러운 일이 아니었다. 피터, 폴 앤 메리의 싱글앨범이 출시되기 몇 주 전, 미국의 TV 화면은 앨라배마 주의 버밍엄을 보여주고 있었다. 행진하는 수천 명의 흑인 아이들이 개와 소방호스를 대동한 경찰들에게 공격받는 장면이 미 전역에 방영되었다. 버밍엄 교도소에 있던 마틴 루터 킹은 빼곡하게 채워 쓴 공개서한을 통해 내일이 아니라 지금 당장 이 부정과 맞서야 한다고 주장했다. 그는 말했다. "도대체 얼마나 외면을 하고 못 본 체해야 하나?" 그리고 사람들은 노래를 부르기 시작했다. "친구여, 그 답은 부는 바람만이 알고 있다네."

피터, 폴 앤 메리는 그저 〈바람만이 아는 대답〉을 처음으로 취입한 가수일 뿐이었다. 가스펠 가수로 시작해 십대의 우상으로 변모한 가수 샘 쿡Sam Cooke도 이 노래를 부른 적이 있었다. 쿡은 다수의 백인 청중을 확보하기 위해 고민하다가 이 노래를 다시 불렀다. 얄궂게도, 딜런이 부른 놀라운 새 노래는, 그의 입장에서 보면 돈을 벌 수 있는 좋은 수단이었다. 이 노래는 그가 목표로 삼은 백인 청중에게도 이미 친숙했기 때문이었다. 〈바람만이 아는 대답〉이 성공하자 쿡은 자극을 받아 1964년 후반에 〈변화가 다가오네A Change Is Gonna Come〉를 작곡하는데, 이는 사회성을 담은 소울Soul(모든 흑인 음악의 뿌리인 장르. R&B는 소울을 도시적이고 세련된 형태로 표현한 것이다—옮긴이) 음악의 걸작이었다. 1966년에는 열여섯 살의 스티비 원더Stevie Wonder가 〈바람만이 아는 대답〉을 다시 부르기로 결심했다. 모타운Motown(디트로이트 시의 흑인 음반 회사. '모타운 사운드'는 강한 비트를 나타내는 R&B를 지칭하는 말이기도 하다—옮긴이) 경영주들은 스티비 원더의 재능이 정치적 논쟁으로 더럽혀질까 봐 염려했지만, 그의 풍부한 연주 실력은 〈바람만이 아는 대답〉을 R&B 차트 정상에까지 올려놓았다.

*

딜런은 쿠바 미사일 위기에 대응하여 〈폭우가 쏟아지네A Hard Rain's a—Gonna Fall〉를 쓴다. "나는 뉴욕의 블리커 거리에 있었다. 사람들은 종말에 대해 이야기하며 앉아 있었다. 나 역시 그렇게 생각했다. 그건 절망의 노래였다. 우리가 무얼 할 수 있을까? 금방이라도 우리를 죽이려는 사람들을 어떻게 할 수 있겠나? 그런 말들은 빠르게 돌고 돈다. 그 노래는 테러에 대한 곡이다. 한 줄 한 줄 공허감을 표현하려고 애썼다." 어찌됐든 U-2 정찰기가 쿠바 지표에서 소련 미사일을 발견하기 몇 주 전인 1962년 9월 22일, 딜런이 카네기홀에서 〈폭우가 쏟아지네〉를 초연했다는 것은 역사적 사실로 남아 있다.

당시 카네기홀에 모인 청중 모두 〈폭우가 쏟아지네〉가 쿠바 미사일 위기에 관한 노래라고 생각했다. 카네기홀의 청중은 딜런의 새 노래에 감동받았고, 몇 주 후 실제로 미사일이 발견되자 그들은 경악했다. 딜런이 과연 예지력을 지닌 신비주의자였을까? 아니, 그것은 차라리 그가 당대의 가장 예민한 문제들을 섬세하게 감지하는 정치적 예술가였기 때문에 가능했다고 말해야 더 적절할 것이다. 딜런이 쓴 노래에 배어나는 절박함과 절망감은 사실 부인할 수 없는 현실이었다.

〈폭우가 쏟아지네〉는 차일드Francis Child[14]의 발라드를 차용한 것으로서, 뒷날 로큰롤로의 전환이 예상되는 거칠고 날카로운 리듬이 집요하게 연주되고 있다. 이 곡에서 딜런은 은유적인 재앙("혀가 갈라진 1만 명의 수다꾼들", "거친 늑대들에 둘러싸인 갓난아기")으로 전 지구적인 파괴("어둠에 가득 찬 일곱 개의 숲들"과 "죽은 열두 개의 대양")를 환기시킨다.

〈폭우가 쏟아지네〉를 쓰고 난 몇 주 후, 딜런은 〈옥스퍼드 타운Oxford Town〉을 쓴다. 인종 폭력에 관한 노래인 〈옥스퍼드 타운〉은, 그해 가을 미시시피대학에서 발생한 사건에 대한 응답이었다. 그 사건은 10년 동안 일어난 사건 중 가장 폭력적인 학생 사태였다. 당시 제임스 메러디스James Meredith라는 학생이 흑인으로서는 처음으로 올 미스Ole Miss(미시시피대학의 닉네임—옮긴이)에 등록하려고 하였다. 그러자 남부 전역에 사는 백인들이 격렬하게 반대했고, 주지사 로스 바넷Ross Barnett은 메러디스가 학교로 들어오지 못하도록 길을 차단했다. 케네디 행정부는 중재에 나서지 않을 수 없었다. 결국 메러디스는 연방수사관들의 호위를 받으며 기숙사로 들어갔다. 그러자 지역 언론과 주지사, 고속도로 순찰경관과 지방경찰관의 지지를 받는 수천 명의 백인 학생들이 캠퍼스로 몰려들어가 메러디스를 호위하는 연방보안관을 공격했다. 그들은 채찍을 휘두르고, 화염병과 벽돌을 던지고, 쇠파이프를 휘두르며 엽총까지 쏘았다. 딜런은 "미시시피 달빛 아래 두 남자가 죽었다", "28명이 총에 맞고 160명이 부상당했다"고 정확하게 노래했다. 딜런의 노래는 비록 단순했지만 진솔했으며 사람들의 심금을 울렸다. 그 후 1991년에 딜런은 미시시피 옥스퍼드를 단독으로 방문하여 한 차례 공연을 했다.

〈옥스퍼드 타운〉을 쓰고 난 뒤, 딜런은 〈존 브라운 John Brown〉과 함께 반군국주의에 관한 주제로 돌아간다. 이 곡은 "이국의 해안에서 싸우도록 전쟁터에 보내진 순진한 한 남자의 이야기"이다(이 곡은 1960년대에 출시한 앨범들에는 수록되지 않았지만 다른 반전 노래와 더불어 1990년대 라이브 공연에서 딜런의 중요한 레퍼토리이다). 아들이 전쟁터로 떠나는 것을 대견하게 여기는 한 어머니가 충고한다. "대장이 시키면 시키는 대로 무조건 따르려무나. 그러면 너는 메달을 많이 받을 수 있을 게다." 그리고 어머니가 이웃에게 "군복 입고 권총을 찬 아들과/훌륭한 옛날식 전쟁"을 자랑하면 소름끼치는 후렴구가 반복된다. "오, 훌륭한 옛날식 전쟁이여! 오, 훌륭한 옛날식 전쟁이여!"

딜런의 노래는 수심에 잠기기보다는 전쟁의 고통과 그 대가를 상세하게 설명한다. 전쟁에서 돌아온 병사를 역에서 맞이하는 어머니는 아들의 모습에 충격을 받는다.

아들의 얼굴은 온통 일그러져 있는데다 손은 갈래갈래 찢어지고

허리에는 쇠붙이를 대고 있어.

아들은 어머니가 들어본 적이 없는 낮은 음성으로 인사하네.

그러나 어머니는 아들의 얼굴을 알아보지도 못하네.

부상당한 병사는 "달싹거릴 수도 없는 입술로"로 그가 겪은 고통을 가까스로 어머니에게 표현한다.

가장 무서웠던 건 적군이 가까이 왔을 때였어요.

그런데 그 남자 얼굴이 나하고 똑같이 생긴 거예요.

딜런은 후렴구에서 "나하고 똑같이 생겼어!"를 반복하며 울부짖었다. 마침내 브라운은 그 아비규환을 어떻게 빠져나왔는지를 떠올리다가 자신이 연극 속의 꼭두각시였다는 데 생각이 미친다.

그해 딜런은 〈존 브라운의 주검John Brown's Body〉을 쓴다. 딜런은 이 노래에서 장애인이 된 베트남 퇴역 군인인 론 코빅Ron Kovic의 이야기를 들려준다. 그는 『7월 4일(미국독립기념일—옮긴이)의 기원』을 쓴 반전 운동가

이다. 딜런은 약 7년 전 코빅이 악몽에 시달렸던 체험을 바탕으로 노래를 만들었다. 이 노래는 딜런이 가공하지 않은 감성으로 정치적으로 타협하지 않는 현대적 포크 음악을 집대성하고 있음을 보여주었다. 이 노래를 쓰고 나서 딜런은 처음으로 해외로 나갔다. 매니저 앨버트 그로스먼이 영국의 BBC 방송을 설득해서 딜런에게 드라마의 작은 배역 하나를 맡긴 것이다.

*

1951년 4월, 영국 공산당은 영국 문화에 대한 미국의 위협에 대응해 런던협회를 조직한다. 그 협회는 미국인 사업가들이 대대적인 판매를 통해 탐욕스럽고 폭력적인 미국인들의 삶의 방식, 특히 통속적인 할리우드 영화나 상업적인 댄스 음악으로 영국인을 물들이고 있다고 주장했다. 또한 영국 공산당은 오늘날 느와르 영화의 걸작으로 손꼽히는 〈이중 노출Kiss of Death〉, 〈가면 속의 음모The Set-Up〉, 〈화이트 히트White Heat〉, 〈브루트 포스Brute Force〉와 같은 영화들이 가학성을 부추긴다는 이유로 비난했고, BBC가 미국 작사가를 선호한다고 비난했다. 그들에 따르면 미국 대중음악은 "투쟁에 관한 주제는 다루지 않으면서…… 사람들의 희망과 좌절에 대해서"만 노래를 한다. 이 독극물을 해독해내려면 "우리의 문화유산을 보급하고 재발견하여…… 우리의 전통을 기반으로 한 대중적이고도 진보적인 문화를 발전시켜나가야 한다"는 게 그들의 입장이었다.

그런데 이들의 주장은 모순적이었다. 역설적이게도 영국 공산당은 자신도 모르는 사이에 포크 음악을 바탕으로 한 미국의 음악적 특질에 대한 관심을 부추겼다. 영국 공산당은 초기의 발라드와 블루스 행사를 체계화하는데, 이 기획을 진행한 인물이 바로 미국인, 앨런 로맥스였던 것이다. 그는 영국의 포크와 미국의 재즈 및 블루스를 보기 좋게 절충했다. 특히 빅 빌 브룬지는 성스러운 해먼드의 영가에서부터 1938년의 스윙재즈까지 두루 아울렀다.

1950년대에 일시적으로 유행했던 스키플skiffle(재즈와 포크가 혼합된 음악—옮긴이) 또한 옛 미국 음악—특히 뉴올리언스재즈—에 대한 새로운 관심에서 비롯된 것이었다. 사실 스키플의 음악적 요소는 초보적이기 때문에 노래가 아주 쉬웠다. 1955년 영국에 온 램블린 잭 엘리엇Ramglin' Jack Elliott은 영국식 억양으로 표현한 이 친숙한 곡조를 발견하고 깜짝 놀란다. 그는 영국의 스키플이 전혀 가치가 없다고 결론 내렸다. 그러나 앨런 로맥스는 생각이 조금 달랐다.

> 내가 남부의 감옥에 있는 죄수들한테서 녹음을 한 이 노래가, 상대적으로 말해서, 고통이라곤 받아본 적이 없는 젊은이들의 입에서 흘러나오는 것이 처음에는 참으로 이상하게 들렸다. 그런데 이 젊은이들이 계급 문제, 쇠락하는 대영제국, 실업, 가난 등의 문제 때문에 스스로 감옥에 있는 것처럼 느끼고 있다는 것을 곧 깨닫게 되었다. 그들은 여리고 성 앞에 선 수많은 여호수아들처럼 감옥 벽에다 소리를 지르고 있었다.

앨런 로맥스에게는 선견지명이 있었다. 스키플은 영국의 젊은 세대들에게 출렁이는 리듬의 매력과 아프리카계 미국인의 전통인 소박한 사실주의를 소개했을 뿐만 아니라, 존 레논John Lennon과 폴 매카트니Paul McCartney를 만나게 했다. 로맥스는 스키플 연주자들에게 지속적인 노력을 촉구하면서도 "재즈인들처럼 지나치게 기교를 섞은 코드 진행"에 빠지지 말라고 경고했다. 그는 오히려 "서유럽에서 가장 풍부한 대영제국의 노래 전통을 찾아보라"고 충고했다.

영국에 머무는 동안 앨런 로맥스는 섈퍼드 출신인 노

동 운동가 이완 맥콜Ewan MacColl에게 버트 로이드Bert Lloyd(모험적인 대중음악학을 다룬 초기 마르크스주의 평론 『노래하는 영국인The Singing Englishman』의 저자—옮긴이)를 소개했다. 맥콜은 10년 동안 좌파 극단에서 배우 겸 가수로 활동하다가 대중문화에 대한 새로운 접근을 모색하던 중이었다. 로맥스의 선례를 따라, 로이드와 맥콜은 영국 노동계급 포크 음악의 목록을 만드는 일에 착수했다. 그들 역시 봉건 중세의 농노들과 산업사회 무산계급을 주목하고, 아래로부터 지속되는 집단적 저항 전통에 각별히 애정을 쏟아 부었다.

토착 음악을 찾으려는 열정이 점점 강렬해지면서 영국의 포크 운동도 더욱 순수성을 띄게 되었다. 맥콜은 "미국이 낳은 모든 음악들이 활발한 만큼 우리의 음악도 역시 활발하다. 따라서 우리는 문화 제국주의의 지부가 아닌 민족적 주체성을 추구해야 한다는 확신이 들었다"고 말했다. 맥콜과 좌파들의 영향 아래 수많은 발라드와 블루스 클럽은 스스로 싱어스 클럽으로 전환하면서 무엇을 공연할 건가 고민하기 시작한다.

영국 포크 운동에 대한 엄청난 지지는 이듬해 핵무기 금지운동으로 이어졌다. 이 시위는 1960년대 초 미국에서 일어난 핵폐기 시위와 거의 같은 규모로서 이들의 정치적 영향력은 점점 더 강화되었다(그들은 일방적 핵무기 군축을, 공식적인 노동당 정책으로 세우는 데 성공했다).

1962년 겨울, 런던에 도착한 딜런은 포크 클럽에서 공연을 하기 시작한다. 그는 미국에서보다 더 많은 것을 느끼게 되었다. 그는 영국의 포크 음악과 그 뒤에 깔려 있는 다양한 정치적 관점들을 받아들였다. 젊은 가수들도 많이 만났다. 마틴 카시Martin Carthy가 그 중 한 사람이었다. 카시는 "그가 영국에서 보낸 시간은 그의 발전에 정말로 중요했다. 딜런에게 어마어마한 영향을 주었다"고 말했다.[15)]

런던에서 딜런은 애국주의를 '악당의 최후의 안식처'라고 정의 내린 사무엘 존슨Samuel Johnson에게 이끌렸다. 딜런에게 깊은 인상을 남긴 그의 사상은 이후 〈애인은 널 사랑해Sweetheart Like You〉에서 "애국주의란 부도덕한 집착의 마지막 수단이라고들 한다/보잘것없는것을 도둑질하면 감옥에 처넣겠지만/많은 것을 훔치면 그들은 당신을 왕으로 삼는다네" 같은 노랫말을 낳게 한다.

런던에서 딜런의 평가가 우호적인 것만은 아니었다. 그는 더러 런던 포크계의 중심에서 시비를 거는 듯한 태도를 취하는 바람에 반감을 사기도 했다. 이완 맥콜은 "나는 혜성처럼 떠오른 이 미국인 우상의 매력을 주의 깊게 지켜보았다"며 "나는 딜런이 그저 평범한 수준의 재능을 가진 청년이라는 사실 외에 다른 어떤 부분을 찾아볼 수 없었다. 비판 정신이라고는 찾아볼 수 없는, 싱겁고 말랑말랑한 팝 음악을 좋아하는 청중들이나 그런 수준 낮은 어리석은 이야기에 빠져들 것이다…… 내용도 없고 무지한 시사적인 곡이나 어수룩한 남학생이 쓴 것 같은 자유시가 진정한 시란 말인가?"[16]라고 말했다.

이런 혹평에도 불구하고 런던을 방문하는 동안 딜런의 작품은 더욱 명확한 정치적인 색채를 띠게 된다. 영국 체류 끝 무렵에 그는 소설가이자 작사가인 리처드 파리냐Richard Fariña를 만나는데, 그에게 "이봐. 네가 둘러본 이 세상에는 지금도 일이 벌어지고 있어. 안 그래? 넌 아무 일도 없는 척하면 안 돼. 뉴욕에서 쿠바 사태를 라디오로 들었는데, 너도 뭔가 생각을 해야 하지 않을까?"라고 말하기도 했고, 뉴욕으로 돌아오자마자 셀턴Shelton에게도 그 비슷한 지적을 했다. "고발성 짙은 노래가 더 필요해…… 지금 내 머릿속에 그게 들어 있거든."

대서양을 사이에 둔 두 개의 영어 사용권 국가 간의

문화적 교류는 10년에 걸쳐 지속되었다. 이러한 상호작용을 배제하고서 양국 대중음악의 진전은 상상조차 하기 힘들었다. 양국에 싹튼 반체제 문화도 마찬가지다.

*

1963년 4월에 마틴 루터 킹은 버밍엄의 감방에서 다음과 같은 글을 썼다.

> 모욕적인 인종차별을 받아들이기보다는 긍지를 가지고 감옥에 가는 게 더 낫다…… 인내의 잔이 차고 넘치면 때가 올 것이며, 사람들은 더는 절망의 구렁텅이에 빠지지 않을 것이다.[17]

2주 후인 5월 2일, 4천 명의 흑인 어린이들이 '짐 크로우Jim Crow'(1830년대 뮤지컬에 나오는 등장인물의 이름. 당시 뮤지컬에서는 백인들이 얼굴을 검게 칠하고 흑인 역할을 했는데, 대개의 경우 흑인들을 비하하였다. 1880년대부터 '짐 크로우'는 남부의 여러 주와 도시가 흑인들을 박해하고 차별하기 위해 제정한 흑백분리법을 가리키는 말이 됐다. '짐 크로우 법'은 흑인이 백인들과 같은 학교에 다니지 못하도록 규정했을 뿐만 아니라, 백인들과 같은 식당이나 교통수단을 이용하지 못하도록 했다—옮긴이)의 종결을 요구하며 시내 중심가를 행진했다. 그러나 그들을 기다린 것은 경찰의 폭력이었고, 이 끔찍한 폭력적인 진압은 전 세계에 방송되었다. 5월 10일, 버밍엄의 백인 당국은 킹 목사와 그 운동을 받아들이지 않을 수 없었다. 이 승리는 남부 전역에 공민권운동을 부활시켰다. 그 뒤 10주 동안 186개 도시에서 758회의 시위가 일어났고 14,733명이 체포되었다.

시위가 일어난 도시 중 하나인 미시시피 주의 잭슨의 투쟁을 이끌고 있던 사람은 전미유색인종지위향상협회 지역 분과위원인 메드거 에버스. 그는 연좌운동에 관련된 농성과 체포가 늘어나자 지역 TV 시청자에게 "인종문제와 관계 있는 화면은 이제 전과는 다를 것이다. 역사는 세계 곳곳에서 전환점에 도착했다"고 경고했다. 6월 11일 저녁 무렵, 마침내 케네디 대통령이 TV에 나와 "거대한 변화가 가까이 왔다"는 것을 믿는다고 말했다. 케네디는 중요한 공민권 법안을 의회로 보낼 거라고 천명했다. 그것은 공민권운동의 대승리를 의미했다. 다음날, 에버스는 밤늦게까지 회의를 하다가 귀가했다. 집 앞에 도착하여 차에서 내리는 순간, 그는 암살자의 총을 맞았다. 그로부터 3주 반이 지난 7월 5일, 스물한 살의 밥 딜런은 학생비폭력조정위원회 유권자 등록 단체운동을 지지하기 위해 미시시피 주 그린우드에 도착했다.

인종차별 철폐운동에 대한 억압은 끊이지 않았다. 수십 년 동안 가장 포악한 백인우월주의 제도 속에 있던 그린우드 인근 델타 주의 흑인 주민들은 외부로부터 완전히 고립되어 있었다. 밥 모제스Bob Moses는 그들을 이끌어 저항조직을 결성하였다. 그러자 주 관청은 식료품 공급을 차단했고, 1963년 2월, 지방도로에서 자동차 안에 앉아 있던 학생비폭력조정위원회 활동가를 향해 총을 발사하기도 하였다. 델타 주의 흑인들은 굶주린 상태에서도 저항을 포기하지 않았다. 학생비폭력조정위원회의 집회에 출석하는 이들이 점점 늘어나고, 유권자 등록을 하려는 사람들도 늘어났다. 한때 시카고 출신 학생운동가였던 짐 포먼Jim Forman은 저널리스트 자격으로 남부를 방문했다가 이 투쟁에 적극적으로 가담했다. 총격과 방화가 한창이던 1963년 3월 내내 모제스와 포먼은 저항과 행진, 그리고 회의를 진행하면서 유권자 등록 신청을 계속해나갔다. 그러나 모제스와 포먼을 포함하여 학생비폭력조정위원회 활동가 여덟 명은 유권자 등록 과정에서 경찰견에게 공격을 받고 공무집행방해죄로 기소당해 8개월 형을 선고받았다.

수뇌부마저 구속된 그린우드의 운동은 외부의 지지와 관심이 절실했다. 이때 딜런이 방문했고, 이와 동시에 이 지역에 대한 외부의 관심이 더욱 높아졌다.

사실 딜런의 방문은 배우이자 가수인 테오도르 바이켈Theodore Bikel의 노력으로 이루어졌다. 그는 딜런이 "남부의 투쟁에서 직접적인 감동을 받게 될 것"이라 생각하여 앨버트 그로스먼을 찾아가 제안을 했다. 그로스먼이 비용이 없다고 하소연하자 바이켈은 그 자리에서 수표를 써주었다.

바이켈과 딜런은 비행기를 타고 애틀랜타로 가서 잭슨에 도착했다. 학생비폭력조정위원회 활동가 두 사람이 이들을 차에 태워 그린우드로 갔고, 딜런은 거기서 피트 시거와 렌 챈들러Len Chandler 등을 만났다. 그들은 다음 날 집회에서 다 함께 노래하기로 예정되어 있었다. 그 여행 내내 딜런은 조용히 앉아 버릇대로 꼬깃꼬깃한 종이 위에 글을 갈겨썼다. 바이켈은 "딜런의 정치적 태도는 우리들에 비해서 그다지 강해 보이지 않았다. 마치 개인적인 일로 남부 깊숙이 가고 있는 듯했다"고 회상했다.

사실 딜런이 그린우드에 간 것은 뜻밖의 일이 아니었

다. 앨런 로맥스가 강조한 대로 그곳은 블루스가 시작된 곳이었다. 딜런에 앞선 대가들인 부카 화이트Bukka White, 찰리 패튼Charley Patton, 블라인드 레몬 제퍼슨Blind Lemon Jefferson, 또 존 리 후커John Lee Hooker 등의 땅이었다. 로버트 존슨, 베시 스미스, 그리고 에밋 틸Emmett Till이 거부할 수 없는 음악적 운명과 마주친 땅이었다. 딜런은 음악과 역사를 통해 델타가 끝없는 괴로움과 싸우고 있는 고통과 치욕의 장소라는 것도 알고 있었다. 그러나 '짐 크로우'에 저항하기 위해서 들고 일어선 사람들을 가까이서 만나는 것은 다른 차원의 문제였다. 바이켈은 딜런이 백인 전용인 음료수대와 화장실을 단번에 알아보고 괴로워했으며, 운동가들의 용기, 검소하고 소박한 학생비폭력조정위원회 작업복 셔츠와 무명옷를 입은 사람들을 보며 경외심을 표현했다고 말했다. 딜런은 그들의 일상이 되어 있는 내핍한 생활과 두려움을 함께 나누었다. 그린우드에서 지낸 첫날 밤에 그는 교회 다락방에서 잤다. 다음 날 아침엔 집회에 참석하기 위해 3마일 정도 떨어진 곳으로 이동하는 내내 자동차 지붕에 납작 엎드려 있었다. 바이켈에 따르면 딜런은 흑인 농부들에게 자신이 "아홉 살이 될 때까지 유색인종을 만난 적이 없다는 것을 털어놓고, 도와준 일이 너무 없어서 미안하다고 사과했다”고 한다.

한낮의 열기가 너무 강렬해서 집회는 늦은 오후 시간으로 연기되었다. 땅거미가 질 무렵, 연주자들은 목화밭 옆에 있는 트럭 뒤로 올라가 약 300명의 청중을 위해 공연했다. 경찰과 클란Klan(큐 클럭스 클란Ku Klux Klan. 약칭 KKK단. 미국의 극우 비밀 테러 조직으로, 인종차별주의를 표방하며 남북전쟁 이후에 결성되었다—옮긴이) 조직원들이 주시하는 가운데, 딜런은 노래로서 메드거 에버스의 죽음에 대해서 자신의 입장을 밝히기로 했다. 문제적인 그 노래, 〈그는 단지 하수인이었을 뿐〉은 최근 몇 달 사이에 에버스를 만났을 일부 청중을 사로잡을 수밖에 없었다. 노래는 강한 호소력을 발휘했다. 이 무렵 저항운동에서 선호되던 도덕적이고 이상주의적인 웅변과는 달리, 딜런은 인종차별주의자의 폭력은 정치적 조작과 부정한 사회제도의 산물이라고 노래했다.[18)]

당대 최고의 운동가들과 조우한 이 사건은 딜런에게 깊은 인상을 남겼다. 여러 해가 지나서도 딜런은 그린우드에서 만난 이들에게 수시로 경의를 표했다.

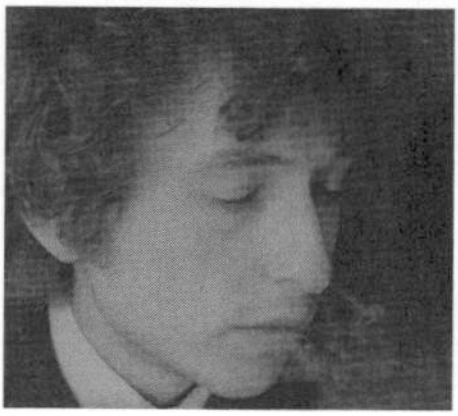

2장

진실로 신성한 것은 많지 않다

우리는 하루하루 크고 작은 폭력을 통해서
이른바 공동체의 안녕을 유지한다.
경찰관과의 곤봉과 수갑을 보라!
감옥을 보라!
—헨리 데이비드 소로우Henry David Thoreau

1964년 2월 초, 딜런은 약물에 취한 채 뉴욕에서 캘리포니아까지 길고 긴 도보 여행을 시작한다. 그는 이 여행이 자신의 음악 지평을 보다 확장시켜 주는 순례의 길이 되길 바랐다. 할란 주에 들어가서는 느닷없이 탄광 인부들을 방문했고, 캐롤라이나 북쪽에서는 초로의 시인 칼 샌드버그Carl Sandburg에게 경의를 표했다. 칼 샌드버그의 『아메리칸 노래집The American Songbook』은 딜런이 처음 곡을 만들 무렵 또 하나의 교과서였다. 애틀랜타에서는 주로 흑인이 많은 에머리대학에서 재즈 연주를 했다. 미시시피에서는 밥 모제스와 톰 헤이든Tom Hayden을 만나고, 마디 그라에서는 술에 잔뜩 취했었는데, 그가 마디 그라에서 끄적인 글은 몇 달 후 〈탬버린 치는 남자Mr. Tambourine Man〉로 탄생했다. 콜로라도의

러들로에 도착한 딜런은 우디 거스리가 노래를 통해 추모했던 1913년 파업 참가자들이 몰살당한 유적지에 머무른 후 덴버로 이동했다. 그날 밤, 세계 헤비급 챔피언 시합에서 캐시어스 클레이Cassius Clay(무하마드 알리의 본명—옮긴이)가 소니 리스턴Sonny Liston을 물리치자, 딜런은 버클리의 캘리포니아대학에서 처음으로 웨스트 코스트 재즈(1940년대 후반 우디 허먼Woody Herman 악단과 스탄 켄튼Stan Kenton 악단을 모체로 나타난 장르로 심플하고 스윙적인 연주를 많이 보여줬다. 주로 젊은 백인 중산계급 음악가들이 많았다—옮긴이)를 멋들어지게 연주했다.

여행 중 폭풍과 천둥에 꼼짝 못하게 된 딜런은 교회 입구에 있는 오두막으로 들어갔다. 한기가 감도는 어두컴컴한 오두막 속에서 그는 젖은 빵조각을 씹으며 그가 지나온 길들을 가만히 되짚어보았다. 결코 순조로웠다고만은 할 수 없는 삶이었다. '내가 원하는 길은 무엇인가. 나는 또 어떤 길을 걸어가야 하는가.' 그는 자신의 내면을 향해 귀를 기울였다. 순간, 교회의 종소리가 어둔 밤 속으로 울려 퍼졌다. 그 종소리는 그를 둘러싼 세계와 그의 내면을 일치시켰다. 그것은 그의 앞에 현현한 계시였다. 그 종소리는 소외당한 자들과 억압받는 자들에 대한 거대한 사회적 통찰을 일깨워줬다. 그것은 바로 '자유의 종소리'였다.

딜런의 마지막 저항곡인 동시에 1960년대 작품군을 관통하는 '영속되는 순간적 이미지(딜런의 표현에 의하면)'로 이루어진 첫 작품인 〈자유의 종소리Chimes of Freedom〉는 과도기적인 성격을 띠고 있다. 때문에 저항기의 딜런과 이후의 딜런 사이의 분열이 결코 갑작스러운 것이 아님을 암시하고 있다.

〈자유의 종소리〉를 구성하는 각각의 연은 복잡하게 뒤섞인 들쭉날쭉한 4행으로 시작하고 있는데, 천둥과 번개, 그리고 교회의 종소리 등이 혼재하고 있다. 즉, '감각의 혼돈Disarrangement of the Denses'에 뿌리를 두고 있는 것이다. 이 개념은 당시 딜런이 읽은 프랑스 상징주의 시와 랭보Rimbaud로부터 온 것이었다. 저항곡의 직설적인 방식과는 대조적으로, 장황하면서도 압축적이며 또 새로운 시적 의욕으로 가득 차 있는 이 노래는 저항성을 띠면서도 저항의 직접성을 훌쩍 뛰어넘고자 하는 새로운 시도였다. 또한 그동안 그의 노래 속에 등장했던 '타자'의 범위 역시 확장되었다. 〈자유의 종소리〉에서 딜런은 체제를 비난하는 것이 아니라, 타락한 제도의 희생자들과 그들을 학대하는 이들, 그들을 묵살하고 저버리는 이들에게 초점을 맞춘다. 그리고 "그날 밤 패배한 병사"들의 이름을 호명하며 축복한다. 이 노래는 "싸우지 못하는 전사들", 즉 그가 그린우드에서 만난 학생비폭력조정위원회의 노동자들과 "패주하고 있는 비무장 도로 위의 망명자들"로 시작하지만, 점점 그가 호명하는 타자들의 범위는 확장된다. 인정받지 못한 시인과 화가들, 미혼모, 이름 없는 매춘부, 상습 경범자에 이르기까지 말이다. 심지어 그는 노래의 끝에서 "혼란을 겪고 비난받고 학대받고 영혼이 고갈된 수많은 사람들"과 "전 세계의 신경쇠약에 빠진 모든 사람들"에게까지 경계 없는 연민을 표현한다.

그것은 획일화된 주류 사회에서 주변부로 밀려난 모든 이들과의 연대를 모색하는 광범위한 포부였다. 〈자유의 종소리〉는 두말할 것도 없이 상처받은 사람들을 불러 모으고 위무하는 노래였다. 딜런은 자신을 이 많은 사람들 중의 하나로 보았다.

1988년, 브루스 스프링스틴Bruce Springteen은 인권선언 14주년을 축하하는 엠네스티 국제 순회공연Amnesty International Tour에서 이 스트리트 밴드E Street Band와 함께 〈자유의 종소리〉를 연주했다. 스프링스틴은 이 노래 속에 타자를 향해 고동치는 연민의 맥박을 짚으며 "수

많은 무구한 영혼이 감옥에 들어가 있는" 것에 대해 예를 갖추었고, 엠네스티의 골자인 '보편타당한 인간의 권리'를 잘 전달해주었다.

엠네스티 국제 순회공연 중 스프링스틴의 〈자유의 종소리〉를 들은 세네갈의 거장인 유쑨드Youssou N'Dour(세네갈의 메디나에서 태어난 그는 어린 시절, 어머니로부터 월로프Wolof 민족의 전통음악과 노래를 배웠다. 아프리카의 전통음악을 세계적인 음악으로 끌어올린 성과를 인정받아 그래미상을 수상했다. http : //www.youssou.com에서 그의 음악을 들을 수 있다—옮긴이)는 이 노래 속에 정치적인 발언과 상업적인 속성이 섞여 있다고 파악했다. 그리고 1994년 발매한 자신의 앨범 《우엇Womat》에 〈자유의 종소리〉 커버버전을 싣는다. 월로프어(세네갈 언어의 하나. 니제트콩고 어족語族에 속한다—옮긴이)와 프랑스어로 번역된 유쑨드의 〈자유의 종소리〉는 섬세하고 활기차지만 복잡한 리듬으로 짜여 있었다. 이렇게 〈자유의 종소리〉는 이국적인 변형을 거치며 본래의 장엄함을 벗어버리고 음악과 문화의 경계를 넘나들었다.

*

가끔은 이런 생각을 하네
내가 너무 높이 있어서 떨어지지 않을 거라고
또 어떤 때는 이런 생각을 하네
내가 너무 낮게 있어서
도대체 올라갈 수나 있을지 모르겠다고
__1964년, 〈블랙 크로우 블루스Black Crow Blues〉에서

1964년 5월, 딜런은 영국에서 돌아왔다. 《프리휠링 밥 딜런》은 영국에서 톱 20위에 들고, 싱글앨범 《시대는 변하리라》는 십대들의 열광적인 찬사를 받았다.

그가 방문한 시기를 전후로 영국 대중음악은 변하기 시작했다. 그리고 그 변화가 미국까지 파문을 일으켰다. 비틀즈, 롤링 스톤즈, 애니멀스The Animals, 후The Who, 그리고 그 밖의 많은 영국 음악인들이 미국의 새로운 백인 세대 속으로 스며들었다. 또한 무디 워터스Muddy Waters나 하울링 울프Howling Wolf 등 아프리카계 미국인의 음악에도 새로운 길이 열렸다. 그들은 백인계 미국인에게 흑인이 대중 예술에 기여한 바를 상기시켰다. 딜런은 처음부터 영국의 새로운 로큰롤을 좋아했다. 그것들은 옛 형식이 새로운 형식으로 새롭게 태어날 수 있다는 것을 보여주었기 때문이다.

딜런은 영국의 새 로큰롤을 자신에 맞게 개작하느라 1년 이상의 시간을 보냈다. 가사의 범위를 넓혔고, 그에 따라 내용도 더 복잡해졌다. 그는 〈탬버린 치는 남자〉와 〈난 아니야It Ain't Me, Babe〉로 영국에서 데뷔했다(『런던 타임스London Times』는 후렴구 "no, no, no"를 비틀즈의 "yeah, yeah, yeah"에 대한 응답이라고 해석했다). 영국 콘서트를 마친 딜런은 파리, 베를린, 그리스를 방문했다.

여행을 마친 딜런은 다음 앨범, 《밥 딜런의 새로운 면모Another Side of Bob Dylan》(1964)의 작업을 착수했고, 6월에 뉴욕으로 돌아와 녹음을 했다. 그는 냇 헨토프Nat Hentoff에게 말했다. "난 이제 사람들을 위한 노래를 쓰고 싶지 않아. 당신도 알다시피, 대변인이 되고 싶지 않다고. 이제부터 내 안에 있는 것을 쓰겠어. 이야기하거나 걸으면서 흘러나오는 것으로 말이야. 이제 폭탄은 지겨워. 왜냐하면 폭탄보다도 사태가 더 나빠지고 있거든. 난 운동의 일부가 아니야. 이제 어떤 조직과도 함께 일하지 않겠어."[19] 그는 내면의 소리에 귀를 기울이기 시작하면서 좌파와의 관계를 더 벌리려는 듯했다.

그해 여름, 딜런은 뉴포트에서 이전까지의 경향과는 전혀 다른 노래들, 〈내가 진정 원하는 것All I Really Want to Do〉, 〈라모나에게To Ramona〉, 〈탬버린 치는 남자〉를 부른다. 청중들은 무척 당황했고, 딜런의 변화를 못마땅하게 여긴 몇몇 비평가는 그를 '새로운 저항의 월계관'을 쓴 필 옥스Phil Ochs와 비교하면서 신랄하게 비판했다. 특히 어윈 실버가 『싱 아웃!』 9월호에 쓴 「밥 딜런에게 보내는 공개서한」이 유명하다.

> 당신은 이제 다른 종류의 가방을 들고 서 있는 듯하군요, 밥. 나는 걱정이 됩니다. 뉴포트에서 당신이 사람들과 어떻게 관계를 끊는지 보았습니다. 정말이지 세간의 유명세가 당신의 길을 만드는 것 같습니다. 이제 당신은 측근하고만 여행하는군요. 당신과 함께 술을 마시면서 웃음이 필요할 땐 웃어주고, 당신의 사생활을 지켜주는 좋은 벗들과 함께 말입니다. 게다가 고통받는 사람들의 현실에 다시 맞서라고 권하지 않는 좋은 벗들과 함께 말이죠……. 당신의 새 노래는 이제 내부를 지향하고, 내부를 찬찬히 들여다보게 만드는 듯합니다. 당신의 자의식은 상황에 따라 조금은 감상적이 되었다가 더러는 잔인해질 수도 있겠군요. 그 모든 일이 역시 무대 위에서 일어나고 있습니다. 당신은 우리 앞에 서기보다는 무대 뒤의 한 줌도 안 되는 추종자들과 어울리는 재미에 푹 빠져 있는 것 같군요.

사회주의자인 실버는 밥 딜런의 특수한 상황뿐만 아니라 그의 변모가 운동에 야기하는 정치적 문제도 염려했다.

> 우리는 당신과 같은 젊은 예술인에게 벌어진 일에 대해서 책임이 있습니다. 모든 것을 파괴하는 미국의 '성공 기계'는 하루 단위로 천재들을 집어삼키고도 만족하지 못한 채 여전히 굶주려 있습니다. 우리의 진짜 예술을 생산할 수 없도록 그 기계는 제도에 저항하고 불복종하는 창조성을 파괴하고 있습니다. 그런데 높은 대중적 지명도나 쉽게 버는 돈, 또 그렇게 올라선 신분 따위가 예술가를 성장시키거나 제 구실을 하도록 이끄는 경우는 거의 없습니다. 우리는 달콤한 환상을 부여하는 이 '성공 기계'와 지속적인 투쟁을 벌여야 합니다.[20]

훗날, 실버는 예술가에게 특정 노선을 따르도록 공적으로 요청한다는 게 헛된 일이라는 것을 인정했다.[21] 공개서한에 담긴 실망감은 딜런의 공헌과 역할을 인정하는 것이기도 했다. 사실 딜런이 '저항'이라는 구호로 문화적 · 정치적 압박을 돌파한 것은 귀중한 성과였다. 실버의 공개서한 이후 『싱 아웃!』은 열띤 논쟁의 장이 되었다. 예술가의 사회적 책임과, 개인과 정치에 관한 다양한 주장이 제기되었는데, 흥미롭게도 당시 '새로운 저항의 월계관'을 쓰고 있던 필 옥스와 좌익 예술가 존 싱클레어John Sinclair 등이 딜런을 옹호했다. 그러나 자신의 정치적 후퇴에 대해 딜런이 직접 작성한 글은 여타의 수많은 정치적 분석으로 인해 벌집이 되고 말았다.

> 내가 할 수 있는 말은 정치가 내 적성에 전혀 맞지 않다는 것이다. 나는 정말로 그 어떤 사회의 일원도 아니다. 나는 결코 그 일부가 되지 않을 것이다. 나는 영향을 미치거나 그 어떤 것도 하지 않으려고 하는데, 어째서 그것을 비판하는 따위의 일로 그 일부가 되겠는가? 그것은 시간낭비다. 요즘 청년들은 그걸 안다. 오늘날의 청년들은 스물한 살 정도가 되면 그것이 몽땅 사기임을 깨닫는다. 나는 그것이 전부 엉터리라는 것을 안다.

비논리적이며 건방지고 제멋대로지만 당시 딜런의 심란한 내면 풍경을 엿볼 수 있는 고백이다. 실제로 1960년대가 지나가면서, 정치활동에 대한 예술가들의 복잡하고 고민스러운 반응은 그 어느 시기보다도 더 자주 들려왔다.

*

오하이오주립대학 학생이었던 필 옥스는 노래하는 사회주의자로서 지역의 커피 하우스를 중심으로 음악 활동을 시작했다. 1963년 뉴포트에서 딜런이 주 무대를 독점하는 사이에 옥스는 메드거 에버스의 암살에 대해 쓴 〈너무 많은 순교자들Too Many Martyrs〉을 불러 많은 이들에게 깊은 인상을 남겼다.

> 차고 넘치는 순교자의 비석들, 저리도 많은 죽은 이들,
> 넘치고 넘치는 거짓말들, 우리가 했던 무수히 많은 공허한 말들.

순교자의 비가 수없이 세워지고 있었지만, 여전히 알맹이 없는 말들이 횡횡하고 있었다. 딜런의 초기 음악이 그랬던 것처럼 그의 노래에선 비통함과 참을 수 없는 분노가 솟구치고 있었다. 그러나 옥스는 딜런과는 아주 다른 독창성이 있었다. 처음부터 그는 딜런보다도 더 예리하게 정치·사회적 문제를 간파했고, 정치에 대해 본능적인 염증을 느낀 딜런과는 달리 지적 호기심을 갖고 있었다. 첫번째 앨범인 《노래로 부를 만한 모든 뉴스All the

News That's Fit to Sing》는 딜런의 《시대는 변하리라》에 이어 1964년 초에 출시된다. 그는 실업과 부당한 투옥, 빈곤과 빈민을 다룬 곡들을 우디 거스리에게 증정했고, 거스리의 어조로 쓰여진 〈권력과 영광Power and Glory〉이라는 곡도 만들었다. 이 외에도 이 앨범에는 군국주의를 공격하는 곡, 쿠바 자유 여행을 호소하는 곡, 혁명적인 멕시코 농부에 관한 곡, 쿠바 미사일 위기를 풍자하는 곡, 그리고 일촉즉발에 놓여 있는 전쟁에 대한 첫 저항곡인 〈이야기하는 베트남Talking Vietnam〉이 포함되었다. 그는 "1만 5천 명의 미국 군대"로 남베트남 체제를 후원하는 미국 정책에 대해 냉소를 퍼부었다.

1964년, 딜런이 내면의 소리에 귀를 기울일 때, 옥스는 노래와 행동으로 현실에 뛰어들었다. 그는 이내 뉴포트의 스타로 부상하며 '새로운 딜런'이 되었다. 『브로드사이드』는 그를 저항운동에서 가장 중요한 목소리라고 공언했다. 어느 뉴포트 비평가는 사회의식이 뚜렷한 옥스와 내성적인 딜런을 비교하며 "의미 함축 대 자극 없음, 청중의 취향에 성실함 대 청중을 철저히 무시함, 이를테면 이상주의적인 원칙 대 자의식이 강한 자기중심주의"라 묘사했다. 그러나 옥스는 "청중의 입맛에 맞추는 것은 그들을 존중하는 게 아니다"라며 딜런을 전폭적으로 지지했다. 옥스는 딜런의 재능과 예술적 감각을 추구할 개인의 권리를 충실히 옹호했다. 그러나 딜런은 사석에서 옥스를 두고 "저널리스트이지 시인은 아니다"라고 비아냥거리면서, 그의 음악은 "사기다. 사람들은 그저 시간 낭비하는 거다"라고 폄하했다.

사실 옥스의 곡은 딜런에 비해 다각적이거나 복합적이지는 않았다. 그는 항상 노래가 끼칠 영향을 고려하여 시사적인 문제를 더 많이 언급했다. 그만큼 독립된 가수로서의, 연주자로서의 그의 영역은 협소했다. 그러나 그는 재치 있고 지성적이었으며, 누구보다 열정적으로 글을 썼다. 그는 노래와 가수들이 세상에 영향을 줄 수 있으며, 영향을 줄 수 있어야 한다고 믿었다.

비록 기간은 짧았지만, 옥스는 전성기를 잘 활용했다. 1960년대 내내 옥스는 음악적으로는 보수적이었지만 정치적으로는 미국의 국내외 정책에 대해 철저하게 급진적인 비판을 했다. 〈산토 도밍고Santo Domingo〉로 도미니카 공화국 침략에 대해 공공연히 비난했고(당시엔 이러한 침략에 대해서 극소수만이 관심을 두었다), 〈이제는 말해야겠어I'm Going to Say it Now〉로 그해 가을 버클리 학생들의 폭동을 옹호했다.

딜런이 왕관을 벗어버리자 옥스가 '저항의 제왕'이 된

것이다. 그러나 옥스는 운동이 변하고 있다는 것을 대부분의 사람들보다도 더 예민하게 깨닫고 있었다. 게다가 정치에 참여하던 예술가들의 도전도 한풀 꺾인 상태였다.

*

《밥 딜런의 새로운 면모》에 수록된 곡 가운데 〈내 인생의 뒤안길My Back Pages〉만큼 저항운동을 하는 딜런의 친구들을 괴롭힌 곡은 없었다. 청아한 후렴구 "그때 난 너무 늙었어/지금은 그때보다 훨씬 더 어려"는 그가 지금까지 정치적 변절에 대해서 쓴 글 중 가장 서정적인 표현이었다. 흔히 정치적 변절자는 나이가 들고 책임이 늘면서 젊음의 반항적 열기를 폐기할 수밖에 없다고 스스로를 정당화한다. 옛날 속담에 '젊었을 때 급진주의자가 아닌 사람은 심장이 없는 것과 같다'는 말이 있다. 동시에 '나이 들어서도 급진주의를 고수하는 사람은 머리가 없는 것과 같다'는 말도 있다. 딜런은 양극을 뒤집어놓았다. 딜런에게 정치에서의 후퇴란 곧 거짓과 진부한 범주에서 벗어난다는 것을 의미했다.

〈내 인생의 뒤안길〉의 첫 구절에서 딜런은 저항곡을

부르던 자신을 비웃고 있다. 이는 공민권운동과 평화운동의 선동적 웅변술에 의존하던, 지극히 단순한 사랑 대 증오 식의 이분법적 태도에 대한 신랄한 비판이었다.

> 나는 결혼서약을 하듯이
> '평등'이라는 말을 했어.
> 그때는 훨씬 더 늙은이였지.
> 지금은 그때보다는 젊은이라네.

이 노래 속의 딜런은 인류 평등이란 이념을 거부하며 코웃음 치는 반동주의자처럼 보이기도 하고, 비현실적 관념과 그에 빠져드는 대중을 경계하는 냉소적 인간처럼 보이기도 한다. 그러나 "내가 설교를 하는 그 순간에/나는 나의 적이 되고 말았다"와 같은 뼈아픈 구절에서 권위에 대한 도전을 할 때조차 자신의 내부에 도사린 권위주의를 발견하고 이를 경계했던 딜런을 발견할 수 있다.

〈내 인생의 뒤안길〉은 딜런 자신의 모순을 조롱하며 끝을 맺는다. 그것은 방향감각을 상실한 자신에 대한 솔직한 고백이자 동료들의 기대를 저버린 데 대한 고통스런 자의식의 분출이었다. 그러나 이 노래 속에 담겨 있는 정치적 신념의 철회는 그 후에도 지속되었다.

젊은이는 과거의 관습을 거부하고, 자신의 언어로 새로운 현재를 만들어야 한다. 젊은이들이 만든 새로운 현재가 바로 '진정성'의 기준인 것이다. 그러나 이것마저 막다른 골목에 놓여 있을 뿐이라는 사실을 알게 된다면, 그들의 혁명적 태도는 수그러들 수밖에 없다. 그 당시 밥 딜런이 처한 상황이 그랬다.

좌파들은 딜런이 기회주의자와 다를 바 없다고 비판했다. 그러나 딜런은 절대 자신의 뜻을 꺾지 않았다. 딜런은 그에게 쏟아지는 질문들, 마치 브라우닝Browning이 워즈워스에게 했던 "그가 떠난 것이 정말이지 한 움큼의 은화 때문이란 말인가?/옷에 리본을 달기 위해 그랬단 말인가?"와 같은 질문들에 침묵했다. 그 어떤 비판에도 그는 반응하지 않았다. 일부 좌파들이 추정하듯, 대성공을 노린 매니저 앨버트 그로스먼의 욕망 때문에 그가 방향을 틀었을까? 아니면 딜런에게 내재한 자아도취적인 오만에서 비롯된 것이었을까?

아마도 딜런은 자신 자신이 저항가수의 상징으로 정형화되는 것을 두려워했는지 모른다. 바로, 그의 내부에서 꿈틀거리고 있는 예술에 대한 야심이 그를 변화시켰을 것이다. "시인은 가장 많이 흔들리는 돌로 음악의 신전을 짓는다"고 노래했던 게 라이너 마리아 릴케였던가? 딜런은 끝없이 흔들리는 돌이었다. 그는 무모한 열정으로 공들여 쌓은 성채를 허물면서 새로운 영토를 향해 자신을 채찍질하고자 했다. 딜런의 운동 거부는 그래서 자기 해방을 위한 행동으로 비치기도 했다.

좌파운동사史에 있어서 딜런의 방향 전환은 개인을 지키고자 하는 정치적 투쟁으로 해석되기도 한다. 가령, 남성 지도부의 성차별적 관례에 대항했던 학생비폭력조직위원회의 여성 활동가들이 딜런의 전환에 공감했다는 것은 잘 알려진 얘기다. 이후 이들은 개인과 정치의 영역 간에 경계선을 다시 그었고, 이를 토대로 여성운동의 씨앗을 뿌렸다. 말하자면 딜런의 변절이 여성운동에 간접적인 영향을 미친 것이다.

딜런의 정치적 환멸감은 혁명을 기획했던 다른 세대의 예술가와 맥을 같이한다. 워즈워스와 콜리지Samual Taylor Coleridge, 쾨슬러Arthur Koestler 같은 문인들이 그들이다. 예이츠William Butler Yeats의 「남북내전內戰 중의 명상Meditation in Time of Civil War」에서는 〈내 인생의 뒤안길〉의 일부를 찾아볼 수 있다.

우리는 환상 속에서 심장을 키웠다.
사랑보다는 적개심에서 더 많은 양분을 얻어,
심장은 난폭하게 성장한다.

딜런이 '난폭한 심장'을 강요하는 정치에서 등을 돌린 것은 역사적인 흐름이었다. 정치적으로 분열된 시대에 대한 이야기치고 이상하게 들리겠지만, 대중으로부터 개인으로의 이동이 1960년대의 미국을 결정지었다는 것은 엄연한 사실이다. 고통스러운 투쟁이 가파른 속도로 반복되는 가운데 반권위주의, 반정치주의가 등장했고, 사람들은 무력감을 느끼고 있었다. 당시에는 그 흐름이 대세였다. 길을 가로막는 장애물에 비해 변화의 힘은 미미하기 짝이 없었다. 딜런의 변절은 이런 역사적 흐름에 따른 것이었고, 그렇기 때문에 그의 노래들은 열렬한 기대에서부터 냉소적 반응에 이르기까지 운동의 발자취를 고스란히 담고 있었다.

*

활동가들은 여전히 음악에서 위안을 찾았다. 존 루이스는 다음과 같이 회상한다. "〈자유의 노래〉뿐만 아니라, 여름 내내 온갖 음악을 실컷 들었다. 거리를 달리는 자동차들은 그 시간 내내 라디오에서 흘러나오는 리듬에 조금씩 익숙해졌다. 대중음악이 저항곡과 함께 적절히 흘러나오고 있었다." 활동가들은 마사와 반델라스Martha and the Vandellas가 부르는 〈거리에서 춤을Dancing in the Street〉, 그리고 메리 웰즈Mary Wells의 〈내 남자친구My Guy〉에 감동을 받았는데, 어쩌면 그 모든 곡들 중에서도 임프레션스The Impressions가 부른 〈끝없이 전진하라Keep on Pushing〉가 단연 최고였을 것이다.

1964년 무렵 임프레션스는 R&B와 팝 차트에서 연속 히트곡을 내고, 시카고 소울을 대표하는 연주자로 자리 잡았다. 이들은 가스펠 화음, 금관악기, 현악기, 리듬 기타를 세련되게 조합하여 사색적이면서도 춤을 추기 좋은 음악을 만들었다. 가수, 기타리스트, 작곡가, 편곡자인 커티스 메이필드Curtis Mayfield는 임프레션스의 맥박이었다. 그는 섬세하면서도 힘이 넘치는 숙련된 음악인이었다.

커티스는 딜런보다 한 살 어렸다. 미혼모의 아들로 태어나 빈민가에서 자란 그는 교회에서 살아 있는 가스펠 전통을 배우고, 어머니가 알려준 시들, 특히 탈출한 노예의 아들인 폴 로렌스 던바Paul Laurence Dunbar가 20세기 초에 출간한 시집을 읽으며 자양분을 얻었다. 그는 열다섯 살 때부터 정식 음악가로 활동했는데, 딜런의 음악이 거칠고 도발적이라면 그가 만들어내는 사운드는 매끄럽고 부드러웠다. 권위가 느껴지는 기존의 남성 R&B와는 달리, 메이필드의 사랑의 노래는 샘 쿡과 스모키 로빈슨Smokey Robinson의 노래와 닮았는데, 여리면서도 자기 회의적이었다.

1960년대 상반기, 대부분의 R&B와 소울 연주자들은 공민권운동과 직접적으로 관계를 맺지 않았다. 그들은 스스로 공인했듯이 하루하루의 생존에 급급한, 부끄러울 게 없는 상업적인 아티스트였다. 그런데 공민권운동은 소울 스타와 그들이 활동하는 환경 모두에 변화를 가져왔다. 가장 중요한 변화는 흑인들에게도 정치에 대한 두려움이 사라졌다는 점이다. 메이필드는 이 변화한 상황 속에서 딜런과 포크 싱어들이 정치색을 지닌 소재로도 상업적인 성공을 거두었다는 데 주목했다.

메이필드는 '내가 부르는 노래는 왜 항상 부드러운 사랑 노래가 되어야 하는 거지?'라는 의문을 품었다. 이 의문은 그의 사랑 노래가 체제의 억압과 모순에 동조할지도 모른다는 인식을 불러왔다. 그래서 탄생한 것이

1964년 3월 시카고에서 녹음된 〈끝없이 전진하라〉였다. 이 노래는 그가 처음 만든 정치적 성격의 노래였다. 이 노래의 가사는 〈바람만이 아는 대답〉보다 더 분명하게 시사 문제를 드러내고 있다. 시련에 직면하더라도 당당히 맞서 '끝없이 전진하라'는 이 노래는 무수한 아프리카계 미국인의 정신을 부활시켰다.

활동가들은 이 노래의 리듬 속에 결핍된 무언가가 담겨 있다며 홍얼대곤 했다. 메이필드는 청중들에게 그들의 과업이 얼마나 어려운지, 그동안 얼마나 힘들게 인내했는지를 알리면서 그들이 직면한 시련에 조금도 굴하지 말라고 당부한다. 메이필드는 〈끝없이 전진하라〉로 도망자가 아닌, 상담자, 희망의 예술가, 절망을 추방하는 사람이라 불리게 되었다.

1964년 10월에 임프레션스는 스튜디오로 돌아와 메이필드가 쓴 두번째 정치적 노래 〈준비된 사람들People Get Ready〉을 녹음했다. 1967년, 《베이스먼트 테이프Basement Tapes》를 제작하고 있던 딜런은 〈준비된 사람들〉에 감탄하여 이 곡을 다시 부르고, 1989년에는 영화 사운드트랙에 넣기도 했다.

떠날 준비를 하세요. 기차가 다가오고 있어요.

짐 꾸러미는 필요 없어요, 타기만 하면 되니까.
기적 소리를 들으려 하는 믿음만 있으면 되요.
기차표는 없어도 되요. 그저 주님께 감사해요.

구제할 승객을 싣고 가는 기차는 가스펠 음악의 원형적 상징이다. 이 노래는 로제타 사프 시스터와 빅 빌 브룬지뿐만 아니라 수많은 흑인 성가대들이 다시 불렀다. 〈준비된 사람들〉에 나오는 '요단강을 향해 가는' 메이필드의 기차는 〈배가 들어오면〉에 나오는 딜런의 배와 같고, 기차의 동반자는 〈자유의 종소리〉에 등장하는 딜런의 동반자만큼이나 포괄적이다.

딜런이 쓴 작품에도 기차의 이미지가 드러난다. 그러나 1960년대 중반에 나오는 딜런의 기차들은 1970~80년대 가스펠에서 나타난 '복음의 기차'가 아니었다. 딜런의 기차는 알 수 없는 먼 곳으로 사라지는 외로움과 무상함이었다. 〈내 것으로 간직하리I'll Keep It with Mine〉에서 그는 "녹초가 된 안내자는/선로 위에서 꼼짝도 못한다"고 하고, '눈물엔 기차가 필요해It Takes a Train to Cry'라는 제목처럼 탄식을 한다.

1999년, 브루스 스프링스틴은 〈희망과 꿈의 나라Land of Hope and Dreams〉에서 거스리와 메이필드의 정신을 바탕으로, 가스펠에서 거부한 죄인들, 즉 만취한 자, 매춘부 등의 동반자인 기차를 그려낸다. 그 기차는 이제 로큰롤의 기차이자, 음악적 동지로서의 기차가 되었다. 그러나 그 기차는 쇠락해버린 대중운동이 남긴 공허를 채우고자 하는 스프링스틴의 희망 안에서만 존재했다.

〈준비된 사람들〉은 가스펠이나, 〈자유의 노래〉, 그리고 포크송과 마찬가지로 사회적 고통으로부터의 집단적 구원을 약속했다. 딜런의 노래처럼 메이필드의 노래는 1960년대 초기와 후반을 잇는, 질박함과 세련된 미적 감각을 잇는 가교였다. 〈끝없이 전진하라〉, 〈준비된 사람들〉은 샘 쿡 사후에 출시된 《변화가 다가오네A Change Is Gonna Come》(1965)와 더불어 한 시대를 열었다. 딜런이 예술적 야망과 개인의 자율에 대한 갈망으로 인해 정치에서 멀어진 것에 비해, 메이필드는 오히려 그 때문에 정치를 받아들이게 되었다. 딜런이 변혁운동에서 몸을 뺀 시기는 메이필드에게 운동에 더 가까워지도록 이끈 시기였다. 딜런이 정치적 저항의 의무를 단념하자 메이필드가 그 의무를 짊어졌다. 메이필드는 그 일을 상업적인 틀과 대중음악의 형식 내에서 절묘하게 녹여냈다. 1965년, 그는 기분 좋게 다음과 같이 말했다. “우리의 목적은 기쁨을 주는 것과 동시에 교육을 하는 것이다. 힘이 실리지 않는 설교는 우리가 무엇인가를 하기 위해서는 더없이 좋은 형식이다."

*

1965년 3월, 앨런 긴즈버그는 쿠바에서 추방을 당한 뒤 프라하에 머물며 로큰롤 밴드를 눈여겨보고 있었다. "육체가 다시 움직이기 때문에,/그 육체가 다시 춤을 추기 때문에, 그 육체가/다시 노래를 부르기 때문에"[22) 로큰롤은 그에게 정치적 희망과 성적인 갈망을 불어넣었다.

그는 소비에트 연방과 폴란드를 방문한 뒤 5월 첫째 주에 프라하로 돌아갔다. 때마침 폴란드 정부는 메이데이를 맞아 19세기부터 내려왔던 전통 행사를 부활시켰다. 이 전통 행사는 프라하의 학생들이 5월의 왕을 선출하는 것이었다. 하지만 이 행사는 다소 논쟁의 여지가 있다. 메이데이는 봉건적 산물이 아니라 산업사회가 낳은 국제노동자의 날이기 때문이다. 축제 날, 부활된 전통 행사와 메이데이 축제일을 기념하기 위해 19세기 말의 복장을 한 학생들이 모였다. 그리고 그들은 '5월의 왕'을 발표했다. "앨런 긴즈버그!" 백만 명의 군중이 환호를 질렀다. 폴란드 정부는 고풍스러운 의식이 되어야 할 축제가 자칫 파괴적인 고대 로마 식의 농신제로 바뀔까 봐 잔뜩 긴장했다. 긴즈버그는 폴란드 정부의 시선 따위는 아랑곳하지 않고 해방의 복음을 외치며 술에 취한 채 수많은 군중들과 함께 행진을 펼쳤다.[23)]

5월 7일, 결국 긴즈버그는 영국으로 추방되었다. 런던으로 가는 비행기에서 그는 「5월의 왕Kral Majales」을 썼다. 이 시는 정치적인 비평과 자화자찬을 노골적으로 뒤섞고 있었다. "공산주의자와 자본주의자가 티격태격 싸우는데 지금 막 그 남자가 붙잡혀 가진 것 다 뺏기고 목이 잘렸어…… 나는 5월의 왕이라네. 관능적인 젊음의 힘을 가진…… 그런데 내가 5월의 왕이라고 하면서, 마르크스주의자들은 나를 거리에 때려눕히고…… 비행기로 우리 왕국에서 날 내쫓아버렸어." 그는 자신을 조롱하면서도 예언자적 발언을 덧붙인다. "내가 5월의 왕이라네, 편집증 환자이기는 하지만, 5월의 왕치고는 너무 잘나서 한 달을 넘기지 못하네."[24)]

런던에서 긴즈버그는 딜런의 일원으로 합류했다. 딜런은 영국을 세번째 방문 중이었다. 마침 펜베이커D. A.

Pennebaker는 밥 딜런을 주인공으로 한 매혹적인 다큐멘터리, 〈뒤돌아보지 마Don't Look Back〉를 촬영하고 있었다. 〈뒤돌아보지 마〉는 런던 시내에 위치한 사보이호텔 옆의 긴 골목길에서부터 시작된다. 긴즈버그는 딜런의 뒤에서 배경이 되어 서 있고, 딜런은 〈비밀스러운 향수병 블루스Subterranean Homesick Blues〉의 가사의 일부를 적은 플래카드들을 붙잡고 서 있다. 〈비밀스러운 향수병 블루스〉는 〈뒤돌아보지 마〉의 타이틀곡이었다. 노래가 시작되자 딜런은 가사에 맞춰 플래카드를 떨어뜨렸다. 'BASEMENT', 'PAVEMENT', 'GOVERMENT'……. 플래카드가 다 떨어져, 노래가 끝날 때까지 긴즈버그는 딜런의 배경이 되어주었다.

사실 그때까지만 하더라도 딜런은 영국에서 거의 알려지지 않은 상태였다. 하지만 펜베이커는 〈뒤돌아보지 마〉를 통해 다시 한 번 변화 중인 딜런을 보여주었다. 장난스러운 질문을 던지는 팬과 친구들, 추종자들, 자칭 기자들과 함께 점차 커져가는 딜런의 명성을 보여준 것이다.

내내 익살이 이어지는 도중, 누군가가 '영국의 딜런'이라 불리는 도노반Donovan의 부상浮上에 대해 어떻게 생각하느냐고 질문하지만, 딜런은 대답하지 않았다. 결국 딜런과 도노반은 딜런이 묵던 호텔에서 열린 파티에서 만나게 된다. 그곳에서 도노반은 즉흥적으로 〈너를 위해 노래를 한다는 것은To Sing for You〉을 부른다. 그 노래 속에서 그가 딜런의 초기 작품에 빚진 부분이 많다는 사실이 고통스러울 정도로 생생하게 드러났다. 딜런은 그해 초에 쓴 〈이제 끝이야, 베이비 블루It's All Over Now, Baby Blue〉를 자신감 넘치게 연주함으로써 이에 응수한다.

〈이젠 끝이야, 베이비 블루〉는 다급한 권고로 시작한다. "넌 지금 떠나야만 해, 필요한 것을 들고……." 딜런은 이 노래를 통해 친구나 연인, 조언자, 심지어 자신의 신분까지도 내던져버릴 각오가 선다면 이 덧없는 세계를 훌쩍 떠나라고 충고한다. 그런데 도대체 무엇이 '이젠 끝이'란 말인가? 끝이 난 게 무엇이든지 간에 사람들은 여태껏 저항운동이나 포크 음악, 각자의 연인, 가정, 명성, 예금 잔고 등으로 스스로를 지탱해왔다고 생각했다. 그러나 〈이제 끝이야, 베이비 블루〉에서 딜런은 사회적 지위나 우리가 집착하는 피난처, 안락한 장소 등 우리를 지탱시키던 것들이 하찮기 짝이 없다고 속삭인다. 딜런은 이 노래에서 우리가 딛고 선 세계의 일상 속에 있는 근본적이지만 파악하기 어려운 진실을 암시했다. 그러나 그 진실은, 부단히 변화하는 세계의 모순을 향해 주먹을 불끈 쥐려 할 때마다 손가락 사이로 미끄러져 나가고 만다.

영화 끝 부분에서 딜런은 로열 앨버트 홀Royal Albert Hall에서 열린 콘서트의 성공을 자축하며 매니저인 앨버트 그로스먼과 그의 친구인 밥 뉴워스Bob Neuwirth와 함께 리무진 뒤에 앉아 있다. 그로스먼은 영국의 한 신문에서 딜런을 '아나키스트'라고 표현했다고 조용히 알려준다. 딜런은 놀라면서도 싫지 않은 눈치다(그는 "아나키스트에게 담배 좀 줘"라고 외친다). 그로스먼은 "네가 늘 분명하게 대답하지 않기 때문에" 그들이 이런 꼬리표를 달아준 거라고 설명한다. 딜런은 그들이 왜 자신을 공산주의자라고 부르지 않았는지 의아해한다. 그로스먼이 "영국에는 공산주의자들이 없어……"라고 말문을 열자 뉴워스가 그 의견을 매듭짓는다. "영국에서 공산주의자가 된다는 것은 굉장한 일이지." 그러자 딜런은 "그렇다고 아나키스트가 멋진 건 아니지"라고 답한다.

딜런과 그의 일행은 영국의 정치 문화가 미국과 다르다는 것을 희미하게나마 깨달은 듯하다. 특히 딜런은 좌익을 고아로 만든 역사적 분기점인 매카시즘을 영국은 경험하지 못했다는 것을 떠올린다. 한편으로는 영국이라는 문화적 변경을 넘어섰다는 사실에 흡족해하면서…….

딜런이 떠난 뒤, 긴즈버그는 런던에 남아 팝뮤직과 전위예술 무대를 한껏 만끽했다. 6월에는 로열 앨버트 홀에서 열린 국제시인대회The International Poetry Incarnation에서 주창자 역할을 했다. 이 대회에서 영국의 반체제 문화를 후원하는 행사를 했는데, 7천 명의 사람들이 몰려들 정도로 성공적이었다. 게다가 후원 행사에 참가한 이들은 평소 시 낭송회에 자주 참가하지 않았던 사람들이었다. 그들은 크리스토퍼 로그Christopher Logue, 로렌스 펄링게티Lawrence Ferlinghetti, 그레고리 코르소Gregory Corso, 애드리언 미첼Adrian Mitchell, 그리고 마이클 호로비츠Michael Horovitz를 비롯한 시인 20여 명의 이야기에 귀를 기울였다.

『타임스』 문예 특집판은 주최자들이 "뛰어난 재능과 용기, 선점한 기회를 잘 융합하여 문학사를 이루었다"고 극찬했다. 물론 그렇기도 했지만, 그들의 목적은 잠들어 있는 앨비언Albion('하얀 나라'라는 뜻의 영국의 옛 이름—옮긴이)을 깨우고 반체제 무리를 집결하는 데 있었다.[25] 긴즈버그는 프라하에서처럼 이곳에서도 주도적이었다. 마이클 호로비츠는 그를 "흘러내리는 턱수염, 빛나는 두 눈, 술 취한 곰의 팔 같은 손끝을 지닌 사제"라 하며, "아주 오랫동안 추방당한 성경의 예언자처럼 등장하여 우리를 지휘하고 있다"고 말했다. 긴즈버그는 그의 새로운 시 「누구에게 친절을Who be kind to」을 암송했는데, 이 시에서 그는 최근의 여행에서 갓 느낀 인상들을 봇물처럼 쏟아놓았다. "리버풀의 음유시인은 즐거운 목소리로 흥겨운 노래와 기타 소리에 맞춰/짜릿한 아프리카의 함성 소리를 드높인다. …… 트위스트 춤을 춰라, 소리를 외쳐라,/에덴의 성문이 앨비언에서/또다시 명명된다."

긴즈버그는 오랫동안 지속되었던 고립을 뚫고 나온 새 세대의 청중을 발견했다. 이들은 밥 딜런의 작품을 통해 이미 긴즈버그의 시와 메시지를 들을 준비가 되어 있었다. 긴즈버그는 외쳤다. "오늘 밤 런던에서 사랑을 하자, 새로운 종種의 인간이 천상의 기쁨을 누리는구나!"

3장

잃어버린 소년

아름답고 재빠른 표범 같은 정신
폐허에 숨겨진 사랑
_셸리, 「아도네이스Adonais」

형식적으로 완벽을 추구하는 이들에게 딜런은 눈엣가시였다. 특히 그가 1960년대 중반 전성기를 누릴 때에는 염증이 나기도 했을 것이다. 이 시기의 딜런은 형식적 완벽성보다는 저돌적인 영감의 흐름에 자신과 자신의 음악을 맡겼다. 만약 그가 창조력이 부족했다면 검토와 편집을 반복하다 그 흐름을 멈추고 말았을 것이다. 1964년과 1966년 사이의 괄목할 만한 주요 작품들은 우연성을 기초로 하고 있었다. 이 시기의 딜런은 초현실주의 이론에 대한 지식, 다량의 마약, 부조리하고 제멋대로인 세상에 자극을 받아 우연과 직관을 한데 아울렀다.

1960년대 중반에 나온 딜런의 앨범들을 듣고 있노라면 이미지라든가 수사가 미묘한 기류를 타고 항해한다는 것을 알게 된다. 그것들은 자유로이 떠다니는 은유이고, 의미에서 탈락된 '기호'이다.

사람들은 사형자의 우편엽서를 팔고 있다.
사람들은 여권을 갈색으로 칠하고 있다.

이 행을 해독하는 데는 시간이 걸리긴 하지만, 일부의 주장만큼 그리 어려운 일은 아니다. 예를 들어 '사람들은 사형자의 우편엽서를 팔고 있다They're Selling Postcards of the Hanging'는 구절은, 고통을 상업화해서 구경거리로 만든 자본주의사회의 일면을 보여주는 것이다.

어렵기로 소문난 딜런의 노래들은 알려진 바에 비해 훨씬 더 명료하지만, 이 시기의 딜런은 분명 모호함을 즐겼다.

내 창고의 눈들, 내 아라비아 북들.
그것들을 당신의 문 옆에 놓아두어야 하는가?
아니면, 눈이 슬픈 여인이여, 기다려야 하는가?

"사냥개가 짖어대는 바닷가에/문양을 새긴 돛을 단 배" 혹은 "노새의 머리맡에 주렁주렁 달린 보석이며 망

원경들" 등처럼 딜런의 팬들이 이 시기의 노래들을 이해하기 위해서는 외국어를 공부하듯 중얼거리며 암기한 후 직접 불러봐야 한다. 사실 전문가에 의해서만 판독 가능한 복잡한 메시지를 담고 있다는 것 자체가 딜런의 노래를 매력적으로 만들고 있는 것인지도 모른다. 당시의 딜런에게 지나치게 솔직하고 투명하며 쉽게 접근할 수 있는 자명한 것들은 믿을 수가 없는 것이었다.

> 그대가 언급하는 그 모든 사람들 말야,
> 그래, 아주 고지식한 사람들이라고 알고 있어.
> 그 사람들 얼굴을 다 정리해서
> 모두 다른 이름을 붙여야만 했어.

1960년대 중반의 걸작들은 이러한 방식을 본질적으로 벗어날 수 없었다. 당시의 신조어 '딜러니스크Dylanesque'(딜런풍)가 여기에서 유래했다.

*

1965년 7월 뉴포트 포크 페스티벌에서 딜런의 공연이 있기 전날, 무대 뒤에서 큰 사건이 발생했다. 그날 공연에서 폴 버터필드 블루스 밴드Paul Butterfield Blues Band가 악기에 '전기'를 연결한 것이다. 앨런 로맥스는 마지못해 그들을 소개하기는 했지만, 화가 잔뜩 나 있었다. 무대 뒤로 내려온 로맥스는 앨버트 그로스먼과 마주쳤다. 앨버트 그로스먼은 폴 버터필드 블루스 밴드를 관리하고 싶어했다. 두 사람은 언쟁을 하다가 곧장 진흙탕에서 격투를 벌였다. 그러자 페스티벌 위원회는 그로스먼을 행사에서 쫓아내기로 결의했다. 그러나 그로스먼을 쫓아내는 것은 딜런과 피터, 폴 앤 메리를 포함해서 그가 관리하는 가수마저 쫓아낸다는 것을 의미하였으므로 위원회는 결국 결의를 철회했다.

일간지 1면의 톱 뉴스거리가 된 로맥스 대 그로스먼의 한판 승부는 상당한 상징적 의미를 함축하고 있다. 사람들은 로맥스를 페스티벌의 가치와 역사적 뿌리로 여겼다. 사실 기록 보관인이자 음악 학자로서 그의 공헌이 없었다면 포크 페스티벌은 불가능했다. 그의 선집 앨범과 음반 녹음 등은 딜런의 예술과 감각을 일깨우는 주춧돌 역할을 했고, 몇 년 후 딜런은 자신에게 음악의 비밀을 열게 해준 사람이 로맥스라고 밝히기도 했다.

그러나 딜런을 지키고 있던 사람은 로맥스가 아니라 그로스먼이었다. 점잖고 침착한 이 전문 경영자는 일찍이 뉴포트가 돈벌이가 될 것을 예감하고 있었다. 그해 딜런은 거물로 성장해 있었다. 이 싱어 송라이터의 움직임은 군중과 카메라를 끌어들이고 예견된 혼란을 불러왔다. 딜런이 무대로 발걸음을 떼기도 전에 이미 페스티벌의 분위기마저 위태로워 보였다.

뉴포트 포크 페스티벌의 해적판 녹음 테이프에서 피터, 폴 앤 메리의 피터 야로우Peter Yarrow가 열광하는 청중에게 딜런을 소개하는 대목을 들을 수 있다. 그는 딜런을 "거대한 미국 대중 앞에 선 포크 음악의 얼굴"이며, 포크를 "시인의 관점으로 보여준 사람이다"라고 소개한다. 청중들의 환호 속에 그가 나온다. 하지만 그날의 밥 딜런은 청중들이 알고 있던 여느 때의 그와는 달랐다. 낡은 청바지와 작업복 셔츠는 끝이 뾰족한 가죽부츠와 금방이라도 튀어나올 것만 같은 물방울무늬의 짙은 셔츠로 변해 있었다. 그리고 그가 들고 나온 악기는 바로 전자기타였다. 그가 그의 뒤에 있던 폴 버터필드 블루스 밴드 단원을 돌아보자 쿠퍼Al Kooper는 오르간을 연주하기 시작한다. 딜런은 〈매기의 농장Maggie's Farm〉, 〈구르는 돌처럼Like a Rolling Stone〉, 그리고 곧 〈웃음엔 많은 게 필요해, 눈물엔 기차가 필요해It Takes a Lot to Laugh, It Takes a Train to Cry〉를 부르고 내려온다. 다시

한 번 사람들은 경악하게 된다. 그해 그의 공연과 청중의 반응에 관한 이야기는 셀 수도 없을 만큼 많고 분분했다.

그러나 이 해적판은 딜런이 최고라는 것을 보여준다. 공연 역시 전체적으로 신선하고 호소력이 있었다. 마이크 블룸필드Mike Bloomfield의 기타 소리와 풍부한 기교를 섞은 유창한 딜런의 노래는 멋지게 어우러졌다. 그럼에도 불구하고 딜런의 전자음악은 뉴포트의 대규모 군중이 질러대는 불만에 찬 소리에 휩싸였다(사람들이 얼마가 되는지는 일치하지 않는다). 더구나 몇몇 저명한 페스티벌 관계자들은 딜런이 만들어내는 소리에 망설임 없이 질색을 표했다.

몇 년 후 피트 시거는 "도대체 무슨 노래를 부르는지 알아들을 수 없었다"고 불평했다. 그 어설픈 혼음과 흐트러진 듯한 고음은 새로운 사운드에 대한 불안한 반응 때문에 비난을 받았다. 열 달 후, 맨체스터 프리 트레이드 홀The Manchester Free Trade Hall에서 열린 일렉트릭 콘서트에서 딜런이 들려준 그 가파른 소리가 논쟁에 오른 것은 어쩌면 예상된 일이었는지도 모른다.

그는 모든 예술을 경험하고 시도하려고 했으며, 그때마다 열광적인 에너지를 분출했다. 그리고 그것이 완전한 음악이 되길 바랐다. 시종 절제되고 진지한 포크 리바이벌 입장에서는 그러한 실험주의가 참으로 이물스럽게 다가왔을 것이다.

딜런은 줄곧 전기악기를 사용하면서 차트에 오른 새 영국 밴드들을 따르려고 안간힘을 썼다. 대중과 영합하였다는 비난은 거의 없었지만, 그에 대한 호기심은 여전히 남아 있었다. 일반적으로 변절한다는 것은 대중의 기호에 영합하여 보다 낮은 수준으로 침몰한다는 뜻이 내포되어 있다. 그런데 딜런의 변절이 내놓은 1965년의 사운드는 보수적인 포크만큼이나 라디오 DJ들에게는 대단한 도전이었다. 《구르는 돌처럼》(1965)은 뉴포트의 공연 사흘 전에 출시되었는데, 일반 싱글앨범보다 두 배나 더 길었고, 언어나 이미지가 정규 라디오에서 방송하기에는 너무도 강렬하고 난해했다. 특히 이 새로운 노래들은 의도적으로 도발적이었다. 일부러 당의糖衣를 입히지 않은 알약을 내놓은 것이다.

이와 같은 딜런의 과감한 시도들은 결코 과소평가되어서는 안 된다. 그는 이제 경박한 대중주의자가 아니라, 예술적 모험을 위해 인정받는 분야를 스스로 포기해버린 예술가였다. 그는 어떻게든 그러한 대담한 시도를 받아줄 새로운 거대 청중을 찾아내려고 했다. 비밥 개척자들이 스윙 시대의 대표 자리에서 물러나며 소외당했다면, 딜런은 자신의 청중들에게 도전함으로써 새로운 애청자를 만들어내려 했다.

역사는 재빠르게 딜런을 옹호했다. 뉴포트에서 야유를 들었던 〈구르는 돌처럼〉은 대히트를 쳤다. 그는 야망을 훼손하지 않고도 거대 청중에게 가닿을 수 있음을 증명하면서 장엄하고 복잡한 작품을 만들었다. 앨런 긴즈버그는 "그것은 위대한 예술이 주크박스에서도 가능한가를 실험해보는 도전이었다"고 갈무리했다.

1965년의 뉴포트는 좌파에게 교훈을 던져주고 있다. 그것은 독창적인 도전을 할 수 없도록 하는 독선적인 태도와 전통적 관행에 빠진 맹목적인 운동에 대한 경고였다. 또 특정 장르를 맹목적으로 숭배하는 어리석은 자와 대중문화를 폄하하며 거들먹거리는 시선에 대한 의미 있는 경고이기도 했다.

오늘날까지 로맥스, 시거 그리고 그들의 동맹자들은 수많은 딜런의 팬들로부터 비판을 받고 있다. 하지만 새로운 음악에 대한 이들의 태도는, 일부의 주장처럼 근거가 없거나 속물적이고 근시안적인 것만은 아니었다. 우선 '노련한 파수꾼들'에게서 지켜야 할 그토록 소중한 것이 무엇인지, 그리고 딜런이 사용하는 전기악기가 왜 그 부분을 위협했는지를 이해할 필요가 있다.

뉴포트 페스티벌은 공공성을 지닌 비영리적 기획의 산물이었다. 이는 저항곡과 타자화된 노동계급 예술가들을 위한 보기 드문 특별 공연이었다. 때문에 이 공연은 남부 공민권운동과 북부 도시의 포크 공동체를 결합하는 역할을 하고 있었다. 로맥스, 시거, 그리고 그들과 이념을 함께한 많은 사람들은 그 무렵, 매카시즘으로 고통을 받고 있었다. 이들에게 뉴포트는 단순한 음악 축제를 넘어선 것이었다. 뉴포트 포크 페스티벌은 공동체에 대한 열망의 씨앗을 다시 뿌리고, 그 싹을 키우는 신생의 공간이었다. 그들에게 이 공연에 모인 포크 청중들, 특히 뉴포트의 청중들은 수요자 집단일 뿐만 아니라 참여 공동체였다. 그들은 그 자리에 모인 사람들이 시장과 자본의 영향력에도 끄덕 않을 공통된 가치 기반으로 묶인 공동체라고 믿었다. 그와 동시에 그들은 기교적인 스튜디오 음악을 가짜라고 간주했는데, 이는 그들에게 과학 기술이 비인간적인 사회 지배 수단으로 받아들여졌기 때문이다. 1차 포크 리바리벌에 참가했던 오스카 브랜드Oscar Brand는 "전자기타는 자본주의를 대표한다"고 말하기도 했다.

로맥스는 살아 있는 전통과 다를 바 없는 포크의 개척자였다. 그는 스키플에 대해서 긍정적으로 대응했다. 1958년 초창기에는 로큰롤을 미국 민속음악에 대한 증정물에 포함시켰다. 그럼에도 로맥스에게 1965년, 딜런이 보여준 음악은 참된 것이 아니었다. 로맥스의 입장에서 보면 포크의 전통을 살아 있게 만드는 것은 포크 전통이 지닌 민주주의적 자질에 있었기 때문이다. 또한 그는 예술가와 청중이 상업성이나 대기업 또는 전자 미디어에 의해 독점적으로 중재될 때 예술가는 자신의 책무를 다할 수 없다고 보았다. 몇 년 뒤 로맥스는 다음과 같이 비평했다.

> 우리는 이제 한 사람의 가수가 전 세계의 사람들에게 가까이 갈 수 있는 아주 강력한 문화적 기계들을 가지고 있다. 반면에 그 밖의 다른 가수들은 그와 같은 처지가 아니기 때문에 열등감을 느끼게 된다. 일단 출세할 기회를 얻으면 많은 현금이 돌아오기도 하고, 아주 강력한 권력으로 돌아오기도 한다. 나는 평생 그러한 흐름을 거부하는 일에 혼신을 다했다.

그는 대중 미디어가 모든 대중문화에 강력한 힘을 발휘하는 것에 대해 우려했고, 이 우려는 타당했다. 딜런의 혁신적인 퓨전Fusion은 새로운 음반 구매층을 형성함으로써 전 지구적 음악 산업을 구축하는 데 디딤돌이 되었다. 그 후 음악은 소수의 거대 기업에 의해 좌우되는 산업이 되었고, 이전보다는 더 경제적으로 집중되기에 이르렀지만, 사회적으로는 분리되어갔다.

워싱턴 행진에 참가했던 투사들과 마찬가지로 뉴포트에 참가한 포크의 전도사들은 자신들의 운동이 체제 권력의 감언이설로 이용되는 것을 우려했다. 그리고 몇 년이 지난 후 그들은 기업과 미디어에 의해 좌우되는 대중문화를 보며 자신들의 우려가 틀리지 않았음을 확인하게 된다. 로맥스가 우려했던 대로, 진정성에 대한 요구가 결국 상업적인 요구들과 충돌하게 되었던 것이다.

*

나는 시인이라는 말을 좋아하지 않기 때문에
나를 시인이라 부르지 않는다. 나는 그네 타는 곡예사다.
_1965년, 밥 딜런

1965년 뉴포트 포크 페스티벌에서 보여준 딜런의 연

주는 종종 1913년 파리에서 초연된 이고르 스트라빈스키Igor Fedorovich Stravinsky의 〈봄의 제전Rite of Spring〉과 비교되곤 한다. 물론 이 비교에는 딜런의 작품을 수준 높은 예술의 경지까지 끌어올리려는 의도가 있기는 하지만, 완전히 억지스러운 것만은 아니었다. 두 경우 모두 현대적이면서도 원시적인, 예측할 수 없는 연주로 적당히 세련된 음악을 듣고 싶어하던 청중들을 당황하게 만들었다. 그러나 스트라빈스키가 원초적인 것을 즐기는 모더니스트 지식인인 반면, 딜런은 모더니스트를 노리갯감으로 여기는 의식적 반反지식인에 더 가까웠다.

그의 반지식인적 면모는 고급 엘리트 문화에 대한 경멸과 대중문화에 대한 적극적 웅변으로 확인된다. 그는 추상적인 표현을 멀리했고, 엄숙한 형식이나 의례를 풍자하고, 직접 망쳐놓기도 했다. 또 전문가의 의견이나 전문적인 지식이 허세에 불과하다고 표현했다. 딜런의 반 지성주의는 활기 없는 전통에 대한 보복이었다. 그는 인간의 경험 세계와 유기적으로 얽힌 대중문화 속에서 살아 있는 예술의 가능성을 보았다.

> 에즈라 파운드Ezra Loomis Pound와 T.S. 엘리엇이
> 선장의 탑에서 싸우고 있네.

칼립소 가수들이 그들을 바라보며 웃고 있는 동안
어부가 꽃을 들고 있다네.

딜런은 권위적으로 변해버린 엘리트 예술을 풍자하였다. '어부가 든 꽃'은 파운드나 엘리엇 같은 엘리트 예술가들이 갖지 못한 싱싱한 생활의 힘을 상징한다. 그리고 '꽃'은 구체적 생활의 현장 속에서 길어 올린 노래이다. 펄떡거리는 물고기의 비늘처럼 빛나는 그 꽃은 〈조안나의 꿈Visions of Johanna〉에 다시 등장한다. "미술관에 갇힌 모나리자는 하이웨이 블루스를 들은 것이 틀림없어/ 그녀의 미소를 보면 알 수 있지." 딜런 식으로 재해석된 '모나리자의 미소'에 대해서 좀 더 구체적인 얘기를 들어보자.

위대한 화가들은 박물관 속에 있어선 안 됩니다. 박물관에 가보셨어요? 박물관은 묘지입니다. 화가들은 레스토랑의 벽에, 평범한 상점 안에, 주유소에, 화장실에 있어야 합니다. 위대한 화가들은 사람들이 오가는 곳에 있어야 합니다. 그런 일이 일어나고 있는 유일한 곳은 라디오와 음반입니다. 그곳에는 사람들이 들락거립니다…… 음악은 어떤 일이 일어나든지 간에 조화를 이루는 유일한 장르입니다. 딱딱한 책 속에 있지 않으며 무대 위에서 진행되지 않습니다. 다른 모든 예술은 존재하지 않는 것에 대해서 이야기해왔습니다. 그저 선반에 머물러 있을 뿐이지요. 음악은 모든 사람을 행복하게 해줍니다. 저는 식사를 하면서 피카소를 볼 수 있다면 얼마나 많은 사람들이 정말로 감동을 받을까 그런 것들을 생각해요. 음악은 제거되어야 할 폭탄이 아닙니다.[26)]

보수적인 20세기 초반의 모더니스트들이 본 서구문명은 이미 죽은 상태였다. 부르주아지 문화는 활기가 없었다. 이들은 진정성의 추구를 처음으로 제기한 산업자본주의 낭만적 비평가의 후계자들이었다. 때문에 진정성의 추구를 통해서 비인간적인 사회에 사는 개인의 불만족을 해소시킬 수 있다고 믿었다.

이에 비해 딜런은 다년간에 걸쳐 대중문화 속으로 들어갔다. 그는 대중문화에 대해 자부심을 가지고 있었다. 중세 필사본 자료실에서 빈둥거린 에즈라 파운드처럼 딜런은 녹음된 음악을 들으며 미국 문화유산을 샅샅이 뒤졌다. 그러한 유산을 바탕으로 딜런은 강력한 개인의 목소리를 낼 수 있었다. 동시대의 많은 음악인들이 지역이나 인종적 정체성 안에서 파생된 단일한 음악 내에 스스로를 한정시킨 반면, 딜런은 수없이 많은 종류의 음악을 자신의 영토 안으로 편입시켰다. 이를테면 애팔래치아와 영국의 민요, 델타와 도시의 블루스, 가스펠, 시카고의 R&B, 남부의 소울, 우디 거스리, 브레히트와 바일, 로큰롤의 첫 세대 등을 예로 들 수 있다.

이 시기 딜런의 작품은 광범위한 문화운동으로 비칠 수 있었다. 되돌아보건대, 딜런의 작품과 그의 태도는 기존의 규범을 깨뜨리는 파격이었다. 그는 예술적 성취와 함께 대중문화를 학문적인 연구 가치가 있는 대상으로 확립하는 데 일조했다.

*

무슨 말을 하든지 간에 두 번은 말하지 마라.
다른 누군가에게서 너의 사상을 발견하거든
내 것이 아니라고 부인하라.
말도, 표시도, 사진도, 증거도 없는 사람,
그런 사람을 어떻게 붙잡을 수 있겠는가?
증거를 인멸하라.
__베르톨트 브레히트, 「도시 거주자들을 위한 지침서」

야망 있는 엔터테이너였던 딜런은 줄곧 명성을 추구해왔다. 그러나 그의 바람대로 명성을 얻자, 그것은 곧

짐이 되어버렸다. 『뉴스위크Newsweek』는 이 '새로운 우디 거스리'가 그가 주장해왔던 대로 부랑아나 고아 출신이 아닌 미네소타 주에서 이탈한 유태계 학생임을 밝혀냈다. 그 순간부터 딜런은 언론매체를 피해 뒤로 숨었다. 그는 명성을 갈망했으며, 때로는 주목받는 것을 즐겼다. 그러나 그는 환호의 절정에서 움츠러들었다. 레인보우룸에 있던 우디 거스리처럼 그의 영혼을 훔치려고 하는 것이 무엇인지를 그는 알고 있었다.

딜런은 분명 TV 시대 최초의 청년 명사 중 한 사람이었다. 그러나 정작 그의 상황은 부러워할 만한 것이 못 되었다. 재미있게 놀고 싶고, 스릴을 추구하고 싶고, 친구들이랑 어슬렁거리고도 싶고, 모험도 하고 싶으며, 이기적인 사람이 되고도 싶고, 사랑을 받고 싶기도 하지만, 이제 이 모든 것들은 눈부신 스포트라이트 아래에서만 해야 했다. 그리고 온갖 종류의 사람들이 그에게 기대를 했다. 그에게 모든 것을 해명해주고 설명해주기를 요청하였다. 그렇지만 그는 여전히 어딘가를 향해서 나아가고 있고, 그의 직관과 영감은 끝없이 움직이고 있었다. 그러나 자신이 무엇을 하고 있는지 정확하고 분명하게 정리해서 말할 수는 없었다.

딜런은 다만 한 개인으로서, 사람들과 소통하기 위해

서 노래를 하고 싶었다. 그는 특히 거대한 공공의 영역에서 개인의 정체성을 되찾으려고 안간힘을 다했다. 공공의 영역 속에 갇혀 평준화된 채로 살아남을 수 있는 진실은 아무것도 없기 때문이다. 진실은 오히려 평준화를 거부하는 것이 아니던가. 역설적이게도 이해하기도 어렵고, 그 어떤 규칙조차도 무시하는 그의 노래들은 늘 그의 시대와 그의 세대를 대표하게 되었다. 이 대표성이 감당하기 힘든 하중감으로 다가왔을 것이다. 이 하중감이 그의 진정성 추구를 더욱 힘겹게 만들었다.

> 새벽에 사랑하는 연인이 내게 다가와
> 그녀의 꿈 이야기를 들려주네.
> 그 순간의 느낌을 각각의 의미에
> 퍼 담으려 하지 않고
> 가끔 나는 생각하네. 진실을 표현할 말은
> 이것밖에 없다고, 에덴의 성문 밖에는 진실이 없다고.

'에덴의 성문 밖'에 서 있는 것은 사회적 질서, 그리고 특히 대중매체였다. 감당하기 힘든 명성을 누리고 있던 딜런은 기자들과 마치 마창 경기를 하고 있는 것처럼 보였다. 기자들은 품위 없는 상투적인 질문을 퍼부어대거나, 아주 가끔씩은 이치에 맞는 질문이긴 하지만 명쾌하게 대답할 수 없는 것들을 물었다. 그러면 딜런은 경박하게 말하거나, 묵묵부답이거나, 수수께끼 같은 알쏭달쏭한 대답을 했다. 가장 좋아하는 포크 싱어는 누구죠? "피터 로어Peter Lorre(오스트리아 출신의 영화배우 겸 감독. 1930년 〈하얀 악마〉로 데뷔한 후, 〈카사블랑카〉, 〈80일간의 세계일주〉 등 수많은 영화에 출연했다—옮긴이)." 그는 건강합니까? "화요일에는 잘 만나지 못해요." 그는 결혼했습니까? "그걸 내가 대답해야 한다면 당신한테 거짓말을 해야 할 걸요"라는 식이었다. 딜런은 가끔 이런 식으로 기자회견을 공연 예술로 바꾸어버렸다. 재치 있지만 무례한 방식이었다. 실은 이 모두가 정교하게 계획된 방어기제로부터 나왔다. 침묵해야 한다는 구실을 앞세워 그는 매번 다른 방식으로 이야기하였다.

검정색 선글라스를 가지고 있는데,
내 검정색 이빨이 행운을 가져다 줄 거야.
무無라는 게 뭔지 나한테 묻지 마.
그냥 진실을 말해버릴지도 모르니까.

그것은 저항의 행위이기도 하고, 권위적인 사회질서

에 대한 허무주의적인 도전이기도 했다. 또 한편으론 딜런이 자서전 『연대기Chronicles』에서 설명했듯 급격히 늘어난 음반 회사에 대한 저항이기도 했다.

> 예를 들자면 비트와 히피 용어 같은 것이 그런 경우이다. 이 용어들은 음반 값을 떨어뜨리고 싶어하는, 눈에 보이지 않는 잡지사 사람들이 만들어낸 용어들이다. 그런 후에는 눈에 보이지 않는 다른 사람들이 그 용어들을 좌지우지할 수 있었다.

이런 관점에서 〈깡마른 사람을 위한 발라드Ballad of a Thin Man〉는 지금까지 불렀던 노래 중에서 가장 순수한 저항곡에 속한다고 볼 수 있다. 〈시대는 변하리라〉에서 딜런은 구세대에게 경고했다. "당신들이 이해할 수 없는 것은/비판하지 마시오!" 〈깡마른 사람을 위한 발라드〉에서 딜런은 의식 있는 선구자와 주류 사회 간의 벽은 결코 뚫을 수 없다고 했다. 당시 딜런의 곡은 감질날 정도로 모호해 세간의 관심을 끌고 있었지만, 내게는 너무도 분명하게 보였다. 그 노래의 출발점은 그와 그의 음악을 이해하려고 관심을 갖거나 이해할 능력이 없는 사람, 그리고 언론매체에 대한 딜런의 냉소였다.

네가 연필을 들고
내 방으로 걸어 들어왔다가
누군가 벌거벗고 있는 것을 바라보고선
"저 사람 누구야?"라고 묻는구나.
넌 힘들게 알려고 노력하지만
이해하기 어려워.
음, 내가 해줄 말은
집에 갈 때가 되었다는 거지.

*

1960년대 중반의 언더그라운드 공동체들은 배타적이고 독점적인 진정성과 어떤 정치적 희망으로 묶여 있었다. 그리고 이 배경에는 딜런의 음악이 있었다. 무엇보다 기업 고용주, 경찰, 정치인, 목사, 장군, 언론 등 모든 권위에 대한 모욕이 당시 딜런의 노래 곳곳에 스미어 있었다. 그는 전방위적으로 불온했다. 〈황폐한 거리 Desolation Row〉와 〈맹인 홍행사The Blind Commissioner〉("정신을 딴 데 팔면서/한 손은 줄타기 곡예사와 맞잡고/다른 한 손은 팬티 속에 집어넣고")에서는 지배층의 비윤리성을 폭로하고, 〈나는 당신을 원해요I Want To You〉("술

취한 경찰이 겅중겅중 뛰고 가고 있네/어머니들이 눈물을 흘리는 거리 위로")에서는 국가기구의 폭력성을 고발했다. 또 〈멤피스 블루스 어게인Memphis Blues Again〉에서는 "그 상원의원이 여기로 와서/사람들에게 권총을 뽐내며/아들 결혼식에 오라고/무료입장권을 나누어주고"라고 노래했다.

특히, 당시의 노래들은 국가와 그 대리인들—지방 검사, 판사, 보안관, 심지어 해안 경비원까지—을 제멋대로 개인의 삶에 침입하는 폭력적인 세력으로 묘사하고 있다. 제국이 된 미국의 부를 누리며 성공 대로를 걸어온 딜런과 그의 추종자들이 '박해 판타지'에 골몰해 있었다는 것은 분명 되새김질해볼 만한 시대적 징후다.

그런데 그 시기 뉴포트 청중이 〈매기의 농장〉을 저항곡으로 인식하지 못했다는 것은 놀라운 일이다.[28)] 물론 이 노래가 표면적으론 뚜렷하게 시사 문제를 언급하지 않았고, 운동에 대한 의례적인 옹호를 하고 있다고 볼 수도 없지만, 그 이면은 권위주의에 대한 독설로 가득 차 있었다.

들판으로 나가는군요.
하루 온종일,

길가에 어둠이 내린 뒤에도 일을 하는데,
품삯은 받지도 못하고
고기를 사거나 돼지기름만이라도 먹도록
하겠다고 약속했는데,
페니의 농장에서 소작인으로 일한다는 건
정말 힘든 일이에요.

〈매기의 농장〉과 상호 텍스트적 관계에 있는 위 시는 해리 스미스Harry Smith의 『앤솔러지Anthology』에 수록된 「페니의 농장으로 가는 길Down on Penny's Farm」이다. 물납物納 소작인의 비애를 다룬 이 시는 딜런의 초기 작품 〈뉴욕의 힘든 시절Hard Times in New York Town〉에서 이미 슬쩍("페니의 농장으로 가는 건/이 나라에선 어려운 일이지") 도용된 바 있다. 〈매기의 농장〉에 나타난 품삯을 받지 못한 노동자에 대한 연민 어린 시선과 착취자에 대한 분노 역시 해리 스미스의 『앤솔러지Anthology』의 어조를 그대로 따르고 있다. 이 노래에서 딜런은 미국 사회를 이데올로기("그녀는 남자와 신과 법에 충실한 모든 것에 대해서 이야기하네")와 국가("방위군이 문밖에 서 있어")에 의해서 지탱되고 있는 감옥으로 보고 있다.

글쎄, 난 나다워지려고 무진
애를 쓰고 있어.
그런데 사람들은 모두 자기네들처럼
되는 걸 더 좋아하네.
그 사람들은 너더러 노예처럼 일하면서
노래를 하라고 하는데,
난 이제 지겨워.
이젠 매기의 농장에 일하러 가지 않을 거야.

후렴구 "이젠 매기의 농장에 일하러 가지 않을 거야"는 〈내 뜻대로 죽으리Let Me Die in My Footsteps〉에 나오는 구절보다 훨씬 더 광범위한 의미를 품고 있다. 딜런에겐 사회가 유도하는 모든 장치는 복종을 강요하고, 노동을 쥐어짜도록 하기 위한 책략에 지나지 않았다. 때문에 그는 말하고 있다. "이젠 매기의 농장에 일하러 가지 않을 거야."

보헤미안에게 사회적 기대에 대한 순종은 늘 풍자의 대상이 되어왔다. 1960년대 중반, 딜런의 노래 역시 아주 음흉스러워진 순종 시스템이 교묘하게 인간의 정신을 파괴하고 있음을 보여준다. 〈비밀스러운 향수병 블루스〉가 그렇다. 이 노래는 사회화라는 것이 체제에 비굴

한 충복으로 훈육하는 길에 지나지 않음을 사뭇 반어적으로 들려주고 있다.

넌, 태어나서 보호받으며 살았지.
반바지에, 모험심, 무용학습,
잘 차려 입고서 축복받으며,
성공한 자가 되고자 노력하고,
애인을 기쁘게 해주려고 선물을 사며,
도둑질 하지 않으면서
20년간 학교를 다녔지.
그런 다음에 넌 주간 근무 조에 배치되었어.

인간의 자유의지를 상품으로 대체시키며 노예화하는 미국 자본주의에 대한 조롱과 비판은 여기서 그치지 않는다. "자신들이 조금도 존경하지 않는 권위에 복종해야 하는 사람들/자신들의 직업과 처지를 경멸하는 사람들/자유로운 이들에 대해 시기하여 말을 내뱉는 사람들"(〈괜찮아요 엄마It's Alright Ma〉)이라고 노래할 때, 그가 노리고 있는 것은 물신이 되어버린 조국의 야만성이었다.

*

「창세기」 22장에는 근친 희생 모티브가 나온다. 바로 아브라함Abrahm이 그의 외아들 이삭Isaac을 죽이는 이야기다. 뚜렷한 이유도 없이 하나님은 아브라함에게 그의 외아들을 죽이라고 명령한다. 아브라함은 신에 대한 자신의 충성을 증명하기 위해 냉혹한 시험을 감당하기로 한다. 그런데 아버지가 아들을 죽이려는 결정적인 순간에 천사가 그 외아들이 있는 자리에 희생양을 올려놓으며 끼어든다.

기독교에서는 이삭의 희생을 십자가에 처형된 예수의 원형이라고 설명한다. 즉 하나님은 자신이 선택한 백성에게 강력한 복종을 강요하는 시험을 통해 그들을 죄에서 구한다는 것이다. 하지만 예술가들은 다르다. 카라바지오Caravaggio는 이삭의 희생은 성적 의미를 함축한 폭력적인 공격이라 설명하며 이삭의 번민에 중점을 두었고, 키에르케고르Kierkegaard Soren Aabye는 '행복한 결말'을 강조하는 감상주의자가 성서에 내포된 장엄한 의미를 박탈해버렸다고 생각했다. 그렇다면 유대 교육을 받는 딜런은 이 이야기를 어떻게 재해석하고 있을까? 〈다시 찾은 61번 고속도로Highway 61 Revisited〉에서 그는

「창세기」로 돌아가 하나님 자신(혹은 하나님의 여러 성격 중 하나)에 주목했다.

"아들을 죽여서 바쳐라."

"농담이시겠죠."

"아니다."

"뭐라고요?"

"아브라함아, 네 맘대로 해도 좋다. 그러나 다음번에 나를 만나면 달아나는 게 신상에 좋을걸."

"이 아이를 어디서 죽일까요?"

하나님은 말씀하신다.

"61번 고속도로에서."

「창세기」 22장 13절을 풍자한 이 노래는 비상사태를 알리는 듯한 경찰의 호각 소리와 그에 대한 야유로 시작한다. 알 쿠퍼의 빠른 피아노 연주와 마이크 블룸필드의 날카로운 기타 연주에 맞춰 딜런은 각각의 말들을 분명하면서도 기교가 넘치게 재빠른 당김음으로 내뱉는다. 때로는 민스트렐 쇼Minstrel Show(흑인으로 분장한 백인 연예인이 벌이는 버라이어티 쇼—옮긴이) 식으로, 자이브 대화체Jive Dialogue(흑인 재즈 연주자들이 쓰는 알아듣기 힘든 은어—옮긴이)로, 또 〈펀치와 주디Punch and Judy〉(꼽추에 매부리코인 어릿광대 펀치와 그의 아내 쥬디의 희비극적 이야기를 다룬 인형극—옮긴이) 식으로 극적 상황을 변주한다.

"아들을 죽이라"고 호통을 치는 신은 구약성서의 게으르고 잔인하고 복수심에 불타며 질투하는 신, 즉 블레이크가 타도되기를 바랐던 속물화된 조물주이다. 그러나 이 노래에서 해방 천사가 도래할 만한 암시는 어디에도 보이지 않는다. 전체적인 어조는 잔인한 희생과 이를 요구하는 권력의 무자비한 독단에 대한 불신으로 충만해 있다. 정말이지 얼마나 더 미쳐야 이 상황을 받아들일 수 있을까!

〈다시 찾은 61번 고속도로〉에서 희생의 현장 모리아Moriah(아브라함이 이삭을 희생물로 삼으려던 곳—옮긴이)는 미국의 주요 간선도로인 '61번 고속도로'로 대체되었다. 멕시코 만에서 캐나다 국경까지 뻗은 이 도로는 수많은 도로와 연결되어 있다. 또 북부 구역은 덜루스Duluth(미네소타 주 동부 쪽에 있는 항구도시)와 그리 멀리 떨어져 있지 않다. 61번 고속도로는 〈그는 단지 하수인이었을 뿐〉의 무대인 〈노스 컨트리 블루스North Country Blues〉의 땅과 연결된다. 이 도로는 미시시피 델타를 가로질러 블루스, R&B, 로큰롤, 그리고 소울을 전 세계로 퍼뜨린

고난에 찬 여행지로서 아프리카계 미국 이주민의 첫번째 무대인 멤피스로 나아간다. 딜런은 이 도로가 도피와 기회의 길이면서 한편으론 인간의 정신이 사고 팔리며, 개개인이 고립되는 길이란 걸 알고 있었다. 61번 고속도로야말로 가장 미국적인 길이었다.

두번째 연에 이르면 61번 고속도로는 '복지국'의 총부리로 알거지가 되어버린 사람들이 유랑하는 길이 된다. 또 세번째 연에서는 애국적인 장사치들이 "울긋불긋한 마흔 개의 신발 끈과/울리지도 않는 수많은 전화기들을 팔아치우려고" 애를 쓰는 길이 된다. 네번째 연에서는 성서의 족보를 허둥지둥 패러디하고, 인종을 분류하는 실성한 현학자("그녀는 자기 피부가 지나치게 하얗다고 했지")가 나오고, 또 "계모가 일곱번째 아들이랑 함께 있다가/둘이서 61번 고속도로로 나갔어"라고 하며 근친상간을 암시한다. 마지막 연에서 61번 고속도로는 전쟁이 상품화되어 구경거리가 된 곳으로 묘사된다.

세상이 지겨워진 떠돌이 도박사,
새로운 세계대전을 일으키려고
쓰러져가던 흥행업자를 찾아냈는데,
그런 일은 해본 적이 없지만

좋았어, 그 일을 아주 쉽게
해낼 수 있을 것 같으니까.

이 노래는 이삭의 희생을 언론매체, 돈, 그리고 전쟁의 결과물로 치환하면서 현대적 맥락으로 옮겨온다. 그가 〈전쟁의 지배자들〉에서 비난한 군산복합체는 이제 홍행업자까지 가세한 '군산 오락 복합체'가 되었다. '61번 고속도로'는 이제 홍행을 위해선 전쟁마저 불사한다. 돈을 위해서라면 인간의 가치가 가차 없이 말살되는 장소, 그곳이 바로 오늘의 미국인 것이다.

그의 아버지 에이브 짐머맨Abe Zimmerman을 첫번째 연에 나오는 인물 '에이브'와 중첩시켜 이해할 때, 번제의 희생물은 바로 딜런 자신이다. 〈내 뜻대로 죽으리〉에서 죽음의 논리, 아브라함의 희생 제물의 논리에 대해 항의하고 있는 것과 마찬가지로, 그는 자신을 61번 고속도로의 희생자로 보았다. 다만 그 항의는 이제 그 어떤 변화에 대한 희망조차 없는 항의 그 자체일 뿐이다.

*

소유관계
그들이 은밀하게 속삭인다
_〈에덴의 문〉에서

1930년대에 테오도르 아도르노는 "음악과 관계된 현대의 모든 생활은 상품의 형식에 지배받는다"고 했다. 그에 따르면 "문화 산업은 의도적으로 위로부터 소비자를 통합하고, 소비자는 가장 무난한 방식으로 순종하는 구매자로 변화된다." 문화 산업이 궁극적으로 의도하는 바는 명백하다. 청중과 예술가에게서 자율성을 박탈하고 그러한 음악이 제공될 일말의 가능성마저 제거해버리는 것이다.

산업으로 편입된 대중음악은 그에 따라 기성복처럼 '표준화'되었다. 사고를 마비시키는 편안한 리듬과 반복적인 구조, 문제의 원만한 해결과 같은 예상 가능한 공식에 갇히게 된 것이다. 이와 같은 생산구조 위에서 강조되는 것이 개성이다. 그러나 산업화된 개성은 대중음악을 재생산하기 위한 '의사 개성'에 지나지 않는다.

아도르노는 리드미컬한 음악에 사로잡힌 젊음이 집단적 행동이나 개인적 자율에 대한 가능성이 파괴되고 소멸해버린 현대사회의 징후를 드러내는 것이라고 보았다. 대중음악의 마니아들은 그저 "사랑하는 것을 중지하는 것 외에는 할 일이 아무것도 없기 때문에 자신의 감방을 사랑하는 죄수"[29]일 뿐이다.

언뜻 딜런의 활동은 아도르노의 이론의 정반대편에

있는 것처럼 보인다. 사회적 통일체를 비판하고, 개인의 인식을 바꾸며, 저항을 자극하는 대중음악만의 고유한 창조성을 위해 부단히 애를 써왔기 때문이다.

아도르노는 유럽의 예술 음악의 전통을 미학적 세계의 중심에 두었다. 때문에 그의 비전은 제한적이었다. 그는 새로운 대중적 접근이 전통음악에 복합적인 영향을 주고 있다는 사실을 도외시했다. 딜런 세대의 예술가들은 실제로 녹음을 통해서 선조들보다 더 폭넓은 영역에서 사회운동을 벌였다. 또한 그러한 활동으로 대중음악을 쇄신하였다. 전통을 흡수하고 재생하는 데 힘을 기울였던 딜런 세대의 대중운동은 유동하는 현실에 뿌리내리면서 미학적 싱싱함을 견인하게 된다. 그 싱싱함이 새로운 것들을—독특한 역사적 경험에서 생성된 사상과 감정—산업계로 흘러들어가게 했던 것이다.

그러나 아도르노가 제시한 비전은 그가 세상을 떠난 뒤에 더욱 큰 반향을 일으켰다. 오늘날 전 지구적으로 통합된 상업적 문화 산업은 점점 더 맹렬하고도 변화무쌍해졌다. 이것들은 우리의 일상생활에 최면처럼 서서히 스며들고 있다. 미열의 온도로 솥을 달구면 제 몸이 익어가는 줄도 모르고 편안하게 물속을 유영하는 개구리처럼 우리의 정신은 서서히 마비되어가고 있는 것이다.

표면으로 드러난 활동과 달리 딜런은 아도르노에게 동의했던 것 같다. 그는 늘 음악 산업을 신랄하게 비판했다. 그는 일찍이 실험적인 반체제 문화가 상업적인 음악 사업의 손쉬운 먹이가 될 거라는 걸 알고 있었다. 그가 취한 수많은 다다이스트 전략의 목적은 바로, '반성적 듣기' 훈련이 되어 있지 않은 청중들을 뒤흔들어놓는 것이었다.

영국 공산당과 마찬가지로 아도르노 또한 대중음악이 노동계급의 젊은이들을 체제에 융합되어가도록 만든다고 보았다. 그러나 아도르노는 이것이 '문화 제국주의'의 발동 방식이라는 공산당의 견해까지는 지지하지 않았다. 그가 문제로 삼은 것은 상업적 대중음악이 새로운 세대를 미국의 노예로 만드는 것이 아니라, 물신The Commodity Fetish의 노예로 만들고 말 것이라는 점이었다. 노동자들을 회유한 대중문화에 대해 그가 내어놓은 해독제는 민족이나 포크의 유산 회복이 아니라 비타협적인 아방가르드(전위예술)의 추구에 있었다. 그러나 아도르노 본인이 인정한 바에 따르면 사회계층의 불균형에 아무런 영향도 미칠 수 없는 아방가르드와 같은 운동은 무력할 수밖에 없었다.

1960년대가 서서히 지나가면서 아도르노는 딜런의

딜레마를 예언했던 것 같다. 새로운 청중들은 "자신들을 더 깊숙이 휘말려들게 하는 페티시즘Fetishism에 반감을 가지게 된다. 그들은 강제된 소비자의 수동적 신분에서 헤어나오려고 하면 할수록 '의사주체성'에 굴복하고 만다." 아도르노가 "대중음악이란…… 통속화되고 부패한 낭만적 개인주의의 찌꺼기를 미라로 만드는 것"[30]이라 선언한 것은 딜런의 음악에 대한 가장 적실한 판단이라 볼 수 있을 것이다.

*

〈다들 마약에 취한 게 분명해Everybody Must Get Stoned〉. 이 노래를 현재 공중파에서 듣기는 어려울 것이다. 딜런은 마약에 대해서는 좀처럼 말을 하지 않았지만, 그럼에도 그는 비틀즈에게 마약에 흥미를 갖게 한 장본인이었다. 그가 부른 노래들 속에는 일상적 의식으로 이해하기에는 불가사의한 노랫말("그녀의 안개, 그녀의 암페타민, 그녀의 진주들")들이 빈번하게 출몰하곤 한다. 하나의 계열체를 이루고 있는 이 같은 주제어들이 마약 경험을 배면에 깔고 있다고 한다면 지나친 억측일까?

마약이 현대인들의 감수성에 끼친 영향은, 적어도 드

퀸시De Quincey(1785~1859. 영국의 수필가 · 비평가. 『영국인 아편쟁이의 고백con fessions of an English Opium-Eater』으로 유명하다—옮긴이) 시대로 거슬러 올라갈 수 있다. 드퀸시는 아편으로 야기된 "내 안의 세계가 주는 묵시록"에 경외심을 가졌다. 보들레르Charles Pierre Baudelaire는 해시시hashish(마리화나)를 자기 파멸적인, "무한을 향한 동경"이라고 표현했다. 발터 베냐민Walter Benjamin은 "해시시든, 아편이든, 그게 뭐든지 간에 그러한 것들은" 영감을 위해 꼭 필요한 수단이라고 힘주어 말했다. 또한 브루클린 출신의 유태인 재즈 음악인 메즈로Mezz Mezzrow는 '머글스(마리화나가 든 궐련—옮긴이)'를 피우는 것과 '바이퍼'(마리화나 소비자—옮긴이)가 되는 것은 "다른 단계와 다른 영역"에 존재하기 위한 간절한 몸짓이며, "우리는 편안하게 긴장을 풀고, 감미롭고 부드러운 것을 좋아한다"고 털어놓았다. 마리화나와 환각제가 인식에 자극을 주고 감각을 예민하게 만드는 도구라고 말한 건 앨런 긴즈버그다.

1960년대에 기분 전환용이었던 마약은 기하급수적으로 확산되었다. 대체로, 당시의 이 새로운 마약 시장은 획일적이고 공허한 틀에 짜 맞춰진 생활에서 도피할 목적으로 생겨났다는 것이 일반적인 견해이다. 지금이나 당시나 여전히 마약은 금지된 땅이었다. 그것이 마약이 지닌 최초 매력의 핵심이다. 마약이 제공하는 것은 위험과 해방, 우월감과 무해한 즐거움—상대적으로 거의 비용이 들지 않는다는 것, 특히 시간이 넘쳐나고 소비할 돈이 있는 사람에게는—이었다. 그럼에도 그 당시에 마약을 한다는 것은 추방자가 된다는 것을 의미했다. 자연스럽게 마약을 하는 이들과 국가 사이에 반감의 벽이 솟아올랐다. 그것이 〈비밀스러운 향수병 블루스〉 속에 흐르고 있는 박해 콤플렉스의 배경이다. 사람들은 "지하실에서/약을 뒤섞"으며 "도로 위에서/정부에 대해서 생각하는" 딜런과 함께 위세 좋게 호흡해나가기 시작했다.

매기가 얼굴에 검댕을 가득 묻히고
잰걸음으로 다가와
날이 더워서 야채를 심는데,
하여간 전화가 울렸다고 하면서,
사람들이 5월 초에
도망을 쳐야 한다고 했다네.
지방 검사한테서 명령이 떨어졌다고
얘야, 조심해라.
네가 무슨 짓을 했든 상관없어.

살금살금 걸어라.

'잠 안 오는 약'은 먹지 말아라,

'지방 검사'의 소환장이 대변하듯 현실은 점점 험악해지고 있었다. 그 10년 동안 사람들은 반체제 인사를 가장 괴롭히는 것이 그들의 마약 혐의라는 것을 익숙하게 받아들였다(잘 알려진 희생자 중에는 존 싱클레어와 존 레논이 있다). 그러나 국가가 그들에게 처벌을 가함으로 인해 이들 사이에는 유대감이 생겨났다. 딜런은 "모두가 혼자라고 느끼지 않는다"고 위로하였다. 마리화나를 피우거나 LSD 캡슐을 복용하면서 그들은 낙오한 밤의 병사가 되었다. 낙오한 자들이 갖는 유대란 각별할 수밖에 없었다. 그것이 그들을 앞서 가는 소수의 한 사람으로 특권화시켰다.

초기 하위문화에 암호화되어 나타난 마약에 대한 언급과는 달리, 1960년대 후반기의 마약을 소재로 한 노래들은(딜런의 노래를 포함하여) 광범위하게 뻗어나갔다. 사람들이 마약을 경험하면 할수록 암호는 더 많이 누설되었다. 그러나 이렇게 암호가 대중성을 띠고 있음에도 불구하고 암호화되는 것 자체를 중단하지는 않았다. 실제로 암호화된 것들은 안개가 낀 듯 흐릿한 대목들 때문에 더 인기가 많았다. 이런 대목들은 감정의 기복이 아주 심하게 나타난다.

> 내가 그것들과 잘 어울리는 바보 같아서
> 마음속으로 목 졸라 죽여버렸어.
> 이젠 사람들이 정말 보기가 싫어.
> 나한테 시간이란 건 아무 필요가 없어.

이 곡은 도저히 마약이 주는 기쁨에 대한 찬가라고 볼 수가 없다. 그렇다고 해서 도덕적 교훈을 주지도 않는다. 무기력하게 상반되는 감정이 착란을 일으키고 있는 것 같다. 미완성인 가사, 떠들썩한 피아노, 퇴폐적인 보컬, 잔뜩 술에 취해서 행진하는 것처럼 거들먹거리는 트롬본과 튜바……. 마약에 취해 있는 몽롱한 상태가 무의식적이며 수동적인 경험으로 묘사되고 있다. 이 시기 딜런의 노래는 고통스럽다. 그것은 마약 경험의 다른 한 면이다. 지금 우리는 일그러진 거울과도 같은 그 노래들을 통해 개인의 자유와 사회의 억압을 동시에 드러냈던 1960년대 반체제 문화의 한 면을 엿볼 수 있다.

*

딜런과 그의 전자밴드가 버클리에서 공연할 무렵, 딜런은 앨런 긴즈버그에게 무료입장권을 한 줌 가득 쥐어주었다. 긴즈버그는 LSD로 몽롱해진 소설가들뿐만 아니라 미첼 맥클루Muchel MCClure와 게리 스나이더Gray Snyder와 같은 시인 동료들에게 입장권을 나누어주었다. 딜런은 또 파티가 끝나고 나서 긴즈버그에게 현금을 주었다. 그것은 긴즈버그가 어디서든 시상詩想이 떠오르면 곧장 녹음할 수 있도록 최신식 테이프 녹음기를 구입하게 하기 위함이었다. 그 테이프 녹음기는 1972년 나온 긴즈버그의 시집 『아메리카의 몰락The Fall of America』에 아주 요긴하게 쓰였다.[31)]

뱀 무늬 옷을 입고
은빛 마이크 앞에 선
딜런의 절망의 거룩한 메아리.
시간 속에 사라져가는 파충류 소년.
달 위에서 춤추는 부드러운 신발.

2주 후, 긴즈버그는 「위치타 보텍스 수트라Wichita Vortex

Sutra」를 쓴다. 베트남전쟁의 부당함을 꼬집는 이 시는 미국인들의 머릿속에 끝없는 콜라주—광고판, 소도시, 농장, 공장들, 가슴을 찢어놓는 베트남의 공포 속에 펼쳐지는 황무지—로 남는다. "미국의 독수리가 아시아에서 날개를 퍼득이면/후방에 남아 있던 학생들은 전율하며 깨어나/새로운 진실이 밝혀지기를 꿈꾸는데/고참 살인자들을 수상히 여기는 어린 소녀들은/엄청난 원격조정 장치로 처단되었다."

긴즈버그는 전쟁이란 '고질화된 병의 최종적 표현'이라고 생각했다. 전쟁으로 제정신이 아닌 미국에 저항하는 이 시인은 새로운 아메리카를 일으키기 위해서 폭력과 물질주의를 축출하고자 음유시인처럼 목소리를 드높였다.

나는 목청을 높여서
이제 미국인의 언어로 주문을 만들어
여기 전쟁의 종말을 선포한다!
고대의 환상이여!
그리고 내 천년왕국을 시작하는 말을 뱉어낸다.

그의 어조는 딜런의 목소리를 듣는 것처럼 한껏 상기되어 있다. 같은 순간의 다른 현현이라고나 할까? 둘이면서 하나이고, 하나이면서 둘인 그들은 황량한 우주 속으로 가닿는 새로운 아메리카의 소리를 생각했다.

오, 마침내 다시 라디오가
푸른 초대장을 연다!
천사 같은 딜런은 전국 방방곡곡에서 노래 부른다.
"당신의 모든 아이들이 화내기 시작하면
날 보러 오지 않겠소. 제이 여왕이여?"
그의 젊은 목소리는
끝없는 갈색 초원을 기쁘게 한다.
공기 중에 파고드는 부드러운 목소리,
공중파에 실린 부드러운 기도…….

「위치타 보텍스 수트라」는 1960년대, 긴즈버그의 가장 중요한 작품이다. 그 시는 1966년 『더 빌리지 보이스The Village Voice』에 실렸다. 곧이어 『로스앤젤레스 자유 신문Los Angels Free Press』, 반체적 성격의 『버클리 바브Berkely Barb』, 그리고 영국의 『평화 뉴스Peace News』에도 그 모습을 드러냈다. 1950년대의 난해한 실험시 양식이 1960년대에 이르러서는 대중저항의 수단이 되었던 것이다.

긴즈버그의 시에서 알 수 있듯이 딜런은 타락한 미국 정신을 갱신할 수 있는 대안 중의 하나였다. 그러나 이 시기 딜런은 늪과 같은 무력감에 사로잡혀 있었다.

*

자신의 단순한 현존을 완강하게 고집하는 사람은 다른 모든 것이 그와 차단되어 있기 때문에, 자신의 현존을 하나의 물신으로 바꿔버릴 위험이 있다. 차단되고 고정된 자아는 한층 더 형식적이게 된다.

—테오도르 아도르노

〈황폐한 거리〉는 사회통제가 결국 고문일 뿐이라고 이야기하며 클라이맥스에 다다른다. 박해에 대한 극심한 환상이 이 시기 딜런의 정신을 옥죄고 있었던 것이다.

한밤중에 요원들과
거대한 인간의 무리가 뛰쳐나와
그들 자신보다 더 많은 것을 아는
모든 사람들을 에워싼다.
그리고 그들을 공장으로 데려가
심장마비 예방 기계를
그들 어깨에 동여맨다.

보험사 직원들이
성에서 등불을 가져와
행여나 사람들이
도망치지 않을까
점검하러 간다.

국가(요원)와 돈의 위력(보험사 직원)은 인간의 삶을 왜곡하고 파괴시키려는 음모를 꾸민다. 이 노래의 마지막 구절에서 딜런은 외친다.

이제 나는 글 읽는 것이 시원치 않아.
더 이상 내게 편지를 보내지 마,
황폐한 거리에서 부친 것이 아니라면.

'황폐한 거리'는 모든 사회적 외피를 박탈당한 이들의 은신처다. 딜런은 이 곡을 〈엄지손가락 톰의 블루스처럼 Just Like Tom Thumb's Blues〉과 함께 뉴포트 공연 며칠 뒤 녹음했다. 이 노래에 나오는 국경의 변방 마을은 '황폐한 거리'의 또 다른 변주이다.

만약 당신이 망령 들린 것을 바라보고 있다면

당신이 떠나왔던 곳으로 되돌아가는 게 좋을 게요.
왜냐면 순경들은 당신도 그렇고, 당신과 같이 그런 것을 바라보는
사람들은 별 볼일 없어하니까.

〈엄지손가락 톰의 블루스처럼〉은 감당하기 힘든 세상에 둘러싸인 어느 왜소한 건달의 방랑을 포착한다. 여기서 이 건달은 예기치 못한 환대에 당황스러워하며 머지않아 쫓겨날 것을 예상하고 전전긍긍하고 있다. 이 건달의 모습이 딜런의 내면 풍경이라면 지나친 것일까?[32) 당시 딜런은 마약과 관련하여 지방정부로부터 감시를 받고 있었다. 지방정부가 보기에 딜런은 문제적 인간이었다. 그는 자신이 위험한 것들에 둘러싸여 있다는 것을 잘 알고 있었다. 딜런의 '엄지손가락 톰'은 수상한 경계심을 가지고 불투명한 환상의 땅에서 휘청거린다. 그는 늘 어딘가로 도피 중이었다.

6개월 뒤에 녹음된 〈멤피스 블루스와 함께 모빌 속으로Stuck Inside of Mobile with the Memphis Blues Again〉에선 곧 닥쳐올 종말에 대한 공포와 그로 인한 도피를 비판한다. "정말로 끝이 날까?" 딜런은 몸을 있는 대로 뒤로 젖히면서 큰 소리로 합창을 한다.

사실 지옥의 변방에서 딜런을 구해낸 건 마약(7연)도 섹스(8연)도 아니었다. 그것은 딜런이 1965년 11월에 쓴 〈조안나의 꿈〉에서 볼 수 있다. 〈블론디 온 블론디 Blonde on Blonde〉와 같은 대부분의 곡들과는 달리, 그는 그 곡을 완성시킨 다음에 스튜디오로 가지고 왔다. 〈조안나의 꿈〉은 섹스, 마약, 정치, 미학과 철학 등 방대한 영역으로 뒤덮여 있는 아주 해박한 서사시이자, 세계에 대한 탐구였다. 이 세계는 분명한 것만을 강조하고, 반면에 불명확한 광채와 어둠을 더한층 심화시키고 있다. 딜런은 뉴욕("불빛이 명멸하고 전기가 흐르고 괴기스러운 도시 경관")으로 되돌아와서 자기 자신을 깨닫는다.

D 열차에서 여자애들이 밤새 장난치며 속삭이고 있는데
야간 경비원이 전등을 휘두르며 어느 미친 것들이야, 중얼거리는 소리가 들려.

딜런은 "지나치게 간결하고 지나치게 명료한" 직접적인 경험 때문에 괴로워한다. '조안나의 꿈'은 비단 딜런의 정신만 정복한 게 아니라 이제는 그의 안식처마저 차지해버렸다. 마술적이며 변화무쌍한 이 노래가 펼쳐지자

노랫말이 전체 멜로디 속으로 밀려갔다 밀려왔다 한다.

그런데 조안나는 누구일까? 아마 알릴 필요가 있었다면 더 많은 단서를 남겼을 것이다. 그 단서는 욕망과 열망, 그리고 환상의 대상이다. 문제는 그 단서를 파악하기 어렵다는 것이며, 어쨌든 허구적 구성물이라는 것이다. "내가 어떻게 설명할 수 있을까?/아, 설명하긴 너무 어려워……." 게다가 그는 한순간의 덧없는 자화상을 내놓는다. "자포자기한 청년은, 자기 자신을 아주 심각하게 받아들이고/자신의 비참함을 떠벌리며, 위태롭게 살고 싶어한다."

〈조안나의 희망〉에서 딜런은 극단에 갇혀 있으며, 한없는 자유와 비참한 노예 사이에 끼어 있다. 이 노래 속의 사건들은 통제할 수 없을 뿐만 아니라 이해하기도 어렵다. 현실을 극단적으로 변형시켰기 때문에 도저히 파악할 수가 없다. 다만, 해결될 길 없는 자아와 사회의 모순적 정황이 그의 노래 속을 관류하고 있다는 것만은 분명하다. 적들은 너무도 맹렬하고, 너무도 교활하며, 도처에 깔려 있고, 지나치게 내재화되어 있다. 과연 이 국면을 어떻게 벗어날 것인가. 그는 절망의 극단 속으로 자신을 밀어붙인다. 이 과정 속에 잊을 수 없는 잠언이 태어난다.

법과 상관없이 살려면 정직해야 돼.

이 구절은 반체제 문화 세대와 그 후계자들, 그리고 딜런 자신에게 주는 예언자적인 경구로 받아들여진다. 그런데 흔히 위 구절만을 주시한 사람들은 다음 구절을 눈여겨보지 않는 경향이 있다.

당신도 늘 그렇게 말하고 있다는 걸 잘 알고 있어.

*

《블론디 온 블론디》(1965)를 취입한 뒤, 딜런은 세계 순회공연을 떠났다. 오스트레일리아, 스웨덴, 덴마크, 영국, 그리고 프랑스. 공연 내내 미디어와 일부 청중들은 딜런과 대치하려고 하였다. 뉴포트에서의 반목이 세계 순회공연에서도 의례적인 것이 되어버린 것이다. 이 순회공연 동안 딜런은 아주 인상적인 연주를 했으며, 여느 때 이상으로 풍부한 로큰롤을 선보였다. 나중에 '더 밴드The Band'[33]로 세간에 알려지게 된 음악인들의 후원을 받으면서 딜런은 새로운 사운드를 한계상황까지 끌어올렸다. 청중들의 공격에 놀란 연주자들은 딜런의 지시를 따랐다. 로버트슨Robbie Robertson의 기타는 야유를 처리하는 제2의 목소리가 되었다.

1966년 5월 17일, 전설적인 맨체스터 프리 트레이드 홀 공연은 오늘날에도 쉽게 들을 수 있다. 전체적으로 그 공연은 두 부분으로 나뉘어졌다(전원이 어쿠스틱으로 간주곡을 한 뒤에, 딜런은 전기를 연결시켰다). 그 공연은 광활한 음역과 힘을 선보이며 이 시기 딜런의 예술적 지평이 얼마나 드넓은지 보여줬다.

1966년 5월 24일은 딜런의 스물네번째 생일이었다. 그날 밤 그와 더 밴드는 파리의 올림피아 극장 무대에 걸린 대형 성조기 앞에 모습을 드러냈다. 그 모습은 로큰롤 이상으로 청중들을 괴롭혔다. 이내 "미국은 물러가라!"는 외침이 터져 나왔다(드러머 미키 존스Mickey Jones는 성조기는 딜런의 아이디어였다고 말한다). 자신의 음악에 도취해 있던 딜런은 야유와 무관하게 연주를 계속했다. 5월 27일, 런던 앨버트 홀에서 그는 순회공연을 마무리 했다. 일부 청중들에게서 터져 나온 야유와 공공연한 비난은 이제까지 수없이 보아온 터였다. 딜런은 〈테 없는 표범가죽모자Leopard-Skin Pill-Box Hat〉를 맹렬하게 연주한 다음, 잠시 설명을 했다.

지금 여러분이 듣고 있는 이 곡은 영국 음악이 아닙니다. 여러분들은 미국의 음악을 정말로 들어본 적이 없었습니다. 여러분들이 지금 듣고 있는 이것이야말로 바로 미국의 노래입니다. 여러분들은 내용 이외에는 아무것도 듣고 있지 않습니다. 내용을 파악할 수도 있고, 흘려들을 수도 있습니다. 이 노래가 괜찮다고 생각하지 않는 부분이 있다 하더라도 그럴 수밖에 없습니다. 그게 무슨 뜻이냐고 묻는 사람들에게 전 구역질이 납니다. 아무런 뜻이 없으니까요.

그리고 나서 그는 〈엄지손가락 톰의 블루스처럼〉을 서서히 연주하기 시작했다. 곡이 끝나갈 무렵 누군가가 소리쳤다. "저항곡을 연주하라!" 그러자 딜런이 대답했다.

아, 이 모든 게 저항곡입니다. 흠, 늘 그렇듯이 그건 똑같은 약입니다. 들리지 않으세요?

그는 이어 〈깡마른 사람을 위한 발라드〉를 연주했고, 다시 야유가 터져 나왔다. 그러나 청중들 중엔 딜런의 메시지를 들을 수 있는 사람들이 적잖이 섞여 있었다. 그들이 바로 영국의 청년문화를 일구어갈 사람들이었다. 그해 초 똑같은 자리에서 열린 국제 시인 페스티벌에 참가한 긴즈버그는 영국의 청년문화에 대해서 발언했다. 몇 달이 지나 이 새로운 영국의 청년문화는 지미 헨드릭스James Marshall Hendrix에게 안식처를 제공했다.

*

딜런은 지치고 쇠약해진 몸으로 미국으로 돌아왔다. 앨버트 그로스먼은 이미 64일 동안 펼쳐질 미국 순회공연을 사전 예약해두었다. 많은 출판업자, 영화제작자, 기자 그리고 팬들은 그에게 뭔가를 기대하며 기다리고 있었다.

6월 말, 딜런은 오토바이를 타고 우드스톡Woodstock에 있는 그의 매니저 집 근처에 있는 뒷길을 달리다 오토바이에서 떨어지면서 부상을 당한다. 전기傳記 작가들은 그때 부상이 얼마나 심각했는지에 대해서 의문을 던졌다. 그렇지만 그 사고로 인해 딜런은 휴가를 받고 공적인 생활에서 멀어질 수 있었다. 그는 자서전 『연대기』에서 "사실은 치열한 경쟁에서 벗어나고 싶었다"라고 고백했다. 그러나 그와 같은 사고 역시 그의 매력을 더해줄 뿐이었다. 행크 윌리엄스Hank Williams, 로버트 존슨,

제임스 딘James Dean, 부디 홀리Buddy Holly와 같은 젊은 청년들의 죽음, 다시 말해서 오토바이를 타다가 맞이하는 죽음은 조금도 이상한 게 아니었다. 게다가 사람들이 또 다른 젊은 청년의 죽음을 기대했다면 추측컨대 그건 분명 밥 딜런이었을 것이다. 그러나 그러한 정도의 불길한 기대만으로는 어떤 누구도 그의 예술혼을 꺾을 수 없었다. 그는 실제로 그리니치빌리지에 도착한 이후 5년 반 사이에 개인적으로, 문화적으로, 정치적으로 재빠른 변신을 거듭했다. 더러는 무모해 보일 정도의 열정으로 질주했고 또한 지쳐갔다. 그럼에도 딜런은 고속도로 위에서 숨지지 않았으며, 사회적 갈등과 긴밀하게 연결되어 있는 그의 고뇌는 여전히 단절되지 않았다.

4장

시간이
늦어지고 있다

혁명을 위한 도취의 에너지,
다시 말해서 시적인 정치를 얻어내기 위해서
우리는 그 음료를 마셔보았다.
__발터 베냐민, 「초현실주의」

오토바이 사고를 당한 뒤, 딜런은 뒤로 물러섰다. 아마도 8년 동안 순회공연을 하지 않았을 것이다. 1966년 5월에 《블론디 온 블론디》, 1967년에 《존 웨슬리 하딩 John Wesley Harding》을 출시하던 그사이에도 침묵으로 일관했지만, 이와 같은 부재는 역설적으로 그의 존재감을 훨씬 더 크게 만들었다.

1967년 여름, 미국 사회의 그늘진 구석에서 수년 동안 형성되어온 반체제 문화는 대중매체에 의해 호출되기 시작했다. 대중매체는 앞 다투어 선정적인 보도를 하기 시작했다. 분석 혹은 비평이라는 미명하에 이루어진 대중매체의 매도로 인해 백인 중산층 청년들은 상처를 입었다. 그들의 의지와 무관하게 그들은 음악이나, 마약, 성적 자유, 반전, 반인종차별주의자와 반상업주의적 정서의 세대적 혼합체가 되었다. 또한 그들은 시종 권리를 억압받는 자로 비쳐졌다. 많은 사람들은 그것이 잘못된 시각이라고 생각했다. 그들이 선택한 것은 자발적 소외, 즉 딜런의 음악이 표현한 자율성과 진정성의 추구였다.

오랜 침묵에도 불구하고 딜런의 노래는 시간이 지날수록 오히려 더욱더 넓은 지지를 받았다. 수많은 젊은이들이 자신들의 지도자들이 있는 곳엔 늘 딜런이 있었다고 생각했다. 이 시기 반체제 문화운동은(지하언론The Underground Press, 디거스Diggers, 이피Yippies) 의식적으로 집단행동과 개인의 해방, 사회적 저항과 쾌락주의를 통합하려고 했다. 좌파들은 백인 청년들 사이로 확산되고 있는—딜런에 대한 취향을 포함한—이와 같은 대립 방식을 보며 이상적인 시대가 가까이 왔다고 확신하게 되었다.

1967년 여름 내내 2만 명의 젊은 자원봉사자들이 전쟁 종식 촉구를 위해 미국 전역에서 노도처럼 일어났다. 미국이 베트남에 전면적인 공습을 시작했을 무렵 시위는 더욱 더 격해지기 시작했다. 봄에는 마틴 루터 킹 주도하에 뉴욕에서 10만 명이 집결했고, 가을에는 훨씬 더 많은 사람들이 워싱턴에 모여 행진을 했다. 그러나 저항의 수위가 높아지면서 공포감도 고조되었고, 한편으론 행진의 규모가 무의미하다는 인식이 점점 커져갔다. 거리에는 많은 사람들이 있었지만, 그 누구도 귀담아 듣질 않았다. 그해 초 베트남에 참전한 병력 40만 명이 그해 말에는 50만 명으로 증가되었다. 수백 명의 하사관들이 매주 시신이 되어 돌아왔으며, 더 많은 수의 병사들이 불구가 되거나 부상을 입었다. 베트남은 예측할 수 없을 정도로 상황이 심각했다.

1967년 여름, 각 도시에서 폭동과 폭행, 죽음이 넘쳐났다. 흑인들의 게토지구에서는 공민권운동에서 야기된 열등감과 정치의식의 빈곤, 실업, 열악한 주택, 부패한 공공서비스, 그리고 야만적인 치안 유지에 대한 일상적 좌절감이 팽배했다. 58개의 도시와 경찰, 주 방위군들이 디트로이트에 사는 흑인 53명과 뉴어크에 사는 24명을 체포했고, 연방정부는 그들을 베트남으로 급파했다. 도시는 아수라장이 되어갔다.

마틴 루터 킹은 시카고 집회에서 성난 흑인 청년들에게 야유를 받은 이유를 다음과 같이 상기했다

12년 동안 나와, 나와 같은 일을 해온 사람들은 진보에 대해서 찬란한 약속들을 해왔다. 내가 꿈꾸는 것에

대해서 설교를 해왔고…… 미국과 백인사회에 대해 신뢰를 갖도록 노력해왔다. 사람들은 희망으로 부풀어올랐다. 그런데 사람들은 이제 우리가 했던 약속을 지킬 수 없다는 것을 깨달았기 때문에 야유를 보내고 있다. 또 어떻게든 불신할 수밖에 없게 된 사람들을 우리가 신뢰하자고 권했기 때문에 야유를 한다. 그들이 기꺼이 수용했던 꿈들이 악몽으로 변하는 것을 지켜보았기 때문에 이제 적대감에 불타오르고 있었다.

무아지경의 로큰롤과 상업적 자아발견에 도취해 있던 그 시대를 가장 예민하게 관찰해온 급진적 좌파 앤드류 콥킨트Andrew Kopkind는 이 모든 상황들을 조금도 이상한 일이 아니라고 했다. 그는 "미국에서 백인과 급진주의자로 존재한다는 것은 공포와 무기력함이 뭔지 깨닫는 것이다"라고 했다.

1967년, 민주사회학생연합은 자유주의와 절연을 선언했다. 춘계전국대회에서 민주사회학생연합의 그레그 칼버트Greg Calvert는 "자유주의자란 타인을 위해서 행동하는 것인 반면에 급진주의자나 혁명가들은 조직적 사회 변화를 위해 투쟁하는 동시에 자신들의 자유를 위해 투쟁에 참가하면서, 스스로를 위하여 행동하는 것"이라고 설명했다. 그들은 아주 형편없는 할리우드 코미디 제목을 패러디 한, '내 목숨을 가지고 장난치지 마Not With My Life You Don't'라는 슬로건이 새겨진 배지를 달고 징병거부운동에 참가했다.

6월에는 로스앤젤레스, 10월에는 오클랜드에서 처음으로 백인 반전시위대와 경찰이 심각하게 충돌했다. 그런데 일부 급진주의자들은 이 사태를 흑인 게토지구의 활동을 지원하려는 '백인 폭동'이라고 단순화했다.

그해 가을 민주사회학생연합은 전국 250여 개 캠퍼스에서 3만 명의 강력한 지지자를 얻었다. 그 수가 2년 사이에 열 배로 늘어났다. 칼 데비드슨Carl Davidson은 1967년의 민주사회학생연합 캠퍼스 돌격대를 다음과 같이 묘사했다. "신입생과 2학년들, 즉 아주 젊은 회원들이 급격하게 히피화되고 있는데, 이것은 밥 딜런 증후군이다. 강제적인 미국의 잘못된 교육제도에서 완전히 벗어났기 때문에 이들은 지하의 연합신문이 아니면 거의 아무것도 읽지 않았다."

폴 굿맨Paul Goodman은 새로운 급진적 학생들의 '딜런풍 정신'을 상세히 분석했다.

> 이들 연대는 직접적이고 솔직하게 대치하는 방식으로

서 이데올로기보다는 공동체에 근거를 두고 있으며, 신분과 계급 그리고 성공에 대해 배타적일 정도로 무관심하다. 진실한 사람이 되려고 노력하면서 소유보다는 자신들의 대의에 전념하고, 상의하달 지시 방식에 대하여 극단적인 불신을 갖고 있다. 대체로 무정부주의적 성향이 짙은 그들은 직접 행동하려는 경향이 있으며, 조직 제도에 대해 환멸을 느낀다…….

간략히 말해서, 이들 연대는 개인적인 자기표현을 바탕으로 한 집단적 행동이었다. 때문에 정치와 문화가 강력한 사회운동을 형성할 것이라고 믿고 있었다. 스토튼 린드Staughton Lynd는 다음과 같이 회상했다. "백인 급진파들은 이 시기에 정치에서 죄의식을 느끼기보다는 정치를 긍정적으로 보고 있었다." 그렇지만 월리스 스테그너Wallace Stegner의 시각은 아주 회의적이었다. 그는 젊은 급진파들이 "생각을 하기보다는 흥분에 들떠 있는 것처럼 보인다"라고 했다.

대중음악 쪽에서도 딜런풍의 활기찬 실험이 전개되었다. 그 봄에 비틀즈는 《서전트 페퍼스 론리 하트 클럽 밴드Sgt. Pepper's Lonely Hearts Club Band》(1967)를 출시했다. 샌프란시스코의 그룹들은 환각적인 사운드를 만들어냈다. 지미 헨드릭스는 딜런의 시를 받아들였다. 마약 복용자의 인용문과 모호한 가사, 이국적인 사운드로 두드러진 노래들이 속출하는 가운데, 〈화이트 래빗White rabbit〉(1967년 제퍼슨 에어플레인스Jefferson Airplane's의 앨범 《초현실적 베개Surrealistic Pillow》의 수록곡—옮긴이), 〈라이트 마이 파이어Light My Fire〉(1967년 도어즈Doors의 앨범 《더 도어즈The Doors》의 수록곡—옮긴이), 〈화이터 쉐이드 어브 페일Whiter Shade of Pale〉(1967년 프로콜 하럼 Procol Harum의 앨범 《화이터 쉐이드 어브 페일》의 수록곡—옮긴이), 또 스코트 멕켄지Scott MCKenzie가 부른 〈샌프란시스코에서는 머리에 꽃을 꽂으세요San Francisco(Be Sure to Wear Flowers in Your Hair)〉의 해가 되었다.

6월, 뉴포트 공연을 모델로 삼은 첫번째 몬테레이 Monterey(미국 캘리포니아 주 서부지역, 남쪽 끝의 도시—옮긴이) 팝 페스티벌에서 헨드릭스의 기타는 〈구르는 돌처럼〉의 커버버전에 흠뻑 젖어 있었다. 그 페스티벌은 조만간 '진보적인 록'의 발산지로 알려지게 되었다. 뉴포트에서는 아를로 거스리Arlo Guthrie(우디 거스리의 장남으로서 열세 살에 처음으로 대중 공연을 하였다. 포크 열풍 시대에 명성 있는 포크 싱어들 사이에서 자란 그는 뉴포트에서 〈엘리스의 레스토랑Alice's Restaurant〉으로 활동을 시작했다.

현재까지도 활동하고 있다—옮긴이)가 서사체로 쓴 징용 기피자 이야기 〈엘리스의 레스토랑〉을 열정적으로 부르면서 데뷔했다. 컨트리 조와 피쉬Country Joe and Fish는 반전가 〈나는 죽을 것 같아 래그I—Feel—Like—I'm—Fixin'—To—Die Rag〉로 칭송받았다. 그 노래는 둘 다 정치적 풍자가 흘러넘치고 뉴포트 전통에 걸맞는 그해의 최고 주제가였다.

그러나 반체제 문화는 대중매체에 의해서 검증되자마자 곧바로 상품화되고 새로운 성과물로서 장려되었다. 언론은 새로운 세대를 '그해의 사람들'로 만들어 서구의 정신적 품위와 관용, 형제애에 대한 언급이라며 칭송했다. 패션과 영화, 음악, 그리고 광고 산업은 모두 새로운 시장을 개발하려고 다투었다. 아도르노는 정치적 저항마저 상품화되고 생활양식Lifestyle으로 변모하는 것을 보고 씁쓸한 미소를 지었을 것이다. 그리하여 그해 여름 끝 무렵에 반체제 문화계의 급진주의자들이 무대에 올리고 있던 〈히피의 죽음The Death of Money Parade〉마저 눈 깜짝할 사이에 새로운 풍조의 상품이 되고 말았다.

거대 기업이 초기 반체제 문화를 이용해 거대 이윤을 남긴 것처럼 일부 좌파 역시 그에 못지않은 역사적 수혜자가 되었지만, 성공에 이른 경우는 거의 없었다. 가령,

이피Yippie(히피와 뉴 레프트New Left의 중간을 자처하는 미국의 젊은이들로 취약한 미디어 수단을 풍자하고 활용하는 활동을 벌였다—옮긴이)들은 자신들의 주장을 펼쳐나가기 위하여 적극적으로 미디어를 이용했다. 특히 애비 호프만과 그의 동료들은 TV, 라디오, 신문을 이용하여 권력기구에 타격을 주는 데 아주 능숙했다. 그러나 좌파 활동가로서의 경계를 넘어서는 이들의 게릴라 마케팅은 늘 의문의 여지를 남겼다.

1960년대 후반, 라디오와 신문을 이용한 이피들의 마케팅에 의해 급진적인 미국 청년들에게서 인정받은 정치인들이 미디어에 거명되었다. 이들의 지도력은 대체로 상징적인 제스처와 이미지, 그리고 슬로건을 통해서 발휘되었다. 그러나 이들은 보고해야 할 대중조직이 없었다. 뿐만 아니라 이들에게는 급격하게 증폭되어가는 반체제 학생 대군과의 실제적인 대화가 거의 없었다. 일부 날카로우면서도 고무적인 슬로건들이 난무했지만 이념이나 알찬 프로그램마저도 전혀 없었다. 때문에 "이피 신화의 비밀은 그 자체가 넌센스다"라고 제리 루빈Jerry Robin은 1970년 그의 베스트셀러 『저질러라!Do It!』에서 당당하게 외쳤다.

딜런은 훗날 1967년을 '과대광고의 시즌'이라고 정리했다. 이 시기 그는 새로운 세대, 새로운 록, 새 좌파주의자들이 만들어내는 주장 때문에 뚜렷한 인상을 남기지는 못했다. 그러나 침묵으로 일관하며 시골에 고립해 있는데도 불구하고 밥 딜런의 신비는 더욱 더 확대되어 갔다. 1967년 8월, 《모든 것을 집으로 가지고 와Bringing It All Back Home》, 《다시 찾은 61번 고속도로》, 그리고 《블론디 온 블론디》, 모두가 백만 장을 돌파했다. 컬럼비아 사는 딜런이 물러남으로써 생긴 공백을 메우기 위해 딜런의 히트 앨범을 발표했다. 6개월 사이에 그 앨범 역시 백만 장 판매를 넘어섰다. 펜베이커의 다큐멘터리 〈뒤돌아보지 마〉는 라이브 공연을 실제로 본 사람들보다 보지 못한 이들에게 딜런이라는 인물을 소개하기 위해서 출시되었다. '과대광고의 시즌' 덕택에 딜런의 작품은 더욱 더 광범위하게 퍼져나갈 수 있었다.

*

1967년 여름에 휴이 뉴턴Huey Newton, 엘드리즈 클레버Eldridge Cleaver와 보비 실Bobby Seale은 새로운 신문, 『블랙 팬더The Black Panther』를 창간하기 위해서 샌프란시스코에 있는 모처에서 모임을 가졌다. 작업을 마무리

짓기 위해서 밤샘을 하는 동안 자신들의 맥박처럼 편안한 노래가 계속해서 들려오고 있었다. 그 곡은 딜런의 〈깡마른 남자를 위한 발라드〉였다고, 보비 실은 회고했다. 보비 실에게 이 노래는 분명 감동적이었지만 가사가 너무 아리송했다. 보비 실은 뉴턴에게 물었다. "도대체 노래에 나오는 '괴짜'가 뭐야?" 뉴턴은 '괴짜'는 산 닭을 먹는 서커스 공연자라고 설명해주었다.

"그는 날고기나 깃털 먹는 것을 좋아하진 않지만 그걸로 생존해야 해. 그를 보러 오는 사람들은 쇼를 보러 오는 건데, 사실은 그 사람들이야말로 진짜 괴물이지. 그 괴짜는 공연을 하면서 이걸 알았어. 그래서 그 괴물은 산 닭을 먹고 나서 뼈는 청중한테 건네주지. 왜냐하면 괴물인 그 청중은 사람들이 진짜 괴물이라는 걸 깨달았거든."

뉴턴은 그 괴짜와 괴물의 관계를 인종과 계급에 대한 의미로 해석했다.

"그는 중산계층이나 상류층 사람들이 이따금 오후 한나절을 쉬면서, 전 가족을 리무진에 태워 돈을 위해 재능을 파는 예술가를 감시하고 황폐한 지역사회를 감시하러 흑인 게토지구로 간다고 생각했지. 혜택을 받지 못한 사람들은…… 위안 삼아 이 일을 하는데…… 오락을 즐기려고 오는 그 사람들한테는 사실 관심이 없어. 이 노래는 지옥에 관한 이야기야. 문제는, 그 지옥들이 우리 도처에 도사리고 있다는 것이지."

1967년 여름은 블랙 팬더당Black Panthers의 계절이었다. 그해 5월, 휴이 뉴턴 등 무명의 흑인 민족주의자 그룹은 새크라멘토(미국 캘리포니아 주의 주요 도로)를 통해 캘리포니아 주 의회 회의장을 향하여 행진하면서 언론의 주목을 받았다(사실, 그들은 방청석에 앉을 계획이었는데 중간에 그만 길을 잃어버렸던 것이다). 당시 그 당의 회원은 겨우 70여 명에 지나지 않았는데, 대담하게도 그들 스스로 흑인 봉기를 열 수 있는 열쇠를 찾을 수 있다는 확신에 차 있었다. 그들은 게토지구를 근거지로 공동체를 조직하여, 흑인의 자부심을 고취하고 제국주의를 거부하는 새로운 언어와 자기방어를 위한 무장 정책을 결합함으로써 운동의 난국을 해결할 수 있다고 생각했다.

병적인 자부심으로 결속력을 과시한 새크라멘토 행진 후, 이들은 학생비폭력조정위원회의 잔존자들과 유대를 쌓아갔지만, 결코 주도권을 넘겨주지는 않았다. 이들은 스스로 자활을 할 작정이었다.

히빙 출신의 내성적인 백인 소년이 쓴 록발라드가 빈곤과 폭력으로부터 발생한 자칭 게토 전위대들을 매료시켰다는 사실은 딜런의 예술성을 증명해줄 뿐만 아니라 그 예술을 만들어낸 시대를 증언해주는 것이기도 했다. 팬더당은 딜런이 예술적 가교 역할을 한, 공민권운동의 성공과 좌절, 베트남전쟁에 대한 자유주의 정책의 파산, 틀에 박힌 강연에 대한 불신 등에 정치적으로 반응했다.

그들은 자기 자신들을 위해서 다른 이들이 불만을 터트리게 하는 중산층 자유주의자들의 교묘한 술수를 경멸했다. 또 생색을 내는 듯한 태도에 분노를 터뜨리는 딜런의 입장에도 공감했다. 인종차별주의의 실체인 '아메리카'를 거부하며, 특히 명목상으로 미국 정부에 저항하고 있는 아메리카 밖의 유색인종과 공동전선을 펼쳤다. 그들은 평화와 사랑의 제창자들은 물론, 사회애국주의자인 음유시인들도 좋아하지 않았다. 그러나 딜런이 가지고 있는 대립 에너지와 그 자신의 자율성을 지키려는 단호한 입장은 감성적 흡인력이 있었다. 뉴턴과 그의 동료들은 딜런의 코드를 해독하여 자신들의 것으로 만들 결심을 굳혔다.

팬더당 당원들은 딜런의 노래에서 자신들이 필요한 것을 받아들였다. 독단적인 자기 확신과 격앙된 지적 전개가 뒤섞인, 뉴턴의 특색 있는 해석은 뛰어나면서도 극단적이었다. 하지만 적절했다. 이렇게 팬더당 당원들은 흑인들이 경험한 백인들의 착취에 대한 분노가 딜런의 예술의 또 다른 근원임을 발견했다. 그러나 애석하게도 그들이 미처 알아차리지 못한 노랫말이 있었다. 이 노랫말에는 예언자적인 경고가 있었다. 그리고 그 예언에 따라 그들은 차츰 지나칠 정도로 괴짜 짓을 하며 백인 대중매체의 이익을 대변한 '살아 있는 다섯 개의 닭 머리'를 무반성적으로 씹어대기 시작했다.

*

그사이 "지상 아래로는 들어가지 않겠다"던 그 예술가는 캐츠킬Catskills에 있는 지하실('베이스먼트'라고 불렀다)로 기어들어갔다. 1967년 중반 여러 달 동안, 딜런은 거기서 연주자들과 함께 멜로디, 가사, 리듬, 악기 편성법, 목소리 등을 변형하는 실험을 했다. 앨범을 선전하지도 않았고, 때문에 사업적인 압박감 따위도 없었다. 이 일은 아주 개인적인 일이었다. 그 지하실에서 딜런과 그의 동료들, 로비 로버트슨, 릭 단코Rick Danko, 리처드 마누엘Richard Maguel, 가스 허드슨Garth Hudson, 그리고 레본 헬름Levon Helm(그룹 명칭, '더 밴드 The Band')은 자유를 발견했던 것이다. 다른 이들의 곡을 카피하고, 즉흥연주를 하고, 모든 것을 말하거나 말하지 않아도 되며, 불완전한 실험은 내버려두어도 되고, 변덕을 부려도 되는 자유, 놀고 싶을 때 놀 수 있는 자유. 그것은 모처럼만에 느껴보는 완전히 해방된 음악이었다.

완전한 전성기에 만들어진 《베이스먼트 테이프》에는 160여 곡의 노래가 들어 있는데, 이 방대한 곡들 대다수가 커버버전이었다. 잊혀진 1950년대의 팝 히트곡과 1930~40년대의 컨트리 발라드, 포크 리바이벌 인기곡, 블루스, 로커빌리Rockabilly(록과 컨트리 음악의 요소를 지닌 대중음악의 일종—옮긴이), 블루그래스Bluegrass(미국 남부의 전통적 시골풍 민요—옮긴이), 존 리 후커와 행크 스노우Hank Snow, 자니 캐쉬Johnny Cash의 노래 등등(림스키 코르사코프Nikolai Andreevich Rimskii Korsakov의 〈범블 비의 비행Flight of the Bumble Bee〉만이 미국인의 곡이 아니었다). 딜런의 오리지널 곡은 스무 곡 정도 들어 있는데, 잡다한 곡 안에 아무렇게나 뒤섞여 있다. 심지어 더 밴드는 어떤 곡들은 딜런이 언제 가지고 왔는지, 그리고 그 곡이 딜런의 것인지도 알지 못했다.

딜런은 《베이스먼트 테이프》에 들어 있는 자신의 곡이 기억하기 쉬운 음표와 멜로디들로 구성되어 있다고 자랑하였다. 그러나 그 곡들은 당장은 접근하기는 쉽지만 들으면 들을수록 난해해서 그 뜻이 잘 드러나지 않았고, 후반부로 갈수록 서서히 고양된 감정이 터져 목이 메이는 듯했다. 가사들은 종종 제멋대로이며, 전해져 오는 일화, 스쳐지나가는 인상, 파편화된 말들로 조직되어 있었다. 생략법을 활용한 이야기 전개, 상실과 갈망에 대한 우주적 감각 간의 기묘한 불균형은 매혹적이면서 지속적으로 흥미를 돋웠다.

이십대 초반의 5년 동안 딜런은 굽이치는 파도의 절정에서 서핑을 타듯 불안한 균형을 유지해왔다. 그러나 전위주의가 새로운 문화의 중심을 휩쓸고 있던 바로 그 순간, 딜런은 거기서 떨어져 나온다. 잔뜩 치장을 하고, 과감하게 차려입은 겉모습은 남의 이목을 의식한 전통적이고 겸손해 보이는 의상으로 대체되었다. 그는 은둔함으로써 그의 망명국가를 세우려고 했다. 《베이스먼트 테이프》에는 혁명에 대한 신열을 달래는 듯한 부드러운 기운이 감돌고 있다.

거기 있는 동안 기억해둬.
병을 치료하려면 항상

먼저 그들을 용서해야 한다는 것을.

2년도 채 안 되어 《베이스먼트 테이프》는 최초의 대중 보급용 해적판 앨범이 되었다. 이 테이프는 느긋하고 소박한 사운드가 유행을 선도한다는 걸 보여주었다.

《베이스먼트 테이프》가 세상으로 흘러들어 가기 시작한 그 순간부터, 이들의 음악적 언어는 많은 사람들에게 감명을 주었다. 로비 로버트슨과 가스 허드슨은 이들의 음악을 '미국적인 음악'이라고 명명했다. 그레일 마커스 Greil Marcus(미국의 작가 · 음악비평가 · 문화비평가. 정치적이고 문화적인 틀에서 팝 음악을 해석했다—옮긴이)가 《베이스먼트 테이프》에서 핵심적으로 연구한 부분이 바로 이 주제이다. '미국적인 음악'이란 거의 모든 사람들이 듣는 것이라고는 하나 정의 내리기는 정말로 어렵다. 이들 노래들이 정말로 브로드웨이나 할리우드 쇼 음반보다 훨씬 더 미국적일까?[34)]

어쨌거나 《베이스먼트 테이프》는 늙은이들처럼 노래하는 젊은이들의 목소리로 가득 차 있다. 젊은이들은 조숙하게 잃어버린 과거를 반추하는 감각을 습득했다. 그들은 불안정하고 폭력적인 현실에서 지도자도 없이 표류하면서, 유행과 과대광고를 넘어선 음악적 양식과 서

정적인 동기들을 옹호했다. 《베이스먼트 테이프》의 매력은 세월이 흘러도 변하지 않는 특성이 있었다. 그러나 마커스가 언급했듯이 "《베이스먼트 테이프》에는 향수가 없다. 너무도 울적하고 비통하다. 그러나 그렇지 않다면 그게 더 우스꽝스러울 것이다. 음악 속 시간의 역학은 안정적이지 않다". 후퇴라는 게 일시적인 완화제일 수는 있지만 치유는 아니었던 것이다.

*

1927년의 충격적인 홍수로 인해 수천만 명의 아프리카계 미국인들이 집을 잃었다.[35] 〈홍수에 휩쓸려서Down In the Flood〉는 둑이 터져버린 미시시피의 위협적인 상황을 노래한 블루스이다. 이 노래에서 자연재앙은 사회적인 방향 감각의 상실을 은유한다. 이에 비해 《베이스먼트 테이프》는 상실이 곧 현실이라고 말한다. 이 앨범을 가득 채우고 있는 것은 "모든 것이 제 위치를 찾을 수" 없고, "잃어버린 시간은 되찾을 수 없다"는 의미의 곡들이었다.

"모든 기억을 잘 간직해"라고

내 친구 믹에게 말했죠.
왜냐면 기억은 다시 체험할 수 없으니까.

지난날 딜런은 자신의 죽음에 대해서 거리낌 없이 이야기하곤 했다. 그런데 우연한 사고와 시대의 격렬한 변화가 그를 바꾸어놓았다. 《베이스먼트 테이프》에는 격랑을 거슬러온 자의 잔잔한 슬픔이 울려 퍼지고 있고, 시위를 겪으면서 피를 흘리고 있는 듯한 긴장감이 흐르고 있다.

서쪽에서 동쪽 위로
빛을 발하며 다가오는 내 빛을 바라본다.
언젠가 언젠가는
풀려나고 싶어.

1연의 화자는 독방에 갇혀 홀로 이야기를 한다. '감옥'과 '죄'는 딜런 작품의 주요 주제이다. 〈도널드 화이트를 위한 발라드The Ballad of Donald White〉에서부터 〈붉은 날개의 벽Walls of Red Wing〉, 〈하티 캐롤Hattie Carroll〉, 〈퍼시의 노래Percy's Song〉("그는 범죄자가 아니야/죄가 없어/그에게 일어난 일들은/어느 누구한테나 일어날 수 있을 일들이지"), 〈일곱 개의 저주Seven Curses〉, 〈자유의 종소리〉, 〈밥 딜런의 115번째의 꿈Bob Dylan's 115th Dream〉, 〈정말로 상냥한 마리Absolutely Sweet Marie〉 등과 같은 곡들이 이에 해당한다. 같은 맥락에 있는 〈풀려나고 싶어I Shall Be Released〉에는 수감자의 비탄이 가득하다. 그리고 이 노래는 스스로 갇혀 있다는 것을 깨달은 많은 사람들이 듣고 노래했다.[36)]

당연한 말이지만, 여기서의 감옥 역시 억압적인 사회질서, 그 자체에 대한 은유이다. 3, 4연에서 수감자는 그가 겪는 외로움 속에서 혼자가 아님을 깨닫는다.

이 고독한 군중 속, 내 곁에 서서
자기는 죄가 없다고 맹세하는 한 사람이 있네.
하루 종일 그가 고함치는 소리를 듣고 있어,
자기는 누명을 쓴 거라고 울부짖는 소리를.[37)]

1950년대, 현대 미국인의 특성을 다룬 데이비드 리스먼David Riesman의 『고독한 군중The Lonely Crowd』이 출간되었다. 그 책은 나오자마자 일약 베스트셀러가 되어 『타임Time』지 커버에 저자의 얼굴까지 실렸다. 사실 '고독한 군중'이란 이 제목은 출판업자가 착상을 한 것인데, 그 책 어디에도 그 이야기는 실려 있지 않다. 그러나 그 표현에 함축되어 있는 패러독스는 대중사회 속에서 개인의 운명이 점점 불안해지고 있는 현상을 예민하게 포착하고 있었다. 딜런이 의도한 것은 그 책이 아니라 그 책의 제목이었다. 딜런은 '고독한 군중' 속의 사람들이 갇힌 독방에서 어떻게 풀려날 것인가를 생각하는 대신, 그 울음소리에 하염없이 귀를 기울인다.

*

1967년 내내 필 옥스는 반전 집회에서 늘 눈에 띄는 인물이었다. 〈이야기하는 베트남〉이 나온 지 3년 뒤, 그는 전쟁에 관한 곡들을 잇달아 만들었다. 〈황색의 땅에서 전진하는 백인들의 군화White Boots Marching in a Yellow Land〉, 〈우리는 전쟁이 확대되기를 바라지 않는다We Seek No Wider War〉, 〈세계의 경찰들Cops of the World〉 등이 그것이다. 그는 그 어느 때보다도 더 깊이 미국의 군국주의를 파고들었다.

그해에 그는 아주 독자적이며 짓궂은 시적 소재들을 이용하여 《항구의 즐거움Pleasures of the Harbor》을 발매한다. 그는 음반 재킷에다 "추악한 시대에 행동하는 진짜 저항은 아름답다"라고 썼다. 그럼에도 옥스는 기존의 반체제 문화로부터 벗어나고 싶어 했다. 〈소모임 동지들의 한계를 넘어서서Outside of a Small Circle of Friends〉에서 그는 새로운 자기탐닉으로 방향전환을 했다.

마리화나를 피우는 것은 맥주를 들이켜는 것보다 훨씬 더 재미있지.

그런데 한 친구가 붙잡혀 30년 동안 갇혀버렸어.

아마 어쩌면 소리 높여 누군가에게 그 이유를 물어봐야 할지도 몰라.

그렇지만 데모라는 건 마약이지. 게다가 우리는 그걸 지나치게 높이 평가하지.

1967년 후반에 옥스는 환상과 절망을 열정적으로 뒤섞은 반전곡反戰曲, 〈전쟁은 끝났다The War is Over〉를 공개했다. 그 곡은 앨런 긴즈버그가 『로스앤젤레스 자유신문』 기자에게 했던 제안, "「위치타 보텍스 수트라」에서 '전쟁은 끝났다'고 선언한 것처럼 신문에서도 그러한 선언을 해야 한다"에서 영감을 받은 것이었다. 〈전쟁은 끝났다〉를 무대에 올린 옥스는 그해 가을 뉴욕 시의 센트럴 파크 대집회에 사람들을 불러 모았다.[38]

옥스의 노래는 피리와 드럼, 팡파르, 그리고 '영화에 나오는 무언의 병사'와도 같은 무장을 한 애국적인 복장의 괴기스러운 이미지로 시작했다. 노래 끝 무렵, 옥스는 군대의 속도는 죽음의 행진이라고 폭로한다.

그러니까 의무를 다하라, 소년들이여, 긍지를 가져라.
죽음으로서 나라를 지켜라.
깃발을 찾아서 손을 흔들며 작별의 인사를 하라.
그러나 때가 오기 전에 단호하게 반역을 시도하라.
가치 있는 일은 그게 아니겠는가.
이 나라는 너무도 형편없어서 죽기가 아까워.

옥스는 여전히 사회애국주의자로서의 의견을 피력하지만, 그의 절망은 점점 깊어지고 있었다.

마르크스가 변증법 유물론을 구축하기 위해서 헤겔에 심취한 것처럼 1967년은 수많은 사람들이 마르크스에게 열중한 환각의 해였다. 이들은 의식이 존재를 결정한다고 선언했다. 그해 10월, 수천 명의 젊은이들이 펜타곤 주변을 넓게 에워싸고서 전쟁 기구의 화신을 몰아내기 위해 집단적으로 투쟁할 것을 공언했다. 옥스는 〈전쟁은 끝났다〉의 마지막 연에서, 이러한 일은 지푸라기에 매달리는 꼴이라고 지적했다. 그러나 이 말은 우리 모두가 지푸라기에라도 매달려야 한다는 의미 같았다.

> 집시 점쟁이가 말했어,
> 너만 옳다고 믿게끔 우리가 속인 거라고.
> 전쟁이 끝났다고 생각해.
> 끝났다고, 끝났어.

후렴구는 전쟁이 끝날 수도 있다는 식의 성마른 희망을 보여주지 않는다. 오히려 그것은 희망과 현실 사이의 틈을 메울 수 없어서 비통해하는 애도의 형식을 취하고 있다.[39)]

*

1967년 10월과 11월에 딜런은 열두 곡의 새로운 노래를 녹음하기 위해 내슈빌Nashville(미국 테네시 주의 주도州都, 남북전쟁의 격전지—옮긴이)로 갔다. 이 열두 곡에는 합창도 없고, 기타 독주도 없었다. 그리고 1968년 초, 《존 웨슬리 하딩》이 출시되었다. 이 앨범은 당대의 흐름과 극명하게 대조되었다. 그는 여타의 거추장스런 장비를 버렸다. 베이스, 드럼, 어쿠스틱 기타 등 딱 필요한 악기들로만 연주했다. 하모니카 연주마저 줄였다. 심지어 흑백사진으로 된 커버는 당시의 유행인 컬러 흩뿌리기 방식을 힐책하는 듯이 보였다.[40)]

가사도 절제되어 있었다. 비유적인 묘사가 줄어들었고, 수사적 현란함은 과감히 삭제되었다. 그는 의식적으로 절제하면서 정확한 글을 쓰려고 노력했다. 딜런의 스타일 변화를 함께 의논했던 앨런 긴즈버그는 "내용물은 비어 있지 않다. 각각의 연은 무엇인가가 있다. 쓸데없는 말도 없고, 쓸데없는 호흡도 없다. 모든 이미지는 장식이 아니라 기능성을 의도했다"고 인정했다. 딜런은 마치 《블론디 온 블론디》의 장황한 낭만주의를 넘어서서 엄격한 고전주의로 이동하고 있는 것 같았다.[41)]

《베이스먼트 테이프》에서처럼 《존 웨슬리 하딩》에는 끝없는 풍경이 그려져 있었으며, 역사에 바탕을 둔 고통이 배어 있었다. 《베이스먼트 테이프》에 담긴 독특한 개성적 면모를 대신 차지한 것들은 추상적 인물들이다. 딜런은 "그 노래 속에서 나 자신을 내쫓았다. 그 노래 속에는 내가 더 이상 없다"고 주장했다. 인간의 삶에 대한 진실을 추구하기 위해 자기 충족적인 이야기를 만들어야 하는 당위적 의식은 이제 무대를 떠나버렸다. 그 앨범의 노래들은 화강암에 새겨 만든 것처럼 단단했다. 그럼에도 역시 신랄하고 거칠며 불완전했다.

《존 웨슬리 하딩》에서 드러난 사회현실은 변화무쌍한 1960년대 중반의 노래에서보다 훨씬 더 견고해진 듯하다. 그 현실은 변할 수 있는 여지가 희박한 근원적인 빈곤, 무주택, 외로움, 국가의 의도적인 잔학성 등을 전경화한다. 어떤 면에서 그것은 〈홀리스 브라운의 발라드Ballad of Hollis Brown〉, 〈노스 컨트리 블루스〉의 영역—환각적인 시대에서는 대체로 피할 길이 없는 영역—으로 되돌아간 것처럼 보였다. 그러나 그 곡에는 베트남이나 공민권에 대한 언급이 없다. 대신에 이주자와 뜨내기 일꾼, 유민, 부유한 사람들과 가난한 사람, 집주인, 추방자들이 있다. 이 같은 세목들이 눈길을 끌지 못했다는 것은 미국의 새로운 좌파들이 그들의 선임자들이 사로잡혀 있던 계급적 쟁점에 대해서 얼마나 냉담했던가를 시사한다. 딜런은 그 점을 놓치지 않았다.

존 코헨John Cohen이 딜런에게 "당신 노래들은 지금까지 노래가 존재한 세월에 비한다면 사회적으로나 정치적으로 그다지 큰 효과를 내지 못한 것 같군요?"라고 말하자, 딜런이 쏘아붙였다. "세월에 비해서? 그 노래들은 바로 사회적이고 정치적인, 딱 그만큼 존재했다고 할 수 있어요. 다만 사람들이 신경을 쓰지 않았을 뿐이지요. 그 질문은 다시 해주시죠." 코헨이 그 점을 반복해서 지적하자 딜런은 굳게 다물었던 입을 열었다. "어쩌면 그것은 사람들이 오늘날 내가 바라보고 있는 방식으로 그것을 보려고 하지 않기 때문일 수도 있죠. 반면에 전에 내가 보았던 방식은 사람들이 예전에 본 방식일지도 모릅니다."

*

식탁을 준비하고, 파수꾼을 세우고 먹고 마시도다. 너희 방백들아 일어나서 방패에 기름을 부을 지어다. 주께서 내게 말씀하셨나니, 가서 파수꾼을 세우고 그가 본 것을 고하게 하되 마병대가 쌍쌍이 오는 것과 나귀 떼를 보거든, 자세히 유심히 들으라 하셨더니, 파수꾼이 사자같이 부르짖기를 주여, 내가 온종일 파수대에서 지켜보았으며, 밤을 맞도록 서 있었더니 마병대가 쌍쌍이 오나이다. 그러자 주께서 대답하여 가로되, 무너졌도다, 무너졌도다 바벨론이여, 신들의 형상이 다 부서져 땅에 떨어졌도다 하시도다

__「이사야」 21장 5~9절

〈파수대를 따라All Along the Watchtower〉는 〈존 웨슬리 하딩〉의 어조만큼 강렬하게 파멸을 예언한다. 이 노래는 간결하면서도 깊이 있게 구성되어 있는데, 딜런이 언급

했듯이, "순서가 뒤바뀌어서 작용하는 일련의 사건들"을 그려내고 있다. 마지막 연은 1연과 2연의 배경을 설명하고 있는데, 마지막 연을 이루고 있는 한 가지 핵심은 위에서 인용한 「이사야」 서에서 찾을 수 있다. 여기서 방백은 감시를 계속해야 하는데 '마병대'가 멀리서 접근해오자 문명이 몰락했다는 메시지를 전한다.

비평가들이 성서적 상상력을 딜런의 작품 세계를 관류하는 정신 중 하나로 꼽는 것은 지극히 당연한 것이다. 그러나 성서적 상상력이 종교적 의미로 다가간 것은 비교적 훗날의 일이었다. 딜런이 성서에 매혹을 느낀 것은 포크와 블루스 때문이었다. 포크와 블루스는 오랜 시간에 걸쳐 축적된 풍부한 언어와 깊이 있는 체험을 이야기할 수 있게 하는 은유적 장치 등으로 가득했다. 이는 신문이나 잡지에서 쓰는 말보다 훨씬 더 격조 있는 신비감이 있었다. 그와 같은 전통적 신비감을 경험할 수 있는 텍스트가 바로 성서였다. 우드스톡을 방문하면 딜런의 테이블에서 책 두 권을 발견할 수 있을 것이다. 성서와 행크 윌리엄스의 시집이 그것이다.

종말론적 주제는 딜런의 초기 작품에서부터 눈에 띈다. 〈내 뜻대로 죽으리〉에 나오는 핵의 대재난, 〈자유의 종소리〉에 나오는 계시 등 어디서나 찾아볼 수 있다.

〈파수대를 따라〉의 끝부분에 나오는 "휘몰아치는 바람"은 〈배가 들어오면〉, 〈자유의 종소리〉, 〈안녕 안젤리나Farewell Angelina〉에서도 불고 있는 역사의 폭풍이다. 이 폭풍 속에서 딜런은 끝없이 빠져나갈 길이 없다는 사실을 상기시킨다. 그의 몸을 관통한 음은 곧 들이닥칠 파멸에 대한 전율의 표현이요, 묵시록적 절망에 대한 신음의 갈무리이기도 하다. 헨드릭스는 〈파수대를 따라〉를 듣자마자 흥분한 나머지 곧바로 〈신들의 황홀Götterdämmerung〉을 연주하기도 한다. 또한 그는 〈파수대를 따라〉를 커버하는데 축 늘어진 보컬과 극적으로 만든 기타 솔로뿐이었지만, 그가 편곡한 〈파수대를 따라〉는 딜런의 모든 커버버전 중에서 가장 통찰력 있으며 가장 독창적일지도 모른다(딜런은 1970년대에 자신의 공연에 헨드릭스의 편곡을 택했다). 헨드릭스의 싱글앨범은 1968년 후반 차트에서 수위를 달렸기 때문에 베트남저 멀리까지 들렸다. 그곳에 있던 병사들은 작열하는 포화 속에서 그 노래가 전하고자 하는 바를 분명히 알아들을 수 있었다.

*

자서전인 『연대기』에서 딜런은 1960년대 후반에 대한 혐오와 그 혐오를 구체화하던 시기부터 시작된 불화 때문에 고민했음을 시인하고 있다.

그 시대의 행사들, 다시 말해 문화적으로 무의미한 모든 것들(나를 역겹게 하는…… 산더미같이 쌓인 바리케이드, 정부의 탄압…… 허위에 찬 왁자지껄한 목소리들)이 내 영혼과 자유의지, 총체적인 반자본주의운동을 가두고 있었다…… 나는 그와 같은 집단적 인물이 되고 싶지 않았다.

딜런의 혐오감은 "그와 같은 집단적 인물이 되고 싶지 않았던" 다른 예술가들도 공감하는 것이었다. 그럼에도 지난날을 되돌아보면, 딜런은 그의 의사와 상관없이 전선 대열에서 주요한 위치를 차지하고 있었다.

1967년 후반에 프랑크 자파Frank Zappa는 자신의 밴드, 더 마더스 오브 인벤션The Mothers of Invention과 여러 달 동안 스튜디오에서 지내면서, 세번째 앨범 《우리에게는 오직 돈뿐이야We're Only In It for the Money》를 만들었다. 그 앨범은 《존 웨슬리 하딩》의 지나친 간결함만큼이나 이해하기 어려웠다. 그러나 한편으로는 시대의 유행에 대해 회의적인 태도를 취했기 때문에 유난히 눈에 띄었다. 자파는 미국의 서해안 쪽에서 전위적인 로큰롤을 하는 마약 상용자들의 선구자였다. 그의 음악은 "상업적으로 발전할 가능성이 없다"고 사형선고를 내린 음반업계의 거물을 조롱하듯 꾸준한 사랑을 받았다.

그 무렵의 다른 백인 기타리스트들과 마찬가지로 블루스에 관심이 많던 자파는 고전파 음악을 이용하여 연주하고, 레니 브루스Lenny Bruce〔1966년에 41세의 젊은 나이로 사망한 미국의 코미디언. 1974년 더스틴 호프만Dustin Lee Hoffman의 영화 〈레니Lenny〉(1974)로 재탄생하는 이 코미디언은 시사적이고 세태를 꼬집는 내용을 자주 코미디 소재로 썼다. 언어의 자유를 주장했던 코미디언으로도 유명하다—옮긴이〕 양식의 대립적 풍자를 즐겨 사용했다. 〈인조인간Plastic People〉과 〈스테이터스 백 베이비Status Back Baby〉에서 미국의 중고등학교를 아주 맹렬하게 비난하면서 소외된 십대들을 위한 곡을 만든 자파는, 《우리에게는 오직 돈뿐이야》에서는 무대를 넓혀 청중들을 조롱의 대상으로 삼았다. 앨범의 커버는 피터 블레이크Peter

Blake가 《서전트 페퍼스 론리 하트 클럽 밴드》를 위해서 만든 콜라주 작품을 패러디했다.

《서전트 페퍼스 론리 하트 클럽 밴드》와 마찬가지로 《우리에게는 오직 돈뿐이야》는 복잡한 음향 효과를 사용한 스튜디오 생산물이다. 또한 초기 앨범의 특성을 살리면서, 속물근성에 찌든 미국 자본주의와 그에 대항하는 대안을 자처하며 깃발을 든 반체제 문화를 동시에 공격한다. 그리고 팝 상업주의를 초월했다는, 당시 새로운 록 산업의 핵심 주장에 일격을 가한다.

> 내 로큰롤 음반이 나오기를 기다리고 있기가 힘드네. 음반이 나오면 모든 십대들이 그것을 사려고 하겠지…… 저작료 인세가 나오면 난 무스탕을 살까 생각 중이야…….

《우리에게는 오직 돈뿐이야》는 재즈, 할리우드 사운드트랙, 헤비메탈 기타, 상업적으로 듣기 좋은 시구, 정체불명의 소음들, 난해한 인용글들, 음정이 맞지 않게 부르는 노래, 전자로 왜곡된 소리를 내며 질주하는 록 리듬 등이 마구 뒤섞여 있다. 간혹 팝 장르에서 자파의 패러디는 오리지널보다도 훨씬 더 잘 퍼져나간다. 그러나 그의 노래는 언제나 청중들의 예상을 비껴나가 있었다. 자신의 음악을 지속적으로 혼란스럽게 만들고, 청중들을 자극하며 불안하게 했다. 그렇게 현대 미국을 관찰한 자파는 한편으론 미국에 매혹을 당하고 또 한편으로는 미국을 소름끼쳐 했다.

미국인의 삶을
이야기해봐.
미친 듯이 질주하는
국가의 무리배들.

앨범의 오프닝 곡에서 자파는 미디어를 통해서 조장된, 낙오한 미국적 가치관을 조롱한다.

거기서 무엇을 위해 사는 걸까?
평화를 빼앗은 자가 누구냐?
난 빠지고 싶다.
샌프란시스코로 가서, 어질어질한 것을 사고,
가발을 사서
오즐리의 바닥[42]에 가서 드러 누울까 보다.
……히피인 난 기분이 좋아.

난 집시야.

한 일주일 머물다 보면 매독에 걸릴 텐데.

집으로 돌아가는 버스를 탈까나.

정말로 내가 사기꾼이긴 하지만 마약 기운이 도니까 용서해줘.

자파는 "사방에서 튀어나오는 환각적인 지하 감옥"에 구역질을 하는 동시에, 젊은이들을 착취하는 자본의 책략을 묘사한다.

구슬을 조금 살 거야…… 깃털도 좀 사고 종도 사고, 또 인디언 전설에 대한 책도 살 거야…… 상공회의소에 연락해서 시내에 어떻게 가는지, 마약을 엄청나게 피우려면 어떻게 해야 하는지 물어볼 거야. 맨발로 춤을 출 거야…… 모든 사람들을 사랑할 거야. 거리에서 날 쫓아내려고 발로 차는 경찰도 사랑할 거야.

딜런과 마찬가지로, 자파는 공중파 여기저기서, 그리고 지하 신문에서 찬양하고 있는 자유를 경박하기 짝이 없는 방종이라 판단했다. 그는 반란이라는 미명하에 확산된 소비주의와 순종을 단박에 알아차렸다. 《우리에게는 오직 돈뿐이야》에서 자파는 애청자들을 대혼란으로 몰아넣었다. 십대의 팝이라 불리우던 이 앨범에서 그는 도리어 십대의 모순에 가득 찬 내면 자체를 까발렸다. 기성세대를 타도하고자 하는 십대들의 팝이 지닌 허구성을 비판하고 전복시켜버렸던 것이다. 그는 보헤미안을 부정하는 보헤미안이었다.

자파는 원래부터 극단적이었다. 하지만 극단은 지속될 수가 없기 때문에 《우리에게는 오직 돈뿐이야》를 뒤이은 성과물들은 미미하기 짝이 없었다. 1970~80년대에 그는 걸핏하면 안이한 모방 작품이나 터무니없는 성차별주의를 습격했다.

그는 《우리에게는 오직 돈뿐이야》에서 반체제 문화의 실천에 이의를 제기하는 부드럽고 매력적인 곡을 만들어냈다.

> 고독한 사람들이 자유롭게 노래하고 춤추고 사랑하는 시간이 오겠지.
>
> 우리가 알고 있는 모든 악마가 천국으로 갈 수 있는 시간이 올 거야.
>
> 머리가 긴지 짧은지, 스프레이를 했는지 안 했는지, 머리가 좀 새었는지 어쩐지 신경 쓰지 마.

진짜 중요한 건 머리가 아니라는 걸 우린 알지.
뚱뚱하다고 부끄러워하지 않아도 될 때가 올 거야.

이렇게 〈시대는 변하리라〉가 제시하는 미래에 대한 약속은 시대에 저항하려는 사람들조차도 끝없이 괴롭혔다.

*

1968년 1월 20일, 우디 거스리의 동료들과 그의 지지자들이 거스리가 남긴 유산을 기리기 위해 카네기홀에 모였다. 오토바이 사고가 있은 뒤로 대중 앞에 나서질 않던 딜런이 동참 의사를 밝히자 미디어에 대서특필되었다. 질병퇴치기금 마련을 겸한 그 수익 콘서트는 딜런이 포크 무대에서부터 친분을 쌓아온 존 바에즈, 피트 시거, 잭 엘리엇, 오데타, 주디 콜린스Judy Colllns, 톰 팍스톤Tom Paxton 등과 재회할 수 있는 기회였다. 공연은 이들의 연주와 한때 알마낙 싱어스의 멤버였던 밀러드 람펠이 쓴 산문을 읽는 순서로 이루어졌다. 낭송은 좌파 배우 로버트 라이언Robert Ryan과 윌 기어스Will Geerthe가 맡았다.

더 밴드를 이끌고 카네기홀로 온 딜런은 자신에게 역

할 모델이 되어준 거스리에게 경의를 표했다. 이들은 감성적인 화음과 열정적인 기타 독주로 거스리의 노래 세 곡을 상당히 비전통적인 방식으로 연주했다. 그것은 전위적인 사운드와 극적으로 대조되는 《베이스먼트 테이프》 식의 유일한 공개 연주였다. 딜런의 노래는 마치 캐츠킬의 지하실에 머물러 있는 듯 이따금 위태위태했다. 그러나 전반적으로는 힘이 넘치는 노래였다.

딜런은 거스리의 레퍼토리를 오랫동안 다루어왔다. 때문에 정치적 의도가 분명하고, 미국의 역사에 뿌리내린 곡 대신, 아주 쾌활하면서 개성적인 곡들을 선택하였다. 그는 〈그랜드 쿨리 댐The Grand Coulee Dam〉을 경쾌하고 밝게 연주했다.

이 노래는 1941년 초 거스리가 쓴 스물여섯 곡의 컬럼비아 강에 관한 노래 중 하나였다. 1941년, 보네빌Bonneville(미국 유타 주, 네바다 주 동부 및 아이다호 주 남부에 있었던 선사 시대의 호수가 있는 곳—옮긴이) 동력자원부는 연방정부의 자금 지원을 받는 수력발전 프로젝트를 후원했다. 그들은 거스리에게 태평양 북서부에 와서 거대 민영 동력회사들에 대항하여 사기를 드높일 곡을 지어달라고 요청했다. 오늘날은 제3세계 저항가수들까지 그랜드 쿨리 같은 대형 댐이 야기한 생태적 파괴나 이로 인한 사회적 비용에 대해 비판하지만, 당시의 문제는 연방정부가 댐을 짓느냐, 아니면 거대 민영 동력회사들이 짓느냐에 국한되어 있었다. 때문에 이 곡은 미국의 아름다운 경관과 연방정부의 개입을 칭송하고 있었다.

이 곡은 우선 "자욱한 안개 사이로 하얀 거품을 물고 사납게 몰려오는 물보라의 성난 물결, 위험에 맞서 협곡에서 고함을 내지르고 있는"(〈탬버린 치는 남자〉에 나오는 구절과 흡사하다) 한 사람을 이야기하며 "컬럼비아 강"의 위력과 위엄을 환기시킨다. 딜런은 거대한 물살이 돌진해오는 것처럼 고함을 질렀다. 바위를 삼킨 급류처럼 노래가 속도감을 타며 고양될 때, 그는 마치 문명에 포획되지 않은 야성의 위대함을 즐기고 있는 것처럼 보였다. 그의 노래는 심장 박동음과 함께 자연을 찾아가는 하나의 뗏목이었다.

이 노래에서 무엇보다 인상적인 것은 자연과 인간사회와의 갈등이 부재한다는 점이다. 거스리는 컬럼비아 강을 자신의 형제처럼 여긴다("강물이여, 그대가 나를 위해 사력을 다해 넘실대고 있구나"). 거스리의 곡에서 딜런을 활활 타오르게 한 것은 이와 같은 위대한 어머니 자연 앞에서 한없이 겸손해진 자아가 바치는 찬미의 정신이었다. 거스리의 곡에 담긴 뉴딜에 대한 낙관주의는 이 시기 딜런이 가지고 있던 정치적 기질과는 동떨어진 세계일 수도 있었으나, 딜런은 그 노래를 조롱하거나 손상시키지 않았다. 그는 오히려 개인적인 견해를 초월해버림으로써 그의 음악적 아버지를 영예롭게 하고자 했다.

딜런이 선택한 다른 곡은 〈친애하는 미세스 루즈벨트Dear Mrs. Roosevelt〉였다. 이 곡은 1945년 루즈벨트 대통령이 서거한 뒤 거스리가 쓴 찬가이다. 그 가사는 가난한 자들의 옹호자이자, 환전으로 돈벌이를 하는 소년들의 적이면서, 때에 따라서는 인민전선의 큰 희망이 되기도 한, 소아마비로 다리를 저는 부유한 한 소년에 대한 1차원적인 찬사였다. 딜런은 재치 있게 얄타와 테헤란에서 열린 동맹전선회담에 대한 과장된 구절은 빼버렸다.

> 그는 처칠을 썩 좋아하지 않았어.
> 드골도 좋아하지 않고 장개석도 좋아하지 않았지.
> 요제프 스탈린과 손을 잡고 흔들면서 "내가 좋아하는 분이시다!"라고 했어.

딜런과 더 밴드는 1968년에 그 곡을 다시 만들면서 특정 정치 지도자에게 경의를 표하기보다는 사라져간 그 시대를 추억하면서 애도했다. 그는 떨리는 목소리로 이제 그러한 영웅들이 재출현할 가능성은 거의 희박한 지경에 처한 듯 "이 세상은 그가 탄생하신 것을 보는 것만으로도 행운이었다"고, 후렴구를 이끌어갔다.

마지막 곡으로 딜런은 〈집으로 가지 않겠어I Ain't Got No Home〉를 부르며 무대를 정리했다. 그 곡은 거스리가 1930년대 후반 발표한 앨범 《더스트 보울 발라드》에 들어 있는 곡이었다. 이 노래는 카터Carter 가계(미국의 제39대 대통령 지미 카터Jimmy Carter의 집안—옮긴이)에 의해서 인기곡이 된 침례교의 찬송곡 〈이 세상은 내 안식처가 아니오This World Is Not My Home〉를 차용했다. 젊은 시절부터 종교적 신비주의 성향이 있었던 거스리는 '지금 여기'가 아닌 이상적 시공 속에서 위로받는 것이 아니라, '지금 여기'를 저버리지 않는 또 다른 속세에서 위로받고자 했다. 그만큼 그의 신비주의는 현실적 문맥을 띠고 있었다.

> 다른 이들과 함께 농사를 지어왔으며 늘 빈곤했지.
>
> 내가 벌어들인 수확물은 은행업자의 창고에 저장되었어.
>
> 아내는 오두막 마룻바닥에 떨어져 죽었어.

그래서 난 이 세상에 있는 집이라는 데는 어디에든 가지 않겠어.

딜런은 이 곡을 통곡하는 비가로 바꾸었다. “경찰은 어딜 가든 따라다니면서 힘들게 해”라며 마치 부유한 경찰이 끝까지 그의 뒤를 쫓는 것처럼 울부짖었다. 당연한 일이지만, 거스리는 경찰과 국가기구가 얼마나 잔혹한지를 직접 겪었다. 그럼에도 불구하고 젊은이들의 미래를 위해 경제 분야에는 국가기관이 직접 개입해야 한다고 생각했다. 이 생각은 〈백인 도널드Donald White〉와 〈해티 캐럴의 외로운 죽음The Lonesome Death of Hattie Carroll〉에서 그리고 〈떠돌이의 탈출The Drifter's Escape〉에까지 일관되게 지속하고 있는 흐름이다. 1960년대 중반 무렵, 딜런의 곡들에서 그러한 주제는 다층적인 은유로 다듬어진다. 1960년대의 클라이맥스에서 딜런은 거스리의 노래를 부름으로써 자신의 몸을 통과한 은유의 탄생 배경을 다시 상기시켜주었다.

*

존 랜도Jon Landau(훗날 브루스 스프링스틴의 기획자)는

《존 웨슬리 하딩》에 관한 리뷰에서 "딜런은 전쟁에 대해 깊이 생각하고, 그것이 우리 모두에게 어떻게 영향을 끼치는지를 분명히 보여주고 있다. 이 말은 특별한 노래들이 모두 전쟁에 대해서 쓴 곡이라거나, 그러한 노래들이 전쟁에 대한 저항곡이라고 생각한다는 뜻이 아니다. 무슨 말인가 하면, 딜런이 전쟁에 대해서 생각하고 있었으며, 그에 대한 깨달음이 전체적으로 앨범 내에 들어 있다는 뜻이다"라고 썼다.

1968년 초, 베트남전쟁은 거의 3만 명의 목숨을 앗아갔다. 남베트남은 4년간의 혹독한 대 게릴라전으로 거의 초토화되었다. 베트남에는 50만이 넘는 미국 병력이 주둔하고 있었다. 폭탄은 끝이 없었다. "전쟁을 생각하지" 않을 수가 없었다. 《존 웨슬리 하딩》의 재킷에는 딜런이 쓴 베트남전쟁에 대한 언급이 나와 있다.

> 중년의 약제사가 지방경찰청 검사 앞으로 나서더라고. 그는 나를 바라보면서 당신이 바로 그 사람이라고 고함을 지르기 시작했어. '당신이야말로 베트남 전역에 모든 폭동을 불러일으킨 장본인이다'라고 말이야. 그러고선 곧장 한 무리의 사람들에게 돌아서서는 자기가 당선된다면, 다음 달 6월 4일, 대중들 앞에서 날 전기처형

시킬 거라고 하더군.

1968년 2월, 《존 웨슬리 하딩》이 앨범 차트에서 상승하고 있을 무렵, 베트남인들은 '구정 대공격Tet Offensive'을 펼쳤다. 그 공격으로 그들은 사이공에 있는 미국대사관의 문을 열 수 있었지만, 곧 엄청난 죽음으로 그 대가를 치렀다. 베트남인들은 남부 도시에서 곧 격퇴를 당하고 사방팔방으로 흩어졌다. 그러나 정치적으로는 막대한 이득을 얻었다. 미국에서 전쟁 찬성론자들에 대한 지지가 폭락했던 것이다.

저항은 전면적으로 확대되면서 과격해졌다. 유진 매카시Eugene McCarthy는 학생들의 지지를 등에 업고 린든 존슨Lyndon Baines Johnson 대통령에게 도전하였다. 뉴햄프셔에서조차 그의 지지도가 더 높았다. 매카시에게 공감하던 일부 젊은이들이 정치적 행보를 내딛기 시작하던 그때, 또 다른 젊은이들은 자유주의를 넘어서 행진해가고 있는 중이었다.

그 이후 몇 달 동안 반전운동 참가자는 몇 배로 늘어났다. 게다가 마틴 루터 킹 암살로 슬럼가에서는 폭력사태까지 일어났다. 4월, 민주사회학생연합 학생지도부의 컬럼비아대학 점령 사건은 파리의 5월 혁명의 도화선이 되었다. 6월, 케네디 대통령이 암살되자 사회는 점점 통제 불능이 되어갔다. 이런 가운데 전국적으로 10만여 명의 학생들이 민주사회학생연합의 대열에 합류했다.

1968년 여름, 학생들과 흑인들의 소요가 극점을 향해 치달으면서 전 세계에서 반미의 목소리가 거세게 일어났다. 좋든 싫든 딜런도 그 목소리에 귀를 기울일 수밖에 없었다. 침묵으로 일관하던 딜런이 입을 연 건 거대한 중앙 미디어가 아닌 『싱 아웃!』에서였다. 그의 초기 음악을 감싸 안으며 열정적으로 그의 발전을 토론하던 『싱 아웃!』은 당시 좌초 위기에 직면해 있었다. 그 인터뷰는 그리니치빌리지 출신인 딜런의 옛 친구, 뉴 로스트 시티 램블러스New Lost City Ramblers의 만담가인 존 코헨과 기타 연주자로서 『싱 아웃!』을 편집하고 있던 해피 트라움Happy Traum이 진행했다.

코헨은 경의를 표하면서도 딜런의 모든 것에 무비판적으로 열광하진 않았다. 이와는 반대로 트라움은 딜런이 말하지 않은 것까지도 집착했다. 그는 옛 친구에게 물었다. "어떤 입장을 취해야겠다고 결정하는 순간을 미리 예상합니까?" 딜런이 대답했다. "아니오." 트라움은 그런 대답에 만족할 수가 없었다. 그래서 그는 여러 지점에서 장시간 인터뷰를 하며 집요하게 그 주제로 돌아갔다.

트라움 : 우리는 매일매일 선택을 내려야 하는 지점으로 다가가고 있다고 생각됩니다.

딜런 : 어째서 그런가요?

트라움 : 세상에서 일어나는 모든 사건들이 우리에게 점점 더 가까이 오고 있기 때문입니다. 그러한 사건들이 바로 옆에 있는 슬럼가만큼이나 가까이 있다는 거죠.

딜런 : 바로 옆에 슬럼가가 어디 있죠?

트라움 : 아마 한 블록만 내려가면 사건들은 대규모로 움직이고 있지요.

딜런 : 무슨 사건들요?

트라움 : 인종문제, 거리의 폭력.

딜런은 여전히 반응을 보이지 않았고 모든 사안에 대해 데면데면했다. 그런데도 트라움은 컬럼비아 학생들이 '전쟁의 지배자들'과 투쟁하고 있다는 점을 일깨웠다.

트라움 : 그들은 자신들이 지배하는 민중들을 제압하려고 애쓰고 있어요. 그들이야말로 상황을 주도하는 권력자들입니다. 그들은 기성 체제라고 부를 수 있습니다. 즉, 전쟁을 일으키고, 미사일을 조립하고, 죽음의 도구들을 제작하는 자들과 동일한 사람들입니다.

딜런 : 그건 뭐, 세상이 그런 거잖아요.

트라움 : 학생들은 다른 길로 가려고 하고 있죠.

딜런 : 물론, 나야 학생 편인데. 학생들이 세상을 인수하려고 하고 있어요. 학생들이 대항해 싸우는 사람들은 낡은 사고를 가진 사람들이고 낡은 사상들이죠. 학생들은 싸울 필요가 없어요. 그저 뒤로 물러나서 기다릴 수도 있어요.

트라움 : 그러나 낡은 사상은 대포로 무장을 하고 있답니다.

트라움이 베트남전쟁과 그 전쟁에서 취해야 할 입장에 대해 구체적인 문제로 돌아가도, 딜런의 태도는 여전했다.

트라움 : 아마 정치적인 의미에서 가장 긴급한 현안은 전쟁일 겁니다. 나는 어떤 예술가나 예술가 그룹이 전쟁의 경로를 바꿀 수 있다고 말하는 게 아니에요. 그러나 그 사람들은 여전히 뭔가를 말해야 한다는 책임감을 느끼고 있다는 거지요.

딜런 : 일부 아주 훌륭한 예술가들은 전쟁을 지지하고 있죠.

트라움 : 나는 전쟁을 반대하는 사람들을 이야기하는 거예요.

딜런 : 나 역시 비슷한 이야기예요. 전쟁을 지지하느냐 반대하느냐 하는 건데, 그런 건 실제로는 존재하지 않아요. 그건 전쟁을 반대하거나 지지하는 게 아니죠. 어떤 화가가 있는데, 그 사람은 전쟁에 대해서 전적으로 지지해요. 그 사람은 자신이 직접 전쟁에 참가하려고 하고 있어요. 난 그 사람을 이해할 수 있어요.

트라움 : 왜 그 사람하고 논쟁하지 않나요?

딜런 : 나는 그 사람 그림의 내용을 이해할 수 있어요. 그런데 왜 논쟁을 해요?

트라움 : 그게 어떤 입장을 취하는 것과 무슨 상관이 있는지 모르겠군요?

딜런 : 그래요. 우리는 사실 이야기할 게 더 이상 없어요.

트라움은 딜런이 딱 잘라 거절했음에도 불구하고, 딜런의 입장에 대해서 설명해줄 것을 고집하다가, 끝내는 매섭게 힐책당했다.

트라움 : 내 느낌에는 전쟁을 지지하고 거기 참가하려

는 사람하고는, 당신과 그 사람이 동일한 가치관을 가지는 것이 불가능할 거라는 생각이 드는데요.

딜런 : 난 그 사람을 오래 알고 지냈어요. 점잖은 사람이라서 존경해요. 그는 내 친구죠. 사람들은 각자 자기 견해가 있잖아요. 그런데, 당신은 내가 전쟁을 지지하지 않는다는 걸 어떻게 알죠?

밥 딜런이 미국 정부가 벌이는 베트남전쟁, 즉 2백만 명을 살상한 전쟁에 대해서 공개적으로 발언한 것은 거기까지였다.[43)]

딜런이 베트남에 대해서 어떤 입장도 취하지 않은 것은 순전히 고집을 부린 측면이 있다. 즉 자신의 청중들과 추종자들을 비틀어놓고, 그들에게 도전하고 싶은 욕구 때문이었을 것이고, 그에게 어떤 기대를 걸고 있는 사람들에게 말하는 자체를 꺼려했기 때문일 것이다.[44)] 그러나 방어적인 심리기제를 이해한다 하더라도 그러한 태도에 좌절감이 드는 것은, 딜런이 전쟁 문제를 다루는 것을 상당히 마음 내켜하지 않았으며 또 대답을 간단히 회피함으로써 상당히 나태하게 만족했다는 사실 때문이다.

그는 젊은 대중의 흐름 속으로 유영해 들어가 인기를

얻을 수 있는 유혹에는 저항했지만 시국 문제에 대해 침묵하고자 하는 유혹에는 저항하지 않았다. 그의 능숙한 생략식 어법은 반전운동이 장기간 그에게 요구해온 입장 표명에 성급하게 대응했기 때문이라고 해석되지만, 사실 그는 혼자가 아니었다. 그는 공인으로서, 또 한 시민으로서 모든 미국인들에게 부과된 '베트남 테스트'에 실패했다. 그것이 과연 이분법에 대한 경멸과 입장 표명 뒤의 손실에 대한 두려움만으로 설명될 수 있을까?

그럼에도 그는 계속 베트남을 다룬 노래를 불렀다. 〈존 브라운John Brown〉, 〈바람만이 아는 대답〉, 〈폭우가 쏟아지네〉, 〈전쟁의 지배자들〉, 〈신이 우리와 함께 계시니With God on Our Side〉, 〈밥 딜런의 115번째 꿈〉, 〈다시 찾은 61번 고속도로〉, 〈툼스톤 블루스Tombstone Blues〉, 〈파수대를 따라〉 등 이들 노래는 세월이 지날수록 웅숭깊은 맛을 더해갔다.

*

커티스 메이필드는 1968년 1월에 〈승리자는 우리We're a Winner〉가 "흑인 민중들에게 보내는 전언으로서 운동에 있어서 결국은 우리가 승리자"라는 메시지를 담고 있다고 설명했다. 그 메시지는 수많은 라디오 경영자들을 불편하게 만들었다. 당시 메이필드는 스물여섯 살이었다. 그는 자신이 만들고 싶은 음악을 알고 있었고, 왜 그러한 음악을 만들고 싶은지도 알고 있었으며, 또 누구와 함께, 그리고 누구를 위해서 그 음악을 만들어야 할지도 알고 있었다.

〈승리자는 우리〉는 새로운 흑인 민족주의의 적극적인 대응과 예전의 낙관주의가 섞여 있다. 킹이 암살된 후 메이필드의 글은 음울한 논조가 짙어지면서 점점 더 정치적 리얼리즘 색채가 짙어졌다. 하지만 기본적으로는 공민권운동의 인도주의적인 이념에 기반을 두었다. 킹과 마찬가지로 커티스는 온건파와 강경파 사이의 간극을 메우려고 했다. 그는 분리주의자들에게 잔소리해대는 것을 두려워하지 않았다. 1969년에 임프레션스는 운동이 위기에 처했음을 호소하는 〈힘내라, 힘, 검둥이와 흰둥이Mighty, Mighty, Spade and Whitey〉를 발표했다.

당신네 흑인과 백인의 파워는
곧 무너질 탑이 되고 말 거야.
그런데 분열된 우리는 바보같이 휘말려서
어떤 생각을 털어놓아야 할지

빌어먹을, 결정하지 못했어.

이 혹독한 심리 상태는 그해 나온 니나 시몬Nina Simone의 《혁명Revolution》에서도 들을 수 있었다. 이 앨범에는 딜런의 〈시대는 변하리라〉, 〈엄지손가락 톰의 블루스처럼〉, 그리고 〈풀려나고 싶어〉가 재수록되었다. 얼마 후에 시몬은 〈젊고, 재능 있는 흑인으로 살아가기To Be Young, Gifted and Black〉에서 유년시절의 자아를 회상하면서 계승자들이 당면한 변화된 환경에 대해 침울해 한다.

젊고, 재능 있는 흑인,
얼마나 진실을 알기를 바랐던가.
옛날을 돌아보고 내 젊음에
사로잡힐 때도 있었네.
그러나 오늘 나의 기쁨은
우리 모두가 자랑스럽게 말할 수 있다는 것이네.
젊고, 재능 있는 흑인으로 살아가는 것이
바로 그것이라네.

2년 뒤 아레사 프랭클린Aretha Franklin은 이 노래를 대히트곡으로 만들었다. 그때 시몬은 자발적으로 망명을 한 밥 모제스를 따라 유럽으로 옮겨갔다.

커티스 메이필드의 첫번째 솔로 앨범인 《커티스Curtis》는 1970년에 발매됐다. 가사나 음악적으로나 그 앨범은 그가 임프레션스와 함께 시도했던 것 이상으로 대단히 모험적이었다. 풍부하게 결을 살린 사운드는 깊숙한 펑크풍, 즉 흑인풍의 맥박에 근거를 두고 있다. 또 정치에 관한 이야기가 도처에 깔려 있다. 그 앨범의 첫번째 곡은 〈우리 모두가 갈 지옥이 있다면If There's a Hell Below We're All Gonna Go〉. 메이필드와 같은 열정적 낙관주의자에게까지 종말론적 그림자가 드리워져 있다는 사실은 당대의 위기의식이 얼마나 넓고 깊게 퍼져 있었는가를 보여준다.

그럼에도 불구하고 그의 음악에 대한 열정은 사그러들지 않았다. 솔로 앨범에는 〈미스 블랙 아메리카Miss Black America〉, 〈끝없이 전진하라〉, 그리고 〈승리자는 우리〉의 테마를 되풀이한 〈움직이자Move On Up〉가 포함되어 있다. 메이필드는 자신의 중심 테마를 되풀이하는 것을 거북해하지 않았다. 복음에 바탕을 둔 정치적 신조를 격려하는 〈준비된 사람들〉의 중심 테마는 오랜 세월 동안 수세대에 걸쳐 이어져온 투쟁 메시지였다.

당시 메이필드의 작품은 흑인 대중음악 속에 녹아들어 있는 사회적 발언의 일부에 지나지 않았다. 1968년과 1973년 사이에 제임스 브라운James Brown, 마빈 게이Marvin Gay, 아레사 프랭클린Aretha Franklin, 템프테이션스The Temptations, 보비 워맥Bobby Womack, 스티비 원더, 에드윈 스타Edwin Hatcher와 그 밖의 많은 아티스트들이 포크가수들이 상상도 못한 수준 높은 저항곡들을 봇물 터지듯 쏟아낸 것이다. 물론 이러한 곡들은 집회나 행진을 위해서 만들어진 곡이 아니라 춤에 맞춘 음악이었다.

1990년대의 힙합 아티스트들은 이 시기의 음반을 샅샅이 털어갔다. 메이필드가 이들 중 가장 대표적인 본보기로서, 그의 풍부한 음악적 상상력은 힙합의 기반이라고 일컬어진다. 새로운 세대는 그의 명연주를 넘어서서, 부활한 흑인 민족주의에 강력한 사회적 발언을 가미했다. 그러나 그들은 대중운동이 부재한 상태에서 작업을 했기 때문에 진정성의 밀도가 성길 수밖에 없었다.

*

『싱 아웃!』과 인터뷰가 있은 뒤, TV를 시청하던 미국 국민들은 딜런 식의 악몽이 시카고 거리에 활보하는 것을 목격했다. 민주당 전당대회에서 반전 후보자인 유진 매카시를 제치고 험프리Hubert Horatio Humphrey가 부통령으로 입후보한 것이다. 이에 격분한 시위는 끝없이 불어났다. 경찰은 시위대, 저널리스트, 구경꾼들에게 최루탄을 쏘아댔다. 매카시는 자신의 지지자들에게 멀찌감치 떨어져 있으라고 했지만, 이피와 민주사회학생연합, 그리고 극좌파들이 지지자들을 총동원했다. 그들은 젊은이들을 끌어들이기 위해 딜런과 비틀즈가 참가할 거라는 소문까지 퍼뜨렸다.

필 옥스는 곳곳마다 플래카드가 불태워지고, 경찰이 둘러싸고 있는 그랜드 파크에서 〈더 이상 행진하지 못해I Ain't Marchin' Anymore〉를 불렀다. 사람들은 경찰의 공격에도 불구하고 컨벤션센터 앞으로 몰려갔다. TV 카메라 앞에서 그들은 "전 세계가 지켜보고 있다!"는 구호를 외쳤다.[45] 워싱턴에서 일자리와 자유를 달라고 외치던 행진이 있은 이래로 5년째 되는 날이었다.

시카고에서 일어난 일련의 사건들을 겪으며 옥스는 정신적으로 충격을 받았다. 몇 달 뒤에 그는 "시카고는 서반구 곳곳에 밀어닥칠 것이다. 우리는 모두 감옥에서 경찰 병력을 푼 시카고 시장을 만나게 될 것이다. 어찌됐든 시카고는 그 당시 활기를 불어넣고 있었는데 그 활기는 비애 위에 있다. 왜냐하면 매우 특별한 무엇인가가 거기서 침몰해버렸는데, 바로 그것이 미국이기 때문이다"라고 했다. 그는 다음 앨범, 《은퇴를 위한 리허설 Rehearsals for Retirement》 표지에 '필 옥스 (미국인), 텍사스 엘 파소에서 태어나 일리노이 주 시카고에서 죽다'라는 비문을 새겨넣었다. 상업적으로 그 앨범은 실패작이었다. 전쟁을 겪고, 고국의 폭력에 경악하고, FBI에게 시달린 그는 심한 우울증에 시달렸다. 그가 맡은 이 애매한 역할은 1976년에 그를 자살로 몰아넣었다.

1969년에 그는 "미국은 혼란스런 도가니였다. 이제 그 도가니가 끓어 넘치고 있는 중이다"라고 말했다. 어찌됐든 당시 그는 미국의 노동계급에게 보다 직접적으로 이야기하는 방식을 찾았다고 확신했다. 때문에 그는 온통 황금색으로 번쩍거리는 옷을 입은 프레슬리풍의 로큰롤 연주자로 변신하려고 애를 썼다. 그러한 변신은 딜런이 뉴포트에서 했던 공연 이상으로 자연스럽지 못했다. 그러나 뉴포트와 유사한 충돌이 있었음에도 불구하고, 그는 새로운 청중을 이끄는 데는 성공하지 못했다. 어이없지만 《최고의 히트곡들Greatest Hits》이란 제목이 붙은 이 앨범은 로큰롤 시장에 조금도 영향을 끼치지 못했다. 그 앨범에 실린 〈명예의 노래Chords of Fame〉에서 옥스는 그의 후임자들에게 경고했다.

그대가 음악을 한다는 건 보면 안다.
기타를 가지고 다니기 때문이지
스타가 되고 싶은 음유시인은
하늘이 돕겠지.
그렇다면 친구여, 사랑의 노래를 연주하게.
그대만의 노래를 부르고 싶다면
고통의 노래를 연주해야 해.
안 돼, 안 돼, 안 돼, 명예의 노래를 연주해선 안 돼.

가수이자 작사가로서 옥스는 자신의 재능을 다 발휘하지 못한 면이 있다. 그를 수용할 수 있을 정도로 활기차고 급진적인 뮤지컬 무대가 있었더라면 그는 아마도 그곳에서 대단한 활약을 했을지도 모른다.

*

1968년 8월, 비틀즈는 〈혁명Revolution〉을 선보인다. 이 곡에서 그들은 폭력적인 정치적 제스처를 비방하며 가장 최근의 이념적 혁명 방식에 대한 자신의 생각들을 표출했다. 이에 어윈 실버가 반문했다. "누가 비틀즈를 혁명가라고 한 적이 있었는가? 음반 회사들, 언론 담당자, 흥행업자, 매니저 등등 혁명을 마치 비누나 콘플레이크나 온갖 허접한 것들처럼 팔아먹을 수 있다고 생각하는 그 탐욕스럽고 교묘한 사기꾼들이 문제 아닌가?"

1968년 11월, 컬럼비아 레코드는 그 당시 수백만 명의 '잠재적 고객'들에게 배포되던 지하 신문에 전면광고를 실었다. 그 광고는 유치장 감방에 갇혀 있는 머리를 길게 늘어뜨린 반전 활동가들에 초점을 맞췄다. 그들은 '음악은 사랑이다, 주먹을 불끈 쥐어라, 깨어 일어나라'라는 슬로건이 적힌 플래카드에 둘러싸였다. 그 사진 위에 굵은 활자로 '기성세대들은 우리의 음악을 부술 수 없다'라고 쓰여 있었다. 작은 글씨로 된 본문은 다음과 같은 내용을 담고 있었다. "기성 체제는 오늘날의 음악에 딸려 있는 모험과 고무적인 경험을 반대하고 있다. 그러나 그들은 여러분이 음악을 듣는 것을 막을 수 없다."

컬럼비아 사의 이 광고는 '탐욕스럽고 교묘한 사기꾼'이 무엇인지를 잘 보여준다. 뒤이어 다른 대기업들도 앞다투어 이 선례를 따랐다. 그러나 여섯 달 후 컬럼비아 사와 그 외 다른 회사들은 지하 신문 광고를 철회했다.

그들은 자신들의 광고 옆에 저속하고 외설적인 광고들이 함께 게재되어 사람들을 당황하게 했기 때문이라고 해명했다. 그러나 어쩌면 FBI가 그러한 광고는 "미국의 적들에게 활동적인 분위기를 조성하고 위안을 주는 것으로 비친다"고 경고했기 때문인지도 모른다. 어떻든 간에 그들은 젊은이들에게 음반을 구매하게 할 다른 방도를 찾아야 했다.

*

더 밴드의 데뷔 앨범 《뮤직 프럼 빅 핑크Music From Big Pink》는 1968년 중반에 출시되었다. 이 그룹은 딜런과 함께 뭉치면서 주목을 끌었다. 그들은 1966년에 딜런의 반주를 맡았는데, 이들 앨범에는 이전에 출시되지 않은 딜런의 곡들(《베이스먼트 테이프》의 걸작품인 〈풀려나고 싶어〉, 〈분노의 눈물Tears Of Rage〉, 그리고 〈불타는 바퀴This Wheel's On Fire〉)가 포함되어 있다. 앨범 커버는 매력적이면서 소박한 그림 덕분에 더욱 빛이 났다. 《뮤직 프럼 빅 핑크》에서도 그렇고 두번째 앨범 《더 밴드The Band》(1969)에서도 독특한 사운드의 세계를 만들어냈다.

더 밴드의 사명은 《베이스먼트 테이프》에서 처음으로

마주친 영역을 개척하는 것이었다. 그들은 음악적 형식에서 의식적으로 수사적인 것들을 거부했다. 또 반체제 이념과 문화도 거부했다.

그들은 지방이나, 오래된 수작업, 또는 기이한 것에서 진정성을 찾았다. 과거를 거부하기는커녕 그 과거를 껴안고 마치 과거만이 안전하고 구원을 얻을 수 있는 곳인 양 수용했다. 그들이 만든 노래는 사회애국주의와 같은 친숙한 내용은 아니었다. 또 국민적 단결이라든가 집단적 유산 따위를 칭송하는 것도 아니었다. 그들의 노래는 통제할 수 없는 거대한 세력들에 맞서다 좌초한 개개 희생자들의 슬픈 초상화를 제공했다.

두번째 앨범에 실린 〈추수왕(께서 오셨네)King Harvest (Has Surely Come)〉은 노동조합에 대해 말하고 있다. 당시 사회적으로 노동조합에 대한 논의가 시작되고 있었는데, 그에 관련된 정말 몇 안 되는 팝송 중 하나이다. 그런데 정작 이 노래가 주목을 받은 것은 주제와 관련한 이중적 태도에 있다. 재난을 겪고 있는 개인에게 그들은 희망찬 노래를 약속("힘든 때가 곧 끝나리니")한다. 그러나 이 노래에서 노동조합은 개인의 운명에 대해 어떤 역할도 할 수 없는 것으로 인식된다.

두번째 앨범에 수록된 〈그날 밤 사람들이 구舊 딕시

타운으로 몰려갔지The Night They Drove Old Dixie Down〉는 연맹의 몰락을 애도하고 있다. 그런데 이 곡이 1969년의 백인 로큰롤 청중들에게 감동을 주고 마음을 뒤흔들었다는 것은 정말로 이상한 일이었다. 더 이상한 것은 1971년, 이 곡으로 존 바에즈가 상업적으로 성공했다는 것이다. 〈그날 밤 사람들이 구 딕시 타운으로 몰려갔지〉는 패전국 내부의 깊숙한 곳에서 치밀어 올라오는 비가였다. 그것은 전쟁에 대한 저주였고, 전쟁으로 인해 노동계급들이 치러야만 하는 희생에 대한 탄식이었다. 역사적 상실감에 사로잡힌 이 노래를 통해 베트남전쟁의 상흔이 메아리쳤다.

시카고에서 일어난 일련의 드라마틱한 사건들은 그해 전 세계적으로 일어난 사건들과 궤를 같이 하고 있다. 미국에서와 마찬가지로 전 세계적으로 폭동의 조짐이 서서히 무르익어갔다. 영국, 독일, 그리고 일본에서 대규모 반전 시위, 학생동맹파업과 점거, 시위자들과 경찰 간의 거리 투쟁을 목격하게 되었다. 더군다나 프랑스와 이탈리아에서는 수십 년간 볼 수 없었던 대규모의 파업도 일어났다. 학생들의 봉기는 파키스탄과 벨기에 양국 정부를 변화시키는 역할을 했다. 체코슬로바키아의 '프라하의 봄'은 소비에트 침략으로 진압당했다. 마오주의자 청년들은 인도에서 낙살라이트Naxalite(인도의 극좌 정당의 당원—옮긴이) 반란에 나섰다. 멕시코시티에서 열린 올림픽은 경찰과 군대들이 300명의 학생들을 대학살한 뒤에 개최되었다.

이런 일련의 사건들 속에서 혁명은 2차 세계대전 이후 어느 때 이상으로 현실로 다가와 있는 것 같았다. 〈시대는 변하리라〉는 수심에 잠긴 예언이 아니라 전 세계적 현실에 대한 정확한 표현이었다.

그해 가을 미국 대통령 선거에서 전쟁 찬성론자인 닉슨Richard Milhous Nixon이 근소한 표차로 전쟁 찬성론자인 험프리를 이겼다. 선거 풍경은 그 시기 좌파들의 예상을 깡그리 무시하는 듯했지만 그 어느 쪽도 정당성을 확보하지는 못했다.

*

나는 컨트리 음악도 좋아하지 않았다……
모든 야성적이고 특색 있는 것들이 컨트리 음악에서 사라졌다.
__『연대기』, 1권

1969년 예상치 않았던 일이 벌어졌다. 밥 딜런이 부드러운 컨트리와 서부 가수 모습을 하고서 재등장한 것이었다. 《존 웨슬리 하딩》이 출시된 이후에 그의 팬들은 잇달아 일어난 시국 사건들에 대해서 이 거장이 어떻게 반응할까 궁금했다. 그는 과연 혁명에 대해서 어떻게 말하고 싶었을까?

거리로 쏟아져 나온 청년들은 딜런의 음악에서 영감을 얻은 것이 분명했다. 그러나 딜런은 침묵 속으로 가라앉았다. 오토바이 사건에 이어 18개월 동안 그랬듯이 (사실, 가장 창조력이 풍부한 기간이었다), 공개적인 침묵에 들어갔을 뿐만 아니라 《존 웨슬리 하딩》을 녹음한 뒤로 1년도 넘게 아무것도 쓰질 않았다. 앨범을 출시해야 하는 계약상의 압박감 때문에 스튜디오로 되돌아갔지만 새 노래를 전혀 구상하지 못하고 있었다. 그때 우연한 순간에 《내슈빌 스카이라인Nashville Skyline》을 얻게 되었다.

그 당시 컨트리와 서부음악은 반체제 문화의 안티테제, 즉 저속한 것의 전형으로 간주되었다. 내슈빌은 미국의 우익과 극단적 애국주의를 상징하는 도시였다. 딜런은 이러한 이미지를 풍자했으며, 컨트리 음악 속에서 사람들이 눈여겨보지 못한 소외의 목소리를 찾아냈다. 딜런은 컨트리 연주자 중 행크 윌리엄스에게 은근히 호감을 품고 있었다. 그는 “행크의 노래를 들으면 저절로 동작을 멈추게 된다. 미미한 소리도 신성모독처럼 느낀다”라고 말했다.[46)]

딜런은 1950년대 중반의 로커빌리 반란자들(제리 리 루이스Jerry Lee Lewis, 칼 퍼킨스Carl Perkins)이 통설적인 내슈빌 이미지와는 다르다는 것을 알고 있었다. 게다가 딜런은 1964년 뉴포트 포크 페스티벌에서 자니 캐시를 만난다. 다른 아티스트들과 마찬가지로 캐시는 포크 싱어로 재포장되어 있었다. 그는 캐시의 초기 히트곡인 〈난 바른길을 걸어요I Walk The Line〉가 “아주 신비하고 혁명적인 노래들 중 하나이다. 어떤 때는 그가 불가에 서 있는 것 같기도 하고, 어떤 때는 깊은 눈 속에, 또 어떤 때는 으스스한 숲 속에 있는 것 같다”고 묘사했다.

포크 환경에 익숙지 않은 외부 출신인 캐시는 딜런의 재능을 단박에 알아본 최초의 예술가였다. 그는 샘 쿡과 마찬가지로 사회문제와 맞붙기 위해 자신의 영역을 넓혀야 한다는 것을 알고 있었다. 그는 〈두 번 다시 생각하지 마Don't Think Twice〉, 〈난 아니야, 베이브〉, 그리고 〈엄마는, 언제나 내 가슴에Mama, You Been on My Mind〉를 자신의 음반에 취입했다. 또 1964년에 아메리칸 인디언들이 겪어야 하는 부당함을 다룬 작품 〈비통한 눈물Bitter Tears〉을 포함하여 주제를 통일시키지 않은 다채로운 앨범들을 녹음했다.

1968년, 캐시는 라이브 앨범 두 개, 즉 폴섬 감옥에서 녹음한 것과 산 퀸틴San Quentin 교도소에서 녹음한 것을 합친 히트 앨범을 발표했다. 상업적으로 성공한 이 곡들에서 그는 절망에 빠져 있는 대다수 미국인들의 암울한 환경에 유머를 불어넣었다.

> 산 퀸틴, 정말로 널 증오해.
> 넌 내게 뼈에 사무치는 깊은 상처를 남겼어.
> 아주 약아빠졌으면서도 약해빠진 인간은 포기하겠어.
> 의원 각하, 당신은 그 이유를 이해 못 할걸요?

1969년에 캐시는 성공의 절정에 있었다. 그해에 그는 비틀즈보다 더 많이 알려져서 TV 쇼(딜런이 참석한)에서도 매주 사회를 보았다. 그는 연달아 〈'수'라는 이름의 소년A Boy Named Sue〉, 〈외로운 청년의 목소리The Lonely Voice of Youth〉로 성공가도를 달렸다. 딜런이 성공에서 달아나려고 최선을 다하고 있던 그 즈음, 캐시는 젊은 세대를 감상에 젖게 했다. 1971년에 〈자유의 종소리〉와 〈신이 우리와 함께 계시니〉를 모방한 〈검은 옷을 입은 사람Man in Black〉을 작곡하면서 그는 자신이 감당해야 할 사회적 임무를 선언했다.

도시의 저편에서 집 없이 굶주리고 살아가는
가난한 자와 녹초가 되어버린 자를 위해 검은 옷을 입는다.
죄의 대가를 오래 치르고 있는 수감자를 위해 검은 옷을 입는다.
그가 시대의 희생자이므로
병들고 외로운 노인을 위해
불쾌한 체험으로 고뿔을 앓는 사람을 위해
난 검은 옷을 입는다.
목숨을 살릴 수도 있었던 생명을 위해 애도의 검은 옷을 입는다.
매주 우리는 100명의 아름다운 청년들을 잃었다.
나는 죽어간 수천 명의 그들을 위해 검은 옷을 입는다.
주께서 우리와 함께 계신다고 믿기 때문에.

캐시의 몇몇 앨범에서 리듬 기타를 연주한 적이 있는 기획자 밥 존스턴Bob Johnston은 이미 딜런에게 내슈빌에서 《블론디 온 블론디》와 《존 웨슬리 하딩》을 함께 녹음을 할 것을 권유한 바 있었다. 딜런이 독창적인 아이디어를 다 소진하고 나서 1969년 초에 내슈빌로 되돌아오자, 존스턴은 캐시에게 딜런과 합류하자고 설득했다. 캐시는 딜런의 작품을 칭찬만 하지는 않았다. 하지만 그는 젊은 딜런의 괴로움을 알고 있었고, 딜런이 위기에 처했다는 것을 알고 있었다. 그리고 딜런이 사람들의 기대와 미디어의 주목에 대한 중압감으로 좌절한 상태라는 것도 알고 있었다. 캐시는 딜런을 따뜻하게 수용하며 지지를 보냈다. 딜런은 자신의 예술적 개성보다도, 설득력 있는 캐시의 혼성 작품을 만드는 데 더 치중하여 〈지명수배자Wanted Man〉를 써서 보답했다.

그러나 그들이 스튜디오에서 만든 합작품은 전혀 만족스럽지 못했다. 한층 더 수준 높은 지혜를 찾아 온갖 노력을 다했음에도 불구하고 가정의 화목과 안락을 노래한 《내슈빌 스카이라인》은 현실적으로 지나치게 개성이 없고 자기만족적이었다. 사람들은 딜런의 이전 창작물과 어떤 연관성도 없는 곡들을 잠자코 받아들일 수가 없었다. 빈약하기 짝이 없는 노래가 우수한 악기 배치와 전문적인 연주자 때문에 살짝 감춰지긴 하였지만, 전체적으로 앨범은 진부했다. 두말할 것도 없이, 그것은 소비자에 대한 사기였다.

수십 년 뒤에 그는 과오를 인정했다. "컨트리-서부음악처럼 들리는 듯한 것을 재빨리 녹음했는데, 그 소리가 아주 억제되고 길들인 소리라는 확신이 들어서, 가능한 목가적이면서 평범한 것으로 갈 수밖에 없었다."

예술적인 약점과 팬들의 비아냥에도 불구하고 그 앨범은 엄청난 파장을 일으켰다. 그리니치빌리지와 내슈빌이란 장소의 상징성이 컨트리와 록 양쪽에 지속적으로 영향을 끼치며 화학반응을 일으켰던 것이다. 이러한 융합은 이미 플라잉 부리토 브라더스Flying Burrito Brothers의 《황금빛으로 빛나는 죄의 궁전Gilded Palace of Sin》에서 예술적 효과를 나타내고 있었다. 버드 그램 파슨스Byrds Gram Parsons과 크리스 힐맨Chris Hillman은 도시와 시골, 흑인과 백인, 검소하며 성실한 사람과 환각에 빠진 사람들, 소설적인 허구와 사회적 비평을 뒤섞어 놓았다. 그러자 마케팅 담당자들은 그러한 융합이 앞으로도 상업적으로 가능성이 있는지에 대해 재고하게 되었고, 한편으로 젊은 록 청중들에게는 컨트리가 제법 들을 만한 가치가 있다는 느낌을 주었다.

그렇다하더라도 이 새로운 시도는 여전히 문제적이었다. 컨트리 음악이 백인정신에 상응하는 것으로 비치게 되자, 자본가들은 이를 진짜 미국과 동일시하였다. 자본가들은 즉시 정직하고 소박한 사람들과 거칠지만 진실한 사람들로 대표되는 컨트리의 이미지를 대중소비에 맞게 포장했다. 브로드웨이가 세련된 도시의 전형으로서 스스로를 넓은 시장에 팔았다면, 내슈빌은 시골풍의 촌스러운 표현으로 자신들의 정체성을 브랜드화했다. 후자는 전자에 못지않게 냉소적이며, 전자가 진정한 미국이 아니듯이 후자 역시 진정한 미국이 아니었다.

*

1969년 8월, 우드스톡 페스티벌을 조직한 히피 자본가들은 어렵게 딜런의 공인을 받아 지하 신문에 '3일간의 음악과 평화'라는 광고를 실었다. 그 페스티벌은 우드스톡이 아니라 40마일 정도 떨어진 월킬Walkill에서 열리기로 되어 있었는데, 결국은 베델Bethel에서 20마일 더 멀리 떨어진 곳으로 이동하게 되었다. 쿱킨트는 이에 대해 "우드스톡이라는 장소는 문화적 · 혁명적인 딜런의 이미지를 이용하지 않으면 안 되는 곳이었다"고 말했다.

공연 3주 전에 페스티벌의 주요 진행자였던 미첼 랑Michael Lang은 우드스톡을 답사하고서 은둔하고 있는 거장을 만났다. 랑은 다음과 같이 회상하고 있다. "우리는 두 시간 동안 그의 집에서 만났다. 우리가 뭘 하려고 하는지를 이야기하고 정말로 그를 그곳에 데리고 가고 싶다고 했다. 그런데 그는 오지 않았다. 그 이유는 모르겠다."

딜런은 그 페스티벌에 참석하여 자리를 빛내줄 의사가 전혀 없었다. 히피들이 그의 목가적인 전원에 침입해 들어온 터여서, 육체적으로나 정신적으로나 그는 반체제 문화에 포위된 듯한 느낌을 받았다. 1984년 그는 롤링 스톤즈에게 "우드스톡 페스티벌은 전체적으로 엉터리였다. 그런데 그게 나와 우드스톡 연합, 그리고 우드스톡이 상징하는 모든 것과 관계가 있는 것 같았다. 그래서 우리는 숨을 쉴 수가 없었다. 나와 내 가족들은 꼼짝할 수가 없었다"라고 불편했던 심기를 숨기지 않았다.

한편 페스티벌을 주최한 지하 신문은 기업가들을 자극했다. '록 제국주의자들이 짠 우드스톡 계획서'라는 헤드라인이 해방운동통신사Liberation News Service 속보로 대서특필되었다. 그 기사는 "로큰롤의 혁명적 에너지는 억압에 대한 대응"이라 주장하면서 당국이 그 에너지를 억압하려는 것에 대해 경고했다. 애비 호프만과 그의 동료들은 흥행업자들에게 식비와 의료 대책 비용으로 만 달러를 내놓고 페스티벌 현장에 '이동 도시Movement

City'들을 만드는 데 동의할 때까지 시위를 하겠다고 으름장을 놓았다.

페스티벌에 관한 급진주의자들의 주장은 진실이었다. 운동이 없다면 반체제 문화도 없을 것이다. 반체제 문화가 없다면 음악도 없을 것이며, 음악을 팔 수 있는 시장도 없을 것이다. 그들은 무엇보다도 그 페스티벌이 상업적 이윤 이상의 무엇인가를 획득하게 될 것임을 강조했다. 페스티벌은 음반 회사가 아니라 그 행사를 만들어낸 지지자들의 것이었기 때문에 다른 사람들이 이것을 이용하려고 한다면, 세금을 징수할 수도 있다는 게 그들의 입장이었다.

그러나 그런 이권이라는 게 얼마나 의미가 있었을까? 이동 도시는 본무대에서 약 4분의 1마일 정도 떨어진 곳에 세워졌다. 그곳에 민주사회학생연합, 대안 뉴스 집단인 뉴스릴Newsreel, 이피들, 집단농장 농부들, 반체제 신문, 그리고 그 밖의 대의명분을 가진 캠프들이 여러 날에 걸쳐 설치되었다. 호프만과 폴 크라스너Paul Krassner는 입장료가 없는 이 페스티벌을 홍보하기 위해 엄청난 양의 전단지를 인쇄했다. 그것은 자금이 풍부하다는 증거였다. 우드스톡을 위해서 일을 진행하는 사람들은 흥행업자들뿐만 아니라 급진주의자들과도 공감대

가 형성되어 있었다. 그 음악회는 순수하게 음악을 들으러 오는 사람들의 것이었다.[47)]

그곳에 있든 없든 딜런은 우드스톡을 관장하는 강력한 정신이었다. 우드스톡의 공연자들은 누구의 작품이든 자유롭게 연주했다. 인크레더블 스트링 밴드Incredible String Band, 크로스비Crosby, 스틸스 앤 나쉬Stills and Nash, 크레던스 클리어워터 리바이벌Creedence Clearwater Revival, 그레이트풀 데드The Grateful Dead, 조우 코커Joe Cocker, 그리고 너무도 당연한 일이지만 더 밴드가 그 자리에 참석했다.

무엇보다도 이 역사적인 페스티벌을 절정에 이르게 한 것은 지미 헨드릭스였다. 헨드릭스는 애국적인 출정가(그가 편곡한 〈파수대를 따라〉를 위해서 소악장으로 택했을지도 모르는)를 너무도 절절하게, 기이할 정도로 환희에 차서, 또 1960년대 후반 미국의 질풍노도 밖에서는 도무지 판독 불가능하게끔 연주했다. 헨드릭스의 곡, 〈크로스 타운 트래픽Cross-town Traffic〉에 대하여 찰스 샤르 마리Charles Shaar Murray는 다음과 같은 글을 남겼다.

> 엄청난 최루가스, 폭발한 산탄형 폭탄, 잦아들어가는 비명 소리, 불꽃이 탁탁 튀는 소리, 머릿기름 냄새에다

악취를 풍기는 자욱한 담배 연기, 상공에 뜬 헬리콥터가 털털거리는 소리…… 그것은 미국인들이 베트남에서 어떤 일을 저질렀는지, 그리고 그들 스스로 무슨 짓을 했는지를 묻고 있다. 저 순수하고 투명한 트럼펫이 가슴을 파고들 때 우리의 잠자고 있던 죄의식은 비로소 눈을 뜨게 된다.

아베 펙Abe Peck은 『시카고 시드Chicago Seed』(저명한 지하 신문—옮긴이)에서 "이동 도시는 자포자기한 좌파들의 섬"이라고 천명했다. 섬에서 그들은 '우드스톡 국가의 탄생'과 '거대한 공룡인 미국의 사망'을 동일시하면서 축가를 계속 불렀다.

상업자본과 결합한 만큼 이 해방구를 찾는 회원들이 점점 더 늘어났다. 청교도주의는 쾌락주의로 대체되었다. 과연 이 새로운 록 청중—딜런이 틀을 만드는 것에 일조를 한 그 청중—들이 정치적 윤리를 지닌 살아 있는 공동체였을까? 정말로 그 새로운 인구통계학적 소비자들이 음악이 아니면 일치되지 않았을까? 우드스톡이 집단적으로 자기를 발견하고, 새로운 사회구성체와 자신을 동일시하는 하나의 계기가 되었을까? 아니면 단지 착취하기가 좋은 청중인지 아닌지를 확인하는 자본의 시장조사 과정에 지나지 않았을까?

지배계층과 타협하여 '소비를 신성화한 의식'으로 받아들이는 제스처만큼 영악한 것도 없을 것이다. 그래서 어윈 실버는 그 많은 젊은이들이 "대부분의 미국인들이 혼자 힘으로 만들어내고 그토록 힘겹게 보호하고 있는 포탄(돈)을 어떻게 그 며칠 새 다 쏟아내버렸는지" 즐겁게 잘 지켜보았다고 냉소를 보냈다. 그러면서 우드스톡은 "(급진적 변화 대신) 지배계층과 더불어 살아야 하는 타협적 혁명"이라고 경고한다. 콥킨트는 "우드스톡은 우리 모두가 혁명 이후에 얼마나 기분이 좋을지에 대한 표본이 되어야 한다"라고 하면서 한편으로는 그 충격 때문에 양쪽이 더 날을 세우게 될 거라고 경고한다.

"새로운 문화는 언젠가는 자신의 제도를 만들어내야 한다. 그러나 지금의 새로운 문화는 급속도로 잠식해 들어오는 자본을 통제하지 못한다. 잠시 동안 우리는 낡은 제도를 흔드는 것이 새로운 생각과 록, 마약, 그리고 사랑과 개방이라는 것에 만족하거나 불만족스러워할 게 틀림없다. 그런 다음에 그 모든 것은 왜곡되고 타락한 형태로 컬럼비아로, 혹은 할리우드로, 또는 블루밍데일스Bloomingdale's(미국의 고급 백화점)로 되돌아가고 말 것이다."

도망쳐버릴 기회를 엿보던 딜런은, 대서양으로 날아가서 와이트Wight 섬(영국 잉글랜드 남해안 소재—옮긴이)의 축제에 모습을 드러냈다. 청중들은 그를 괴롭히러 오는 게 아니라 그를 우러러보기 위해 왔다. 언론을 상대로 하는 그의 발언에도 불쾌해하지 않았다. 그러나 그의 무대는 생기가 없고 어딘지 모르게 김빠진 듯이 보였다.

*

1969년 6월 대회를 끝으로 민주사회학생연합은 조직으로서 회생하지 못한다. 반면, 그 한 달 동안 70여만 명에 가까운 대중들이 워싱턴에 모여 전쟁에 항의를 했다. 여기에 샌프란시스코에서 20만 명이 더 추가되었다. 딜런은 없었지만 군중들은 존 덴버John Denver, 미치 밀러Mitch Miller, 아를로 거스리, 더 캐스트 오브 헤어The Cast of Hair, 피트 시거를 들으며 행복해했다. 이들은 워싱턴에 군집한 사람들과 존 레논의 〈평화에게 기회를 Give Peace A Chance〉을 합창했다. 반전운동을 삼가해온 자유주의자들이 선두에 서 있었고, 이피들은 법무부로 행진을 하다가 최루탄을 뒤집어썼다. 그러나 자유주의자들과 이피들은 대중적 저항이 지닌 엄청난 폭발을 영구적인 것으로 바꿔낼 수 있는 어떤 방법도 제시하지 못했다. 그럼에도 불구하고 행진의 규모와 다양성은, 특히 닉슨에게는, 반전운동이 이제는 거대한 사회적 흐름임을 깨닫게 했다.

민주사회학생연합회의 잔존자들은 자신들이 힘을 보탰던 운동이 그토록 거대해졌다는 사실에 홍겨워했다. 그들은 그해 12월 중순에 미시건 주 플린트에 있는 '전쟁평의회'에 가입시킬 회원들에게 초대장을 보냈다. 그들은 공개적으로 "우리는 혼란을 일으켜서 더러운 질서를 붕괴시켜야 합니다"라고 발언한 후, 〈비밀스러운 향수병 블루스〉를 인용하여 "파괴자가 핸들을 잡았기 때문에 펌프를 사용할 수 없어"라고 하였다. 이후, 신문들이 그들에게 붙여준 '파괴자들'이란 딱지를 유쾌하게 받아들였다.

플린트에 모인 민주사회학생연합의 리더들은 무장투쟁을 선언하고, 민주사회학생연합을 해산한 후, 지하조직으로 활동할 것을 제안했다. 1970년 3월 6일, 이들 중 세 명이 폭탄공장으로 바뀐 맨해튼의 한 빈민 연립주

택에서 폭발로 인해 몸이 갈기갈기 찢긴 채 사망하는 일이 벌어졌다. 학생들이 그린스보로Greensboro에서 비폭력 인종차별 철폐 연좌운동을 벌인 지 꼭 10년 뒤에 일어난 그 폭발 사건의 비운은 즉시 논평가들의 먹잇감이 되었다. '저항력을 자기 파괴적 광기로 소진해버린 저항가들의 초상!' 사뭇 냉소적인 이들의 논설은 씁쓸한 비애감을 불러일으켰다.

곧이어 닉슨이 '3월 30일 캄보디아를 습격'한다고 발표하자 시위대는 최대한으로 널리 흩어져서 진지전을 펼쳐나갔다. 전국 대학생들 중 60퍼센트가 파업에 참가했고, 심지어 고등학생에서 어린 학생에 이르는 대규모 인원이 결집되었다. 국가보안대가 16개 주 스물한 군데의 캠퍼스로 보내졌다. 학생 네 명이 오하이오 켄트에서 총에 맞아 죽고, 미시시피 잭슨 시에서 두 명이 총상을 입었다. 다음 달에 닉슨은 후퇴하지 않을 수 없었다. 닉슨의 장자방이었던 키신저Henry Alfred Kissinger는 닉슨의 포기를 '공공의 압력'이라며 한탄했다.

사회 지도자들은 지난 10년 동안 방관자였던 대중—특히 대규모의 노동계급—들이 정치적 저항에 참여하는 것을 보고는 어리둥절해했다. 민주사회학생연합과 학생비폭력조정위원회가 퍼뜨린 반체제 문화의 생활습관, 그리고 반전 정서가 백인 노동자계층 속으로 깊숙이 들어간 것은 그들이 내부적으로 파열되고(침묵과 무기력에 휩싸여 있던 딜런과 함께) 난 후인 1969년, 1970년, 그리고 1971년이었다. 제대 병사들 사이에서까지 공감을 얻은 이러한 진전은 종국에는 전쟁을 종식하는 힘이 되었다.

미국의 1960년대는 정치의식 발달이 불균형하게 이루어졌다. 줄리어스 레스터Julius Lester는 1969년 여름에 다음과 같은 글을 남겼다.

> 우리는 '운동'이라는 것을 하나의 정치적 모놀리스(하나로 통제된 조직체)인 것처럼 언급했다. 그런데 오늘날 우리가 '운동'이라고 말하는 것은 소위 1963년에 '운동'이라고 말했던 것과는 조금도 닮지 않았다. 1960년대 초반에 '운동'은 학생비폭력조정위원회, 인종평등회의, 민주사회학생연합 등 다양한 사회주의 단체와 미국의 평화단체로 이루어졌다. 오늘날 '운동'은 더 이상 정치적 실체와 동일시할 수 없다. 그럼에도 우리는 여전히 그 운동이 존재하고 있는 것처럼 말한다. 그 운동은 사실, 모든 아프리카계 미국인과 훌륭하게 층을 이루고 있는 미국 젊은이들을 에워싸고 있는 중요한 사회 정치적 현상이다. 1960년 이후 '운동'을 해왔던 사람들의 정치적

관점은 1968년에 시작한 사람의 정치적 관점과는 부득이하게 다를 수밖에 없다. '운동'의 고참들은 그 속에서 삶을 살았기 때문에 '운동사'에 대해 분별력이 있었다. 그런데 '운동의 신참자'들은 분별을 하지 못했다.

1970년은 많은 사람들이 〈바람만이 아는 대답〉과 〈시대는 변하리라〉의 정신을 막 알아채가고 있는 시기였다. 많은 사람들에게 그 노래는 여전히 신선하고 심지어 두렵기까지 했다. 냉소적인 제대 군인들은 〈구르는 돌처럼〉, 〈포지티브리 4 스트리트Positively 4th Street〉에 새로운 의미를 부여했다. 환멸을 느낀 조직가들은 〈내 인생의 뒤안길〉에 고개를 끄덕였으며, 마약을 하는 청년들은 〈블론디 온 블론디〉에 멍해져 있었고, 〈존 웨슬리 하딩〉을 듣던 거대한 청중 무리는 여전히 계속해서 1960년대 중반의 걸작인 로큰롤로 빠져들었다. 이 무렵 딜런의 음악은 모든 사람들에게 찬성과 반대의 극단적 입장을 동시에 취하게 만들었다.

*

《내슈빌 스카이라인》은 딜런의 예술적 신비를 뒤집어

얹은 《자화상Self Portrait》(1970)에 뒤이어 나왔다. 딜런은 훗날 1960년대 말과 1970년대 초에 '기억상실증'에 걸렸다고 했다. 그때 그는 예전의 작업을 이루어냈던 그 놀라운 재능(오리지널 곡을 어떻게 썼는지)조차 까맣게 잊어버렸다.

1960년대 내내 진실의 본질에 대해 탐구하고 있을 때조차도, 딜런은 자신을 타협하지 못하는 진실한 사람으로 여겼다. 그러나 부담스러운 그 사명이 10년의 말미에 흔들렸다. 그는 이제 오랜 세월 길을 찾을 수 없거나, 빠져나갈 수 있는 길이 아예 차단되어 우두망찰 길 위에 정지해 있는 사람처럼 보였다.

이제 첫 앨범에서 《존 웨슬리 하딩》에 이르기까지 취했던 추진력이 막바지에 달했다. 따라서 그의 앨범이 펼치던 일련의 예술가적 · 철학적인 비전들로 이루어진 감각이 다시 살아나기는 힘들 것으로 보였다. 딜런을 그의 시대와 청중들에게 구속시켰던 그 끈—그가 혹독하게 혹평을 당했을 때조차도—이 끊어져버렸다. 그럼에도 한 예술가와 사회적 폭발이 그토록 집요하게 서로를 구속해야 한다는 것은 참으로 이례적인 일이다. 1970년 6월에 딜런은 프린스턴대학에서 명예박사학위를 받았다. 식이 진행되는 동안 딜런에게 용기를 북돋워주던 데이비드

크로스비David Crosby는 그날을 다음과 같이 회상한다.

> 프린스턴에 도착하자 사람들이 우리를 데리고 곧장 작은 방으로 가서는 밥에게 모자와 가운을 입으라고 했다. 그는 즉시 거절했다. 학교 관계자가 말했다. "당신이 이 옷을 입지 않는다면 우리는 학위를 드릴 수가 없습니다." 그러자 딜런은 "됐습니다. 나는 우선적으로 그 일을 하라고 요구받은 적이 없습니다"라고 했다.

결국 딜런은 그 예복을 입고서 학위를 받았다. 그는 그날의 경험을 〈메뚜기의 하루Day of the Locusts〉(그 제목은 나타나엘 웨스트Nathanael West가 할리우드의 타락에 대해서 쓴 소설에서 따왔다)에 그렸다.

> 나는 예복을 벗어놓고 학위 증서를 집어 들었다.
> 아내의 손을 잡고서 멀리 차를 몰고 나가서
> 곧장 언덕으로 올라갔는데, 다코타라는 검은 언덕이었다.
> 북적대는 그곳에서 빠져나온 것이 정말 너무도 기뻤다.

자신에게 부과된 역할을 영원히 편치 않아했던 딜런

은 여전히 진정성을 두고 고심하면서, 적당한 거리에서, 미국의 구원을 여전히 찾고(레인보우룸에 있던 우디 거스리처럼) 있었다. 1970년에야 비로소, 그 희망은 음악적인 손짓과 교감하기 시작했다.

5장

부패하기 쉬운 씨앗

영원한 탄생의 고통이 영원한 죽음의 고통보다 훨씬 더 낫다.
_윌리엄 블레이크

존 해먼드는 1972년, 스물세 살이던 브루스 스프링스틴을 컬럼비아레코드 사와 계약하게 하면서 자기 세대가 해오던 계획을 완성시켰다. 뒤이은 수십 년 동안 스프링스틴의 작품은 민주적인 대중의 예술이라는 해먼드의 사상을 딜런이 해왔던 것보다도 훨씬 더 밀도 있게 지켜오고 있다.

스프링스틴은 처음부터 새로운 딜런처럼 환영을 받았기 때문에 더 큰 탄력성을 보여주었다. 물론 딜런이 쌓아놓은 토대가 없었다면 그의 작품은 상상할 수 없었겠지만, 그의 발전은 다양한 시간들과 다른 개성들을 바탕으로 하고 있다. 음악적으로 스프링스틴은 1960년대에 국한되어 있었다. 백인 록의 전통이 혁신의 폭발을 의미한다면, 스프링스틴은 그러한 전통의 위대한 보존자이자 음악적 계승자로서 폭넓은 매력을 지닌 예술가로 비쳐졌다.

1970년대 중반, 사람들은 스프링스틴이 록의 뿌리까지 내려왔다며 전폭적인 지지를 보냈다. 음악적 스타일뿐만 아니라 소재 선택에 있어서도 그는 갱의 격투, 십대의 비극, 스피드를 내는 자동차, 마약에 취한 사람 등 부조리한 사회상으로부터의 일탈을 즐겨 다루었다. 요란한 속임수로 가득 찬 미국 자본주의 시장구조 속에서, 스프링스틴의 존재는 각별한 데가 있었다. 그러나 모든 사람들이 그를 환영한 것은 아니었다.

팬더당 당원이었던 존 싱클레어는 〈일하기 위해 태어나다Born to Run〉에 대해 "스프링스틴의 곡은 직접 경험한 것을 노래한 것이 아니다…… 그 곡들은 가공의 도시에 묻어 있는 기름진 풍경, 슬럼가에서 비행을 저지르는 백인 젊은이들을 다루는 3류 TV를 위한 대본이다"라고 했다. 싱클레어는 더 나아가 '스프링스틴 붐'이란, 기업과 미디어 옹호자들이 조심스레 양성시켜온 환상 위에 놓여 있다고 주장했다.[48)]

불편한 진실을 말하고 있는 싱클레어의 비판에는 한 가지 의미심장한 요소가 있다. 스프링스틴의 노래에 나오는 인물은 대개 그의 음악을 듣는 대중과는 상당히 다른 아주 이질적인 인물이라는 점이다. 그의 초기 곡에 등장하는 인물은 자전적 현실에서 견인되었다기보다는 〈웨스트 사이드 스토리West Side Story〉와 같은 가공적 현실에서 추출된 인물에 더 가까웠다. 그렇다고 해서 스프링스틴이 그의 노래에서 자신만의 외로움이나 패배, 진솔한 우정과 같은 감정을 표현하지 않았다는 것은 아니다. 사실, 스프링스틴의 추방자, 거부당한 자, 낙오자들은 주류 연예인들의 노래에서는 더 이상 등장하지 않았다. 그가 그려낸 인물은 무비판적으로 성공이 찬양되는 사회에서 실재한다고 믿기 어려운 굶주리고 좌절한 극단적 군상이었다.

처음부터 스프링스틴은 그들과의 감정이입을 위해서 딜런과는 다른 방식을 선택했다. 따스함과 포용력이 그것이다. 다른 많은 이들과 마찬가지로 그도 자신의 장점을 십분 발휘하며 음악을 통해서 정치로 나아갔다. 1984년에 출시된 《미국에서 태어난 것Born in the U.S.A.》에서는 레이건Ronald Wilson Reagan 대통령의 강경 외교론을 문제 삼으며 전쟁에 대해 신랄한 비판을 가했다. 하지만 레이건을 저지할 수는 없었다.

이 앨범에서 스프링스틴은 전쟁터에 자신들의 아이들을 내보냄으로써 국가가 그들을 어떻게 배신했는가에 대해 노래했다. 앨범 포장—성조기를 과감하게 전면에 내세웠다—역시 과감했다. 국가주의자 입장에서 보면, 그 노래는 수용하기 난감한 불협화음에 지나지 않았다. 그러나 스프링스틴의 적지 않은 팬들의 입장에서 보면, 그 앨범은 마취제와도 같은 상업적인 곡들에 주먹을 먹이는 통쾌함을 갖고 있었다. 그는 어쿠스틱 기타를 치면서 '미국에서 태어난 것'을 항의했다.

스프링스틴은 차츰 나이가 들어가면서 노동계급 출신의 부랑아들, 고된 택시 기사들, 버림받은 어머니들, 그리고 점점 거대해져가는 삼류 범죄자들의 배역을 맡았다. 그런데도 그의 작품 속의 이러한 사람들은 국가에 발을 걸치고 있는 계급의 일원으로, 즉 대등한 미국인 종족으로 나타났다.

미국을 두루 돌아다니는 답사여행을 하면서 그는 뒤늦게 우디 거스리에 푹 빠져서 어쿠스틱 앨범 《이주 노동자 톰의 유령The Ghost of Tom Joad》을 제작했다. 어떤 면에서 그것은 딜런이 1960년대에 이뤄낸 그 어떤 경이적인 도약만큼이나 대담한 전환이었다. 현재의 질서에 반대하는 명백한 항의! 그렇다고 해서 노래가 귀에 거슬린다거나 하지는 않았다(딜런과는 달리, 스프링스틴은 진지한 문제에다 아주 가끔 유머를 뒤섞었다).

스프링스틴은 섬세한 선율로 그 노래들 곁으로 조심스레 다가간다. 집결된 전자기타들, 벼락같이 울려대는 리듬, 대서양 연안에 있는 스타디움을 가득 메운 연극적인 몸짓은 잠시 차분하고, 외로운 목소리로 바뀌어 그들이 들려주는 말과 이야기에 관심을 기울이게 한다. 이것은 세계화에 대한 이야기였다. 그 지역의 사람들은 이주 노동자로서 비산업화된 지역의 희생자들이며, 거스리가 노래한 황진 지대 난민들의 다인종 후손들이었다.

스프링스틴의 앨범은 거대한 사건(최근 수십 년 동안 미국 사회를 변화시킨 제3세계에서 건너온 노동자들의 유입)에 응답하는 실존적이고, 인간적인 반응이었다. 이 노래들 속의 영웅들은 방대하고, 비인간적이며, 가끔은 도무지 이해할 수 없는 경제적 질서에 맞서 투쟁했다. 스프링스틴은 그들의 물질적·정신적 생존 구조를 낱낱이 헤집으면서 청중들에게 이방인의 체험을 털어놓는다. 또 그는 외국인 혐오증을 자멸적인 행동이라고 말한다. "미국에서 태어났든 아니면 베트남, 라틴아메리카 어디에서 태어났든, 당신은 전 세계가 똑같이 표방하고 있는 시스템의 희생자이다." 《이주 노동자 톰의 유령》에서 스프링스틴은 〈추방자들〉의 거스리와 〈그는 단지 하수인이었을 뿐〉의 딜런과 같은 태도를 취한다. 타이틀곡 〈이

주 노동자 톰의 유령〉의 마지막 구절은 거스리의 〈이주 노동자 톰Tom Joad〉을 바꿔 표현한 것인데, 이 구절은 스타인벡John Steinbeck의 소설을 각색한 존 포드John Ford의 영화에서 헨리 폰다Henry Fonda가 열연한 고별 연설을 다듬은 것이었다.

> 사내를 때리는 순경이 있는 곳은 어디든지,
> 배고픈 갓난아기가 우는 곳은 어디든지,
> 유혈과 증오에 반대하는 투쟁이 있는 곳은 어디든지,
> 날 봐요, 엄마. 내가 거기 있을 테니까.

《이주 노동자 톰의 유령》은 그동안 스프링스틴이 숭배해온 사람들이 오랫동안 주장해온 것들에 대한 뒤늦은 옹호였다. 그는 마침내 자신의 역할을 노동계급의 음유시인이자 각질화된 체제에 이의를 제기하는 양심의 소리로 굳혀가고 있었다. 2000년, 스프링스틴은 〈마흔한 결레의 구두Forty-One Shots〉에서 만약 "순경이 사내를 때리면" 증언을 서겠다는 약속을 지켰다. 〈마흔한 결레의 구두〉는 디알로Amadou Diallo라고 하는, 무장을 하지 않은 아프리카계 이주민이 뉴욕 시 경찰에게 총을 맞은 사건을 소재로 한 노래다. 이 노래는 청취자들에게

아무리 부정하고 싶어도 미국에는 아직도 인종적 차별이 남아 있다는 엄연한 현실을 상기시켰다. 그런데 "내 친구한테는 비밀이 아니지/당신네 미국 사람들 속에서 살려면 살해를 당할 수도 있어"라는 가사가 뜻밖의 적대감을 불러일으켰다. 뉴욕경찰청에서도 그렇고 『뉴욕포스트New York Post』에서도 환영받지 못했다. 콘서트에서 일부 팬들 역시 그와 똑같은 느낌을 받았다. 지방신문에서 보내온 한 통의 편지를 읽고서 스프링스틴은 당황한 어조로 대응을 했다. "미국인으로서, 우리는 누구지요? 당신은 어떤 나라에서 살고 있으며, 당신은 어떤 나라에서 살고 싶으세요? 나는 항상 내가 만들고 있는 작품에 들어 있는 생각에 대해서 깊이 생각하는 청중이 있을 거라고 여깁니다. 그러한 생각은 우리 미국인들과 관련하여 현재 우리 모습의 본질에 나를 더 가까이 가게 하는 일들에 속합니다." 스프링스틴이 전 국민이 함께 두려움을 느낄 만한 가사를 쓴 것은 자신이 다루고 있는 영역에 대한 명확한 인식이 생겼다는 것을 시사한다.

그러나 이러한 일시적인 깨달음은 2001년 9월 11일의 그 잔악한 행위에 민첩하게 대응한 《봉기The Rising》에서 증발해버렸다. 이 앨범을 통해서 그가 가장 상업적으로 성공하고, 또 평론가들에게 격찬을 받았다 하더라도, 결국에 그는 가장 허약한 한 사람으로 기억될지도 모른다. 《봉기》는 이렇다 하게 눈에 띄는 노래는 없지만, 설득력이 있고 온화한 요소들을 가지고 있는 게 사실이다. 그러나 대부분의 노래들이 비참할 정도로 〈이주 노동자 톰Tom Joad〉을 답습하여 그가 사회애국주의라는 안전한 땅으로 퇴각하고 있음을 보여줬다. 이 노래들은 뉴욕이 파괴되고 난 뒤 일시적으로 생긴 연민과 연대감을 담고 있다. 허세를 부리지 않는 소방대원들의 영웅적 행동과 무너진 고층건물 안에 갇힌 사무직 직원들, 그리고 뒤에 남겨진 친구들과 사랑하는 사람……. 이 노래들은 소중하면서도 깨어지기 쉬운 평범한 삶을 담고 있다는 데 의미가 있을지도 모른다. 그러나 평범한 삶의 소중함을 깨우치게 한 대재앙의 이면에 대해서는 아무런 언급이 없었다. 그 이면의 다른 의미들과 연루되어 있는 다른 것들 말이다. 거기엔, 역사적 맥락이 부재했다.

이처럼 스프링스틴이 찬양하는 '봉기'는 대중의 각성을 겨냥한 것이 아니라 공동체 정서로 미국이 단결해야 할 때라는 메시지를 담고 있다. 물론 《봉기》는 9 · 11에 대한 다른 반응(닐 영Neil Young의 〈시작하자Let's Roll〉를 포함하여)의 특징인 보복적 · 맹목적 애국주의에서는 벗어나 있다. 하지만 《봉기》는 유럽인들에게 광범위한 지지를 받고 있음에도 불구하고, 전적으로 미국 청중들에게 영합하고 있다. 그렇게 함으로써 그 노래는 극적으로 스프링스틴과 딜런 간의 격차를 두드러지게 한다(사실 이들은 정치와 관련된 것은 무엇이든지 간에 항상 대립적이었다). 역사적인 위협에 '봉기'하는 한 사람에 대한 그림으로서, 《봉기》는 부적절한 게 아니라 정말 잘못된 것이다. 저쪽 편에서 보자면, 그가 노래한 '봉기'는 테러와의 전쟁, 이라크를 향한 전쟁일 뿐이다. 앨범에서는 그와 같은 현실에 대한 암시가 거의 없다.

2004년 가을 스프링스틴은 좌파 성향의 민주당 대선 후보 존 케리John Forbes Kerry의 유세를 돕기 위해서 초당파적 태도를 버렸다. 스프링스틴의 출현은 더더욱 흥분을 자아내고 그의 연설은 후보자의 연설보다도 더 강한 확신을 심어주었다. 그는 현 정치에 반대하는 사회애국주의의 이념을 효율적으로 활용하려고 했다.

> 작사자로서 나는 30년 동안 미국에 대해 글을 써왔습니다. 우리가 누구인지, 우리가 무엇을 위해 기다리는지, 우리가 무엇을 위해 싸우는지를 말입니다. 미국 정부는 미국인의 가치로부터 너무도 멀리 벗어났다고 생각합니다. 그러나 우리가 기다리는 미국은 공허한 슬로건이 아

닙니다. 이를 위해 공공정책을 이끄는 원칙이 여전히 필요합니다. 젊은 시절부터 케리 상원의원은 미국의 가혹한 진실, 선과 악에 맞서는 용기가 있음을 보여주었습니다. 거기서 우리는 깊은 애국심을 찾아볼 수 있으며, 우리가 누구인가에 대해서도 더한층 완벽하게 이해할 수 있습니다. 다시 말해서 좀 더 진정한 시민으로서 경험을 할 수 있다는 것입니다. 우리가 가슴에 품고 있는 그 나라가 우리를 기다리고 있습니다.

스프링스틴이 그의 신념을 위해서 특별히 애를 쓴 것은 칭찬할 만하다. 게다가 그가 요구한 '깊은 애국심'이 유권자들에게 감동을 주었음은 의심할 여지가 없다. 그러나 선거 결과가 나오자마자, 시사비평가들은 스프링스틴의 패러다임을 재빨리 뒤집어놓았다. 그들은 진짜 미국을 대변한 것은 조지 부시George Walker Bush임을 투표 결과가 증명하고 있다고 논평했다. 당선 당일, 워싱턴에서 열린 저녁 축하연에서 공화당원들은 갑작스럽게 〈이 땅은 당신들의 땅This Land Is Yours Land〉을 노래했다. 개인 재산을 공격하는 대목에선 당연히 살짝 건너뛰었다. 그러나 그들이 일단 그 노래를 이용할 수 있다는 사실은, 사회애국주의가 본래부터 이중적 가치를 가지고 있음을 다시 한 번 증명한 것이었다.

'미국'이란 여전히 위험한 구조물이면서 스프링스틴이 이야기를 건네고 싶어하는 사람들에게는 악이 판치는 곳이었다. 결국엔 그 악이 타협하지 않는 순수한 휴머니즘에 압박을 가했다. 여기서 한 가지 확실한 것은, 전 지구적인 지배력을 강조하는 그들의 파렴치한 태도가 외국인 혐오증에 근거를 두고 있다는 점이다.

*

《봉기》는 압도적인 전 국민적 분위기를 받아들인 미국 언론에 의해 부추겨졌다. 이와는 반대로 그러한 분위기에 도전한 스티브 얼Steve Earle의 《예루살렘Jerusalem》은 그렇지 않았다. 특히 일부에서는 〈존 워커의 블루스John Walker's Blues〉를 반역 행위(『뉴욕 포스트』는 '영예로운 배신자의 비틀린 발라드'라는 기사로 대서특필했다)라고 비난했다. 그러나 9·11에 대한 예술가적 반응인 그 앨범은 모든 점에서 깊이가 있었다. 《봉기》는 졸음이 오는 반면에 《예루살렘》은 강렬한 에너지로 활기가 넘친다.

얼이 활동해온 경로는 참으로 특이하다. 일찍이 삼십대부터 대중적인 작품을 상당수 만들어낸 딜런이나 스프링스틴과는 달리, 얼은 마흔 고개를 넘어서서 꽃을 피웠다. 1980년대 중반에 처음으로 《기타 타운Guitar Town》, 《코퍼헤드 로드Copperhead Road》를 출시하며 모습을 드러낸 그는 스프링스틴에 대한 내슈빌의 응답이라며 환대를 받았다. 상업적으로도 성공했고, 비평가들에게도 인정을 받았다. 하지만 개인적으로 몹시 불우했던 그는 헤로인 중독에다 징역형을 받아 1990년대 초, 음악을 중단하게 된다. 그러나 자신을 다시 추스르는 고통스러운 과정을 겪은 후 뛰어난 앨범들과 함께 귀환에 성공한다. 젊은 날의 딜런처럼 중년기에 들어선 얼의 재능은 타고난 것 같았다. 또 그는 잃어버린 시간을 보충하려는 듯이 끝없이 곡을 만들고, 녹음하며, 연주하고, 글을 써왔다. 그는 명실 공히 개성이 강한 스타일리스트로서 이 장르 저 장르를 넘나들며 거침없이 변화하고 있다. 포크, 컨트리, 블루스, 블루그래스, 펑크, 그룬지, 레게, 사이키델릭 등 그가 넘나든 장르는 가히 유목민적이라 할 만하다. 심지어 '61번 고속도로'를 다시 찾은 이 남자는 지금까지의 음악적 범주를 무시하는 방법으로서 '세계음악'을 넌지시 암시했다.

얼은 초기 딜런과 해리 스미스에게 받은 영향으로 감옥과 사형에 대한 잊혀지지 않는 노래를 만들었다. 그는 또 확신이 없는 자기 갱생, 잃어버린 사랑과 억누를 수 없는 성적 욕망에 관한 노래를 만들고, 힘겹게 얻은 지혜를 자기 비하와 뒤섞어놓은 즉흥적인 걸작들을 만들었다. 그는 비틀려 있고 정의로우며 소란스럽지만 한편으로는 부드럽고 침울했다.

1996년 클린턴이 재당선된 뒤, 그는 〈워싱턴의 크리스마스Christmas in Washington〉를 썼다. 한심한 연두교서를 훑어보고선 다시 급진적 좌파들을 일깨울 필요가 있다고 생각한 것이다. 그리하여 노동계급정책에 관한 한 미국에서 가장 위대한 음악적 투사의 정신을 구현했다.

> 그러니까 우디 거스리여, 돌아오라.
> 이제 우리에게 돌아오라.
> 낙원에서 눈을 돌리고
> 다시 한 번 일어나라.

〈우디에게 바치는 노래〉를 부른 젊은 딜런처럼, 중년의 얼은 자신의 시대와 거스리의 시대 간의 크나큰 간극을 고통스럽게 깨닫는다.

> 언젠가 당신을 따라갔지요.

당신의 흔적을 어디선가 놓쳐버리고,
내 갈 길로 돌아섰죠.
지금 전 아지랑이 속에서 휘청거리고 있습니다.
그런데 저기 고속도로 위에 살인자들이 보여요.
한 남자가 정신을 차리지 못하고 있습니다.

딜런이 참모습을 갖춘 인간의 모델로서 거스리를 받아들인 반면, 얼은 되살아나야 할 저항운동의 목소리로서 거스리를 호출하고자 했다. 그는 수십 년을 가로질러 거스리에게 큰 소리로 외친다.

《예루살렘》에서는 다채로운 주제가 여러 가지 방식과 다양한 분위기로 펼쳐져 있다. 그러나 그 속에는 한 사람의 예술가이자 시민인 자신에게 요구된 정직성을 통해 시대의 위기를 극복하고자 하는 강렬한 의지가 관류한다.

〈재는 재로 돌아가고Ashes to Ashes〉에서 얼은 구약성서의 예언자의 목소리로 "지금까지 세운 이 세상의 모든 탑들이/제아무리 튼튼하다 하고, 제아무리 높이 치솟았다 할지라도"라고 노래한다. 그것은 9·11에 대한 그의 예언이었다.

하늘이 무너져 죽음이 비 오듯 쏟아졌다.
무시무시한 소리를 내면서
사방에 불이 붙어 해를 입지 않은 건 아무것도 없어.

난공불락 제국의 환상이 "뒤틀리고 녹슬어" 산산이 부서졌다. 거만한 자들이 겸허해진다. 게다가 얼은 미국이 스스로 "난 두번째로 큰 놈이야/하나님에게서 직접/내가 가져다 키운 재능이 있거든/그러니까 날 붙잡지 않으면 안 된다고……" 생각했기 때문에 벌을 받고 있다고 이야기한다. 《봉기》의 사회애국주의와 제국의 환상이 영원하지 않다는 이 노골적인 발언은 미국 주류사회의 입장과 정반대에 놓여 있다.

얼은 〈존 워커의 블루스〉에서 아프가니스탄에서 체포된 스무 살의 캘리포니아 탈레반Califonia Taliban의 마음속에 자신의 마음을 담아내기도 했다. 언론은 이 젊은 탈레반을 악마로 다루었지만, 얼은 워커의 여행을 재창조하고, 그의 비극에 신성과 인성을 부여했다.

사방에 죽음이 넘실거려
우리 모두 기도하며
순교자를 예비해두었다.

그런데 알라신이 뭔가 다른 계획이 있었는지,
어떤 비밀은 도무지 알 수가 없어.
사람들이 다시 나를 질질 끌고 가서
머리에 큰 자루를 뒤집어씌우더니
무신론자의 땅으로 데리고 간다.
아쉬아두 라 일라하 일라 알라.

내슈빌의 라디오 사회자들은 그를 정서가 불안한 배신자로 매도했다. 하지만 얼의 작품은 역설적이게도 미국의 음악적 전통에 깊이 뿌리를 내리고 있다. 얼은 스스로 고백한 '이도 저도 아닌 마르크스주의자'일 뿐만 아니라, '음악적인 아메리카나'(북부 미국의 포크, 컨트리, 록, 블루스와 블루그래스와 같은 풍부한 범위)의 거장이었다. 이 음악적 거장에 대한 반향은 미국 해안 지방 저 너머에까지 확대되었다. 얼이 주장하곤 했듯, 그는 우디 거스리와 행크 윌리엄스의 충실한 아들이었다.

《봉기》에 찬사를 보낸 전 국민의 대동단결 분위기에 이의를 제기한 얼은 그러한 분위기를 이용하려는 사람들에게 정당한 표적이 되어 온갖 비난과 냉소를 받았다. 《예루살렘》의 타이틀곡은 사실상 그 냉소에 대한 항의이며, 불의가 현재적 삶이라는 사실을 거침없이 천명하고 있다.

오늘 아침에 깨어나 일어났지만 좋은 소식이라곤 아무 것도 없어.
죽음의 무기들이 예수가 서 있던 땅을 가로질러 굉음을 울리는구나.
TV 진행자가 저런 일은 늘 있어왔던 것이라 해서
사람들은 그저 속수무책, 한 마디도 할 수가 없었지.
그의 말을 하마터면 귀 기울여 들으며
거의 정신을 잃을 뻔했지.
가까스로 다시 정신을 차리고 생각에 잠기네.
어느 햇빛 좋은 날 아브라함의 모든 자손들이
예루살렘에서 영원히 칼을 내려놓을 날이 오게 되겠지.

〈예루살렘〉에서 얻은 젊은 날의 딜런처럼 자신의 정신세계를 침범하는 공공의 폭력을 묘사했다.

폭풍이 하도 휘몰아쳐서
도저히 누워 있을 수가 없어.
다시 북이 둥둥 울리는데,
그 소리를 듣고 있기가 힘들어.

그러나 그는 중동에 평화가 올 것이며, 어느 날 그 모든 바리케이드가 사라지고, 철조망도 벽도 허물어질 것이라고 주장했다. 또 평화를 이룩하는 데 가장 큰 장애물은 전쟁이 고질적인 인간의 본성이라고 믿는 것, 즉 세계를 변화시키도록 행동해야 할 자신의 능력을 거부하는 것이라고 주장했다.

1980년대 후반에 얼과 그의 밴드는 4개월 동안 딜런과 함께 순회공연을 했다. 미 전역을 다니며 입을 굳게 다물고 있는 은둔자를 위해서 오프닝을 한 지 한 달 후, 얼은 동료로부터 딜런이 그가 무대에서 사용하는 언어에 약간의 문제가 있다는 말을 했다고 전해 들었다. 스티브는 무슨 뜻이냐고 물었다. "자네가 무대에서 지나치게 '퍽Fuck!' 소리를 많이 한다고 생각한다는군." 얼은 한숨을 푹 쉬고선 대답했다. "음, 퍽! 엿 먹으라 그래." 그러부터 이틀 밤이 지나고 나서 딜런이 갑자기 나타나서 말했다. "스티브, 잘하고 있어"라고 하고서 그는 사라졌다.

곰곰이 생각한 끝에 얼은 결론을 내렸다. "그는 이상한 고양이야. 의심할 필요도 없어."

*

미국인이라는 자부심은 나한테 아무 의미도 없다.
난 정말이지 영원한 것에 갇혀 있다.
—밥 딜런, 1985년

1974년 딜런과 더 밴드의 순회공연에서 딜런은 〈괜찮아요 엄마〉를 부르기 시작했다. "미국 대통령은 가끔씩이라도 발가벗겨서 세워놓아야 한다"라는 구절에 이르자 군중들이 고함을 질렀다. 닉슨이 워터게이트로 한창 시련을 겪다가 그해 여름에 사임했기 때문이다. 그것은 딜런이 가진 전쟁에 대한 입장을 반대하는 사람들에겐 일종의 설욕이었다. 그러나 공연 그 자체가 딜런과 더 밴드에게 수모감을 안겨주었다. 그날의 연주는 딜런과 더 밴드가 그때까지 했던 연주 중에서 가장 최악이었기 때문이다.

고립되어 지냈던 1960년대 이후에 그는 야심 있게 정치색 짙은 음악으로 귀환한다. 1971년의 《조지 잭슨George Jackson》, 그리고 1976년의 서사시 《허리케인Hurricane》은 인종차별 정책으로 순교를 한 이들에게 보내는 경의다. 1974년, 딜런은 또한 칠레에서 쿠데타를 지원했던 미국인 희생자들을 위해 필 옥스가 조직한 자선행사에 나타났다(옥스의 마지막 정치 참여였다). 그 이듬해엔 1970년대의 가장 실질적인 성과인 《블로드 온 더 트랙Blood On The Tracks》(1975)을 출시했다.

오랜 침묵 뒤에 그는 금이 간 결혼 생활과 안정을 얻고자 하는 갈망, 자유에 대한 굶주림 등의 고통을 겪으면서 자신의 목소리를 되찾았다. 앨범은 희망을 걸고 있던 시기와 관련된 곡을 다시 모아놓은 것이었다("밤의 카페에는 음악이 있었어/대기 속에는 혁명이 있었지"). 그렇지만 동시대적 삶에 대해서는 말이 없었다. 긴즈버그는 그 곡을 "전 국민이 받아들이는 리듬"이라고 했다. 그 무렵 딜런은 다시 순회공연을 떠난다. 공연 내내 활기가 없었던 더 밴드와는 달리 딜런은 활발하고 실험적이었다. 그는 여러 방식으로 그의 삶의 국면들을 반영하는 연주가들(존 바에즈, 잭 엘리엇, 앨런 긴즈버그, 로저 맥귄Roger MCGuinn)을 모았다.

1979년에 딜런은 기독교 근본주의를 받아들였다. 이전의 변화를 억지로 받아들인 수많은 팬들의 입장에서 보자면 이 돌연한 변화는 마지막 추락이었다. 그럼에도 그가 기독교인으로서 출시한 첫번째 앨범, 《달려오는 완행열차Slow Train Coming》(1979)는 이전에 출시된 어떤 앨범보다도 더 많이 팔렸다. 글을 쓰고 노래하고자 하는 열정 또한 그 어느 때보다도 강렬했다. 이 무렵의 작품에는 익히 알려진 딜런의 특징이 잘 드러나고 있다. 〈누군가에게 봉사하라Gotta Serve Somebody〉의 종말론적인 이론은 〈배가 들어오면〉에서도 들을 수 있는 것이었다. 진정성 추구는 더 높은 권능에 대한 복종으로 이어졌고, 자유에 대한 예언은 「사형 예찬에 대한 소네트Sonnets in Praise of Capital Punishment」를 쓴 윌리엄 워즈워드처럼 독단과 가혹한 숙명론으로 빠져들었다.

딜런의 종교적 귀의는 보수주의자들에게서 가장 많은 반발을 샀다. 1979년, 1980년 대처와 레이건 같은 우익 기독교 정치인들이 통치자가 되자 기독교인이 되려고 애쓰던 딜런의 몸짓이 시들해지기 시작했다. 1983년에 그는 공공연하게 사회적 애국심을 부추기는 곡(〈저무는 미국Union Sundown〉)과 갈피를 못 잡는 시오니스트(유대인을 팔레스티나로 복귀시키려는 민족운동주의자—옮긴이)의 변명인 〈깡패 같은 이웃Neighborhood Bully〉, 이라크의 핵 시설을 공습하는 이스라엘과 관련한 시사적인 곡들로 되돌아갔다.

녹음은 했지만 앨범에 수록되지 않았던 〈줄리어스와 에셀Julius and Ethel〉은 로젠버그 부부Ethel & Julius

Rosenberg에게 받쳐졌다. 이 두 공산주의자 부부는 긴급 시민자유위원회Emergency Civil Liberties Committee(1951년 조직된 단체. 매카시즘 시대 시민의 권리를 지키기 위해 활동했다. ECLC라 약칭한다—옮긴이)의 끈질긴 노력에도 불구하고 1953년에 스파이 활동으로 처형을 당했다(1949년 옛 소련이 원폭 실험에 성공한 뒤 미국은 충격에 휩싸인다. 미국의 핵 독점 체제가 막을 내린 6개월 뒤 '맨해튼 프로젝트'에 참여했던 영국의 핵물리학자 클라우스 훅스Klaus Fuchs가 소련에 핵 기밀을 건네준 혐의로 체포된다. 그리고 한 달 뒤, 미국인 전기 기사 줄리어스 로젠버그와 그의 부인 에셀이 이 '세기의 범죄'에 공모자로 연행된다. 매카시즘의 회오리가 치고 있을 무렵이었다—옮긴이).

누군가가 50년대는 대 로망스의 시대였다고 했지.
새빨간 거짓말이야. 그땐 공포 때문에 사람들이 넋이 나가 있었지.

1983년에 녹음했지만 역시 앨범에는 수록되지 않은 〈맹인 윌리 맥텔Blind Willie McTell〉에서는 아프리카계 미국인의 투쟁이 끝없이 이어져야 한다는 신념을 엿볼 수 있다. 딜런은 촘촘한 이미지로 가득 찬 이 노래로 우리를 역사의 중심부 속으로 데려간다. 노예선들, 불타는 농장, 수갑을 찬 갱들, 돋보이려고 뽐을 내며 걷는 집시 아가씨들, 싸구려 술병을 손에 든 가난에 찌든 이십대의 한량들이 줄줄이 이어진다. 마지막 연에서 딜런은 적막하게 생각에 잠긴다.

음, 신은 천국에 계신데
우리 모두는 그가 가진
권력과 탐욕,
부패하기 쉬운 씨앗을 가지고 싶어하는구나.
있을 만한 건 다 있어 보이는데도 말이다.

〈맹인 윌리 맥텔〉은 당당하면서도 거칠지 않고 섬세하다. 이 노래는 예술가들에게 남겨진 유일한 사명은 시대의 비극을 증언하는 블루스를 노래하는 것이라고 말한다.

1985년, 딜런은 에티오피아 기아 원조 물자를 모으기 위한 라이브 콘서트에 모습을 드러냈다. 그때 전문가들은 재빨리 이 이벤트가 팝 음악인들과 청중들 간의 사회 인식에 새로운 분수령이 될 것이라고 성마른 진단을 했다. 상대적으로 딜런이 여느 예술가들보다도 여전히 굳

건하게 저항정신을 지니고 있었기 때문에, 지나치게 주목을 받은 것은 어쩌면 아주 자연스러운 일이었다. 그런데 그의 연주는 형편없었다. 그는 〈홀리스 브라운의 발라드〉를 연주하고 나서 전 세계 청중들에게 말했다.

> 아프리카 사람들을 위해서 많은 돈이 거둬졌으면 좋겠습니다. 그래서 아주 적은 액수라도 많은 농부들이 은행에서 빌린 융자금을 지불할 수 있기를 바랍니다.

딜런의 이 발언에 영감을 받아 윌리 넬슨William Hugh Nelson이 농업구호사업Farm Aid에 착수하기도 하지만, 이 말을 들은 대부분의 사람들은 놀라움을 금치 못했다. 이 콘서트를 주창한 밥 겔도프Bob Geldof는 "딜런의 발언은 라이브에서 제기한 주제에 대해서 전혀 이해하지 못했음"을 드러냈다고 했다. 딜런은 마이클 길모어Mikal Gilmore에게 자신의 견해를 설명하려고 애를 썼다.

> 그 돈은 죄 많은 돈과 같습니다. 지구의 중간 지점에 있는 어떤 사람이 너무너무 배고파하고 있습니다. 그래요, 통에다가 10달러를 넣었다고 합시다. 그러면 방금 자신이 한 행위로 인해 그는 죄의식을 느낄 필요가 없다

고 할 수 있어요. 분명히 말하지만, 어느 정도는 도움이 되겠지만 행여 그 돈이 굶주림이나 빈곤을 타파하기 위한 운동으로 흘러들어간다면 또 어떤 일이 일어날지 모르죠.

라이브 콘서트에서 한 이 실수는 전형적인 딜런의 모습 중 하나다. 그의 진술은 오해의 소지가 충분함에도 불구하고 그가 국내의 빈곤을 끝없이 의식하고 있다는 증거이기도 했다. 그는 늘 저 멀리 떨어진 지역에 있는 희생자들에게 안일한 관심을 기울이는 태도를 경계해왔다. 무엇보다도 이 공연에서 보여준 태도는 그가 진정성에 대해서 불편하게 여긴다는 뜻이기도 하고, 또 그 반대로 이와 같은 공연이 매력적인 이벤트이긴 하지만 자선이라는 것에 대해서 불편하게 생각한다는 뜻이기도 하다. 진정성을 끝없이 의심하는 이 지나친 신경증적 자기 검열을 과연 타당하다고만 말할 수 있을까?

어쨌거나 딜런의 익살스럽고 모순된 언행은 널리 알려졌다. 1990년대로 오면서 그는 다시 존경을 회복하고, 앨범 판매량도 늘게 되었다. 그는 발 빠르게 유쾌한 앨범을 내놓고 포크와 블루스 근본주의자로 배역을 바꾸었다. 그는 그래미 시상식에서 클린턴과 교황에게 상을 받았다. 그러고도 여전히 세계를 놀라게 할 수완이 그에겐 남아 있었다.

만년의 딜런은 역사에 대한 견해를 주기적으로 바꾸었다. 그는 자신과의 대결이 자기 연민으로 바뀔 때면 아주 심란한 노래를 창작하였다. 〈아직은 어둡지 않아 Not Dark Yet〉, 〈상황은 변했다네Things Have Changed〉, 〈콜드 아이언스 경계지역Cold Irons Bound〉, 〈하이 워터 High Water〉, 〈슈거 베이비Sugar Baby〉 등이 그 예이다. 이 어두운 곡들은 해리 스미스가 인정하고 탄복한 사회적이면서 역사적인 영역을 토대로 펼쳐졌다.

> 올가미에 머리를 집어넣고 교수대에 서 있다네.
> 언제든 나는 도망갈 생각을 하고 있지.
> 사람들은 제정신이 아니며, 세월은 너무도 낯설어.
> 단단히 갇혀서, 어쩌지도 못해.
> 어쨌든 상황이 변했으면 하고 나는 생각한다네.

〈시대는 변하리라〉에서 〈상황은 변했다네〉에까지 이르는 노정은 지난하고 고통스런 경험 위에 서 있다. 여러 우여곡절이 있었지만 이 두 노래는 동일한 예술가가 동일한 음악적 맥을 파고들어가고 있음을 알게 해준다.

두 노래의 공통점은 분명하다. 여전히 개인은 종말론적인 사회 한가운데서 불가항력적인 세력과 맞붙고 있는 것이다. 그래서 이 두 곡은 소비문화에 의해 형성된 미적 만족감에 대해 맹렬하게 경고하고 있다.

*

미국과 영국이 이라크 전쟁에 착수한 그다음 날, 나는 시내에서 반전 그룹을 만나 항의시위를 벌이려고 했다. 그곳에는 약 20명의 사람들이 거의 초죽음이 되어 있었다. 전쟁은 이제 현실이 되었다. 거리로 나서자 사람들이 다가오는 소리가 들렸다. 고함을 지르고, 구호를 외치는 사이, 시위대는 200여 명 가까이 불어났다.

근처 중학교에서 열두 살 정도로 보이는 아이들이 나왔다. 이 아이들은 '부시와 블레어Anthony Blair, 당신들은 상관하지 마, 기름 때문에 피를 흘리게 하지 마, 전쟁이 아니라 사랑을 해라'라고 적힌 플래카드를 들고 어른들을 뚫고 휘몰아치듯 거리로 달려 나갔다. 이 아이들은 복잡한 거리에서 자동차들을 제지하며 차창 너머로 전단지를 쑤셔 넣었다. 곧 다른 학교에서도 아이들이 쏟아져 나왔다. 결국 그 어린 학생들은 4마일 정도 걸어서

국회의사당으로 행진해갔다. 그와 비슷한 이벤트가 영국 전역에서도 벌어졌다.

일부 신문들은 어린 학생들의 시위를 비난했다. 논평가들은 이 아이들이 정말로 그 복잡한 문제를 제대로 이해하고 있을까 의문을 던졌다. 그러나 어린아이들은 소수의 성인들보다 더 양심을 괴롭혔다.

> 내가 영리한지는 모르겠지만
> 누군가가 날 속일 때는 알아차릴 수 있어.

젊은 딜런처럼, 아이들은 자신들이 물려받을 좋은 세상을 만들기 위해서 말하고 행동해야 할 권리를 주장하고 있었다. 생기 넘치는 아이들의 시위를 뒤쫓아 가면서, 1960년대가 아직도 끝나지 않고 있음을 나는 실감했다. 언젠가 1960년대는 우리가 파악해야 할 모순을 일찌감치 먼저 치른 시대일지도 모른다는 생각이 언뜻 스쳐 지나갔다.

*

2003년, 비평가들의 조롱거리가 된 영화 〈가면을 쓴 익명의 존재Masked and Anonymous〉는 군부와 기업의 독재, 가난과 게릴라전, 국가의 테러, 그리고 미디어 조작으로 전염된 사회를 그 배경으로 삼고 있다. 딜런은 전설적인 가수이자 작사자 잭 페이트Jack Fafe 역을 맡았다.

감옥에 수감되어 있던 잭 페이트는 한 TV 방송국에서 주최하는 자선공연 콘서트에 참가하기 위해 석방된다. 그 자선공연에서 그는 "이번 혁명에서 진짜 희생자들을 돕게" 될 거라고 했다. 그러나 정작 그 희생자들이 누구인지, 그 혁명이 전진하도록 해야 하는 이유가 뭔지, 또 그 콘서트가 정말로 어떤 이해관계로 열리는 것인지는 아무도 몰랐다.

엄격히 말해서, 〈가면을 쓴 익명의 존재〉는 엄청난 정치적 주제를 다루고 있다. 돈과 국가권력의 붕괴, 끊임없는 폭동과 배신, 예술가의 공모와 무기력 등. 그 영화는 폭동과 대반란, 진정성과 도용을 뒤섞어놓은 우화이다. 영화 제목은 등장인물 중 '동물을 지키는 사람Animal Wrangler'(발 킬머Val Edward Kilmer가 역을 맡았다)의 독백에서 딴 한 구절로, 그는 인간을 다른 종보다 못하다고 여긴다. "혼자만 비밀을 간직하고, 가면을 쓰고 이름도 밝히지 않는 인간, 정말로 그 인간들을 아는 사람은 아무도 없어!"

이 영화에서 딜런은 분명 자신을 모델로 한 인물을 맡았다. 그는 자신의 밴드와 함께 자신의 노래를 공연하며, 자기가 쓴(필명으로) 원고에 나오는 구절을 들려준다. 또 자신의 삶과 그 삶을 둘러싼 신화와 1960년대의 문화적 흐름을 거듭 환기시킨다. 수십 년 동안 자신에 대한 열기를 경멸해온 딜런에게도 고백의 형식을 취한 그 영화는 매우 이례적인 것이었다.

그렇지만 그 영화는 활기가 없다. 행동이나 관계들, 그 어느 것도 현실처럼 보이지 않는다. 구성이나 인물 또한 자연스럽지 못하다. 과장된 대화, 거만하기까지 한 딜런의 태도 때문에 멀게 느껴지고 비인간적으로 다가온다. 딜런의 냉담한 얼굴을 압축적으로 보여주고 있기 때문에 그의 마음속은 공허해 보인다.

이 영화에서 의사소통을 하고 있는 것은 음악뿐이다. 영화는 일본인 록밴드가 연주하는 활기 넘치는 〈내 인생의 뒤안길〉로 시작하여, 말년에 딜런이 연주한 〈바람만이 아는 대답〉이 울려 퍼지며 막을 내린다. 그리고 딜런과 딜런의 밴드가 감미롭게 애도하는 버전으로 〈딕시Dixie〉를 연주하고, 열 살가량의 흑인 소녀가 반주 없이 〈시대는 변하리라〉를 부른다. 운명의 짐을 노래하는 〈홍수에 휩쓸려서〉, 그리고 서른한 살의 기지 넘치는 아티콜로

Articolo가 〈구르는 돌처럼〉을 리드미컬하게 다시 섞는다.

〈가면을 쓴 익명의 존재〉의 핵심 주제는 엄밀히 말해서 애초에 노래를 만들게 된 이유와는 달리 그 노래가 다른 목적으로 이용되었다는 것이다. 영화는 1950년대와 1960년대 저항곡 선집을 가진 잭 페이트를 소개한다. 그 곡들은 롤링 스톤즈의 〈거리에서 투쟁하는 사람Street Fighting Man〉, 비틀즈의 〈혁명〉, 무명작가의 곡 〈다시는 속지 않을 거야Won't Get Fooled〉, 리베르와 스톨러Liber and Stoller의 〈9번 독방의 반란Riot in Cell Block No. 9〉, 닐 영의 〈오하이오Ohio〉, 베리 맥과이어Barry MCGuire의 〈파멸의 전야Eve of Destruction〉, MC5의 〈꼴리는 대로 해Kick Out the Jams〉 그리고 엘비스의 〈교도소에서 부르는 록Jailhouse Rock〉 등이다.

〈가면을 쓴 익명의 존재〉에서 흥행업자들, 정치인들, 특히 톰 프렌드Tom Friend(제프 브리지스Jeffrey Leon Bridges가 역을 맡았다)라고 하는 언론인이 이 예술가의 적들로 나온다. 톰 프렌드는 "비꼬아 말하고 아주 냉소적인 저널리스트로서 거머리, 기식자, 두 얼굴을 가진 괴물, 스파이"이다. 프렌드는 답변할 수 없는 1960년대에 대한 질문들로 묵묵부답인 잭 페이트를 심하게 혹평한다.

마더스 오브 인벤션의 자파는 어때요? 그는 맘 편하게 행동하던데, 당신은 어때요? 당신도 마음 편하지 않아요? 헨드릭스는 어떠신가? 우드스톡에서 헨드릭스가 어땠는지 생각납니까? 우스운 꼴이라니. 당신은 거기 없었죠, 안 그래요? 왜? 어디 있었어요?

그러고 나서 프렌드는 질책하듯이 딜런의 얼굴을 바라보며 헨드릭스의 〈성조기Star Spangled Banner〉에 대해서 내뱉는다. "그가 뭐라고 했죠, 잭? 도대체 문제가 뭐였죠? 혁명? '날 사랑해, 날 사랑해'라고 하면서 그가 연주하던 악보에 눈물이 뚝뚝 떨어지는 소리를 들을 수 있을 것입니다. 난 배신자가 아닙니다. 고국의 아들이죠. 당신이야 세상에서 외치는 소리를 들을 수 있잖습니까?"

이 모든 질문들은 결코 '익명의 존재'가 하는 질문이 아니다. 하지만 이 질문들의 의미는 모호하다. 이 질문들은 딜런과 청중들에게 도전한다. 확실한 것은 이 질문이 딜런과 그의 시대가 복잡하게 뒤엉켜서 빠져나갈 수 없음을, 그리고 그것이 그 자신이 지닌 의미임을 강하게 증언하고 있다는 것이다.

'미세스 브라운의 딸Mrs Brown's daughter'로서만 언급되는 어린 소녀가 〈시대는 변하리라〉를 혼자 부르는 장면에서는 다시 한 번 딜런과 그의 시대가 환기된다. 소녀는 진지하게 가사를 읊기 때문에 우리 모두 조용히 생각에 잠겨 경건해진다. 지난 수십 년 세월이 소녀의 노래에 깊고 깊은 뉘앙스를 부여한다. 그런데 짜증스럽게도 딜런의 논평이 겹쳐 녹음되면서 그 장면의 효과가 반감되고 만다. "우리 모두는 시간을 죽이려고 하지만, 모든 것이 이루어진 다음에는 시간이 우리를 죽인다." 제법 잠언적 형식을 취한 이 대사는 딜런이 취하는 방어적 표현 중에서 가장 진부한 최악의 표본으로 기억될 만하다.

영화의 클라이맥스는 딜런과 그의 밴드가 침착하게 풀어내는 〈콜드 아이언스 경계지역Cold Irons Bound〉의 반주에 맞추어서, 새 독재자의 준군사 조직이 콘서트를 습격하는 장면으로 꾸며져 있다.

> 많은 사람들이 있었고, 너무도 많은 것들이 기억나.
> 더러는 내 친구들이었어. 내가 나빴어.
> 아, 그 길은 바위투성이에다 산비탈은 진흙투성이인데,
> 내 머릿속에는 피투성이만 떠올라.

대단원을 내리면서 제프 브리지스Jeff Bridge가 분한 저

널리스트는 살해당하고, 범죄에 대해 부당하게 책망당한 잭 페이트는 수갑이 채워져 멀리 끌려가게 된다. 그가 경찰차에 멍하니 앉아 있을 때, 우리는 사운드트랙에서 흘러나오는 딜런의 목소리를 듣는다. "모든 것에 대해서 이해하려는 노력은 오래전에 그만뒀어." 이 장면에서 나 혼자만 투덜거리지는 않았다는 것을 고백해야겠다. "맞아, 밥, 그건 쇼야", 이렇게.

이렇게 해서 잭 페이트는 얼떨결에 모종의 순교자, 그러니까 진리에 대해서가 아니라 진리를 밝히는 것이 불가능하다는 것에 대하여, 또 사회의 부조리성과 비도덕성으로 인한 순교자가 되면서 영화는 결말이 난다. 두 시간 넘게 질질 끄는 자기도취적이고 지루한 이 영화는 딜런이 1960년 후반의 막다른 길목에서 벗어나지 못했다는 것을 무심코 드러내고 있다.

*

미국은 변하고 있었다.
나는 운명 같은 느낌이 들어 그 변화에 따랐다.
뉴욕은 아주 좋은 곳이었다.
—밥 딜런의 자서전 『연대기』에서

2004년에 딜런은 자서전 『연대기』를 출간했다. 마침내 노랫말을 문학작품으로 재탄생시킨 그의 천부적인 재능이 제 길을 찾은 것이다. 그러나 그의 자서전은 솔직하면서도 얼버무리고 있고, 신뢰할 만하지만 터무니없었다. 놀라울 정도로 노골적이며 가슴 아플 정도로 낭만적이며 극도로 음울한 딜런이 변장을 한 채 그곳에 있었다. 그 책은 잃어버린 과거를 풍부하게 기억하면서 그러한 과거와의 불화로 고통받는 내면을 전면에 돋을새김했다.

『연대기』는 젊은 딜런과 그 시대의 관계를 조명함으로써 그가 종종 부인하고자 했던 것들을 명백하게 드러냈다. 실제로 그가 태어난 세상과 그의 예술은 긴밀하게 연관되어 있다. 사실에 바탕을 둔 객관성이란 관점에서 『연대기』는 거스리의 자전적 소설 『영광을 향하여』보다 나은 게 없다. 구조나 형식은 다르지만, 젊은 예술가의 성장사를 다루고 있다는 점에서 『연대기』는 거스리의 책과 크게 다르지 않다. 다만 거스리가 마음을 터놓고, 정당하게 분노하며, 우글거리는 세상에 기꺼이 매여 있는 반면에 그 문하생인 딜런은 반추하며, 자기 성찰적이고, 가끔은 모호하다가 결국은 아프고 고독하다. 물론, 『영광을 향하여』를 출판할 때 거스리의 나이가 30세였는 데 비해, 딜런은 63세였지만 말이다.

『연대기』는 대부분 1960년대 초반 뉴욕에 관한 명상으로 이루어져 있다. 독특하고 화려한 산문체로 실내장식이나, 날씨 변화 그리고 음정에 대해서 상당히 예민하게 그려내고 있다. 그것은 〈조안나의 꿈〉에 일렁이는 도시의 풍경을 연상케 한다. 가령, 내면의 열기에 들떠 있는 각양각색의 인물들이 뒤섞여 살고 있는 그리니치빌리지 아파트는 이렇다. "흐릿한 조명, 홈이 파진 침실용 의자, 두툼한 벨벳 천으로 감싼 기다란 소파와 난로를 둘둘 에워싼 철망들……." 뉴욕에 대한 딜런의 기억은 차갑고 칙칙하다. "말이 끌고 가는, 비닐로 포장한 꽃다발로 수북하게 뒤덮인 왜건을 지나쳐 갔다. 운전기사는 보이지 않았다. 쓰레기가 지천으로 깔린 눈 덮인 도로, 우울함, 가솔린 냄새, 미국의 부르투스Brutus라고 하는 존 윌키스 부스John Wilkes Booth가 술을 마시곤 하던 지하창고…… 언젠가 그곳에 다녀오면서 거울 속에서 그의 유령과 마주친 것 같다."

딜런은 기억할 만한 역사적 순간을 슬퍼하는 듯한 애상적인 어조로 이야기하고 있다. 더구나 미네소타 주에서 온 젊은 가수의 음악에 대한 사랑, 그가 추구하는 야망, 인생과 우정에 대한 솔직한 마음, 사방을 가득 채운 꽃다발 속에 영원히 잃어버리게 될 세계에 대한 천진난

만한 회의와 분별없는 자기 확신에 대해선 더욱 그러하다. 그는 이렇게 회상한다. "내가 찾고 있던 것은 사랑도 돈도 아니었다. 내 의식은 한껏 고양되어 있었으며, 비현실적이면서 공상적인 내 방식에는 힘이 실려 있었다. 정신은 화성암처럼 단단했기 때문에 그 정당성을 보증할 필요가 없었다." 하지만 그는 여기에서 "자신감이 없었다"고 인정한다. 젊은 딜런은 이 책에서 끔찍한 비극이 될 거대한 운명을 향하여 무의식적으로 표류하고 있는 나약한 사람으로 드러나고 있다.

그는 〈포지티브리 4 스트리트〉에서 비웃은 그리니치 빌리지의 포크계를 애정 어린 심정으로 상세하게 재현한다. 그곳은 강렬한 개성과 순간순간의 관계들이 갓 낚아 올린 물고기처럼 싱싱하게 살아 펄떡거리는 세계이다. 그는 포크를 둘러싼 환경을 생생하게 회상해나감으로써 포크 음악에 대한 찬사를 보내고, 포크가 가진 미적 가치관을 다시 한 번 역설한다. 또한 상업적 미디어에 의해서 주입된 대중문화를 포크의 풍요로움과 반복적으로 대립시킨다.

그 당시 내가 연주한 것은 지옥의 불길이었다. 이 불길이 뿜어내는 소리는 당연히 라디오에서 흘러나오는 음악과는 전혀 다른 것이었다. 내가 몰두한 것은 전통적인 작품으로서, 그것은 사람들이 흔하게 접할 수 있는 〈몬도 티노Mondo Teeno〉(1967년에 제작된 다큐멘터리 영화로 부제는 '십대들의 반란The Teenage Rebellion이다. 이 영화는 무의미하고, 피상적이며, 비정치적이면서 쾌락을 추구하는 1960년대의 전 세계 십대들을 중점적으로 다루었다—옮긴이)의 세계와는 거리가 멀었다.

그는 포크를 하루살이와 같은 현대의 일상과 대립시킨다. 그에게 포크는 끝없는 지혜를 구현하는 정신이다. 『연대기』에는 현대화와 산업화를 혐오하는 이야기가 넘쳐난다. "나는 그것에 농락당하지 않았다. 심지어 시사 뉴스조차 내 심기를 건드렸다. 나는 흘러간 뉴스를 더 좋아했다." "헛된 세계와 총체적으로는 기계화된 세계"에 대한 비판으로서 잃어버린 황금시대의 신비를 호출하고자 했던 딜런에게 포크는 구원이었다. 포크는 더러 변하지 않는 어떤 근본적 정신을 환기했다. 어쩌면 이 근본적인 지향이 〈내 뜻대로 죽으리〉에서 방사성 낙진 지하대피소의 정치심리학을 비판하고, 또 〈존 버치 피해망상 블루스〉에서 반공산주의 우파를 호되게 비판하는 힘이 되었을지도 모른다.

진정성의 시금석으로 다시 떠오른 포크는 순환하는 역사의 본질과 덧없는 인간의 노력, 그리고 인생의 미스터리를 더 이상 해결할 수 없다는 비극적 세계인식에 대한 진솔한 증언이기도 했다.

재즈와 희망과 정의에 대해서 이야기하지 말라. 신이 우리와 함께 계시다던가, 신이 우리를 돌보실 거라던가 하는 말에 장단 맞추라 하지 말라. 요점만 말하자. 도덕적 질서란 없다. 사람들은 그 따위 것들은 다 잊어버린다. 유리한가 아닌가, 둘 중 하나를 선택할 수 있을 뿐이다. 세상은 이런 방식으로 존재하며, 아무것도 변하지 않는다. 제정신이 아닌 세상을 두 눈 똑바로 뜨고 쳐다보아야 한다.

소박하고 단도직입적인 글임에도 불구하고, 그는 그럴싸한 시늉을 하면서 얼버무린다. 그것은 폭로이면서 위협이다. 딜런은 여전히 워싱턴 행진이나 1965년의 뉴포트에 대해서, 또 1966년의 맨체스터에서의 일들에 대해서 함구하고 있다. 마약과 섹스에 대해서도 말이 없다. 근본주의 기독교인이던 시기, 그리고 유태인으로서의 성장 배경에 대해서도 이야기가 없다. 그는 그저 올

바른 가족 관계를 갖지 못했기 때문에 그가 고등학교 때 조직한 밴드 부원들이 계속해서 이탈했다는 알쏭달쏭한 이야기만 하고 있다. 또 아내에 대해서 두 번 언급하고 있지만 그들이 같은 사람이 아니라는 것은 설명하지 않는다.

늘 그렇지만, 딜런의 주장을 액면 그대로 받아들인다는 것은 어리석은 짓이다. 예를 들자면, 딜런이 상세하게 스케치한 보헤미안 커플인 로이 루치Ray Gooch와 클로에 키엘Chloe Kiel이 실존 인물이라고 증명하기는 힘들다. 그들은 합성 인물이거나 아니면 완전히 창작된 인물일 수도 있다. 하지만 딜런의 이야기에서 그들은 비판적인 역할을 맡고 있다. 낭만적이면서 보수적인 생각을 가진 로이는 데이브 밴 론크Dave Van Ronk(자서전에서 딜런이 무척 존경하고 그에게 많은 영향을 끼친 사람으로 그려지고 있다—옮긴이)가 말하는 마르크스주의 사상을 반대한다. 딜런은 로이를 묘사하며 시민전쟁에 대한 자신의 의견을 언급하지만, 공민권운동에 대해서는 그저 스쳐지나가는 정도로만 언급한다.

딜런은 『연대기』에서 1960년대를 마이크로필름처럼 들여다보면서 진실을 폭로하는 데 초점을 맞추고 있다.

그것은 오래된 장송곡에 지나지 않는다…… 지난날을 돌아보면, 미국은 십자가에서 죽어 다시 살아났다. 그것은 거짓이 아니다. 사실이다. 그와 같은 끔찍한 진실이 내가 쓴 모든 글들 뒤에 숨겨져 있는 포괄적인 원형이다.

역사의 순환적 성격을 주장함에도 불구하고, 『연대기』는 1960년대 초기를 사회적 전환점으로 표현하고 있다. 딜런은 미국 사회의 위기 속에서 자신의 의식이 싹텄다고 언급한다. "1950년대의 문화는 임기 말년의 판사 같았다. 이제 사라질 운명이었다. 일어나서 투쟁을 하겠다던 것이 10년도 채 못 되어 바닥으로 곤두박질쳐 갔다." 딜런은 또 자신의 새로운 변화를 강조한다. "나는 포크의 변화를 있는 그대로 수용하여 새로운 이미지와 새로운 태도로 사람들에게 접근하고 싶었다."

딜런은 지금까지 변한 게 있든 없든, 끊임없이 변하든 말든, 그 어떤 것도 결정할 수 없다는 입장을 취해왔다. 때문에 『연대기』는 앞으로 닥칠 사건에 대한 불길한 예감과 다시 한 번 미국이 십자가에 못 박힌 것을 발견하게 될지도 모른다는 불안으로 가득 채워져 있다. 그러나 정작 그 십자가 위에서 꿈틀거리고 있는 사람은 딜런 자신인 것처럼 보인다.

『연대기』에서 딜런은 1960～61년의 뉴욕에 대한 기억으로부터 대중들에게 전혀 알려지지 않은 시기로 훌쩍 건너뛴다. 호기심을 끄는 이 장들은 '새로운 아침New Morning' 그리고 '오 머시Oh Mercy'라는 제목이 붙어 있다. 이 이름들은 두 장의 앨범을 만들게 된 배경에 대한 이야기로 구성되어 있지만, 이 앨범들은 사실 딜런의 베스트 앨범에 속하지 않는다. 대부분의 예술가들이 이야기하기를 꺼려하는 예술적 실패에 대해서 이야기하고 있는 이 장들을 통해 우리는 미처 알지 못했던 비밀을 엿보는 행운을 갖게 된다.

「새 아침」은 시인 아치볼드 매클리시Archibald Macleish와의 조우를 토대로 하고 있다. 아치볼드 매클리시는 딜런에게 그가 쓴 대본으로 작곡을 할 거냐고 묻는다. 딜런은 그 시인을 존경하지만 아무런 답변도 하지 못한다. 실제로, 그는 사람들과의 소통 능력을 잃어버린 것 같았다. 무명이었던 그리니치빌리지 시절부터 줄곧 그의 삶을 따라다닌 '변화'라는 것은 정말 아찔할 정도였다. 딜런은 단지 유명 인사에 그치지 않았다. 그는 한 세대를 대변하는 목소리였지만, 그는 그 상태를 싫어했다.

> 내가 대변자가 될 것으로 여겨졌던 동시대 사람들과

소통은커녕 심지어 그들을 아는 바도 전혀 없었으며……
반체제 문화가 어떤 모습을 하고 있었든지 간에, 알 만큼
은 알고 있었다. 내가 쓴 가사들, 내 노래에 담긴 의미들
이 논쟁으로 인해 파멸되는 것을 보면서 가슴이 아팠다.

그는 "프라이버시는 팔 수 있으나 다시 살 수는 없다"는 것을 어렵게 깨닫는다. "사람들이 우연하게 마주치면 나를 뚫어지게 응시하곤 했는데, 마치 거대한 정글 속에서 생쥐를 발견한 것처럼 쳐다보았다"는 고백에서 뼈아픈 각성을 엿볼 수 있다.

그는 표지에 네 사람의 얼굴, 즉 케네디, 말콤 엑스 , 카스트로Fidel Castro와 그 자신의 초상을 그린 『에스콰이어Esquire』에서 호소했다. "도대체 그게 무슨 뜻이지요?" '권리를 침해받고 가끔씩은 어안이 벙벙해졌다'는 구절은 아직도 딜런이 그 상처 때문에 가슴이 쑤시고 아프다는 느낌을 준다. 그는 누구든 그런 일을 당하면 "미쳐버리고 말 것"이라고 말한다. "이런 종류의 응급상황을 다룰 수 있는 법률은 아무것도 없다." 게다가 따라해볼 만한 모델도 없다. 우디 거스리마저 이같이 음울한 숲을 지나가는 방법을 그에게 제시할 수 없었다.

미디어를 향한 그의 분노는 저항운동과 팬들에 대한

분노와 뒤섞인다. 『연대기』에 나오는 그 사람들은 도무지 분별력이 없는 사람들로 비친다. 그는 "내 신분을 파괴할 요량으로" 이미지와 스타일을 변화시킴으로써 자신의 상처들을 도피시킬 전략을 세운다. 그는 "일탈의 신호를 보내 형태조차 변해버린 망가진 기차에 시동을 걸기"로 결심한다. 그러나 움직일 수가 없다. 자신을 회복하려는 노력은 실패에 그치고 만다. 자신의 개성까지도 포기해버린 이 모든 시도들은 세상이 그에게 부과한 짐에서 벗어나려는 안타까운 욕망에 뿌리를 두고 있다. 이처럼 막다른 궁지에 빠진 예술가의 초상은 호소하는 바가 있다.

> 창조라는 것은 경험과 관찰, 그리고 상상력이 필요하다. 그 핵심적인 요소들 중에 무엇 하나라도 놓쳐버린다면 창조성은 발휘되지 않는다. 내가 관찰당하지 않고서 그 무엇인가를 관찰한다는 것은 불가능한 일이었다.

그는 매클리시의 대본이 "영원한 진실을 전달하고 있었다…… '영원한 진실'은 내 마음에서 우러나는 마지막 작업이었는데, 그와 같은 작업을 할지라도 나는 내 집에서는 하고 싶지 않았"기 때문에 "매클리시를 위한 노래는 완벽하게 실패하고 말았다"고 고백한다.

이와 같은 고백은 다음 장 「오 머시」로 이어져서 1980년대 후반에 겪은 활동의 위기에 대해 자세히 설명하고 있다. "무엇보다도 친밀감이 사라졌다. 청중들은 황량한 사막, 죽은 초원을 통과하는 것 같았을 것이다. 내 노래들이 낯설게 느껴졌다."

이 설명 후, 그는 작은 재즈 바에서 이름도 없는 가수에게 머뭇머뭇 다가간다. 그리고 그는 자신이 예술적으로 대변신을 하게 된 새로운(어쩌면 아주 낡은) 음악 체계를 발견한다. 그는 "짝수 대신에 홀수를 근거로 하는 연주 방식에 매혹을 느꼈다. '3'이라는 숫자가 '2'라는 숫자보다 형이상학적으로 힘이 넘치는 이유를 잘 알 수는 없지만 그것은 명백하다"라고 말했다. 그는 타로카드와 같은 점성술에 빠져 신비주의적인 세계에 대해 이런저런 생각을 하기도 한다. 신중한 눈을 가진 이 회의론자가 가끔씩은 터무니없이 아무것이나 덥석 받아들이는 모습을 취하고 있는 것이다.

비평가들은 딜런의 이와 같은 종잡기 어려운 습성이 열정 없이도 노래를 할 수 있는 비결이라고 한껏 폄하했다. 개중에 극소수의 몇몇은 딜런이 지나치게 열성적인 비평가들을 혼란스럽게 하기 위해 장난을 치는 것이 아닌가 의심하기도 했다. 그리고 수수께끼 같은 에피소드들이 잇달아 이어진다. 딜런은 연출자인 다니엘 라노이스Daniel Lanois와 앨범을 만들기 위해 뉴올리언스로 간다. 그는 뉴올리언스를 무척 좋아하지만("나무들 사이로 축 늘어진 만성 우울증…… 친숙해질 수도 있고 아무 일을 하지 않아도 좋은 곳"), 라노이스와 의사소통이 잘 되지 않는다.

꿈 시리즈를 녹음하는 동안 라노이스가 가끔 말했다. "우리에게는 〈전쟁의 지배자들〉, 〈북부에서 온 여인Girl from the North Country〉, 아니면 〈신이 우리와 함께 계시니〉 같은 곡들이 필요해요." 그는 그런 곡들이 있어야 한다고 하루걸러 한 번씩 잔소리를 늘어놓았다. 나도 수긍을 했다. 필요하다는 것을 알고는 있었지만 그가 투덜거리는 것처럼 느껴졌다. 나는 그런 곡들을 가지고 있지 않았다. 그럼에도 그가 원했던 곡들을 줄 수 있었으면 싶었다. 하지만 그런 종류의 곡들은 다른 상황에서 쓰여졌고, 그런 환경이 다시 되풀이되지 않았다. 정확히 같을 수가 없었다. 나는 그에게 그와 같은 아니, 다른 종류의 곡들도 줄 수가 없었다.

그가 주장한 바대로 "그런 환경이 다시 되풀이되지 않았다". 역사란 결국 순환하지 않는다. 간접적이긴 하지만 딜런은 여기서 자신의 1960년대 걸작품들이 빠르게 변화해온 사회 환경에 짓눌리고 있음을 주시하면서 역사의 냉혹함을 깨닫는다. 라노이스에 대한 딜런의 이야기에서 인상적인 것은 성공한 예술가의 감각이 자신의 업적에 의해 짓눌릴 수 있다는 고백이다. 그는 초기에 이룬 자신의 업적에 위압감을 느끼고 지난날의 거침없는 실험정신을 상실한 것에 대해 애석해한다.

이 책은 웨스트 4번가의 어느 아파트에 수즈 로톨로 Suze Rotolo와 함께 살면서 "현관에 서 있는 딜런"으로 끝을 맺는다. 마지막에 등장하는 기획자 존 해먼드와 후원자 앨버트 그로스먼의 사이에서 계약 관계로 빚어진 갈등 묘사는 검증되지 않은 일화이지만, 예술과 상업성, 원칙과 기회주의적 속성과 같은 대립항의 설정 때문에 자못 호기심을 끈다. 이 책은 결국, 딜런이 예술가로서 걸어온 자취를 보여주는 동시에 그가 자신을 폭로하기 직전에 있음을 깨닫게 한다. 대중들은 당황스럽고 혼란스러운 눈으로 응시할 수밖에 없다.

"포크 음악 무대는 아담이 동산을 떠나야 했듯이, 내가 떠나야 했던 낙원과 같았다. 정말이지 너무도 완벽했다. 그 몇 년 사이에 고약한 폭풍이 들이닥친 것이었다." 『연대기』 곳곳에 이러한 균열의 계기가 나타난다. 책을 읽어가노라면 딜런이 상처에서 충분히 회복되지 못했음을 느끼게 된다. 모든 사람들의 환호를 받게 된 그 순간, 그는 자신이 움켜쥔 것들을 놓아버렸다. 그의 예민한 정신세계가 침범당한 것이다. 그리고 자신이 환호하는 사람들에 의해 수인이 되어버렸음을 알게 된 것이다. 딜런의 삶에 스며 있는 비애는 마음을 아프게 한다. 그는 자아와 세계가 자유롭게 창조적으로 상호작용을 한 그 일시적인 순간을 추억하면서, 유명 인사 딱지를 달고 난 뒤 잃어버린 젊은 보헤미안 가객을 비통해하고 있다. 그의 기억은 균열이 일어났던 특정 기간(1962~1967)에 대해서는 완전히 침묵한다. 그는 주기적으로 자신의 상처를 조심스레 어루만지고, 오랜 세월이 흘렀음에도 불구하고 여전히 덧나기 쉽다는 듯 상처로부터 서둘러 벗어난다.

이러한 균열이 위대한 음악을 낳게 했으며 어떤 점에서는, 이러한 균열 자체가 그의 음악의 주제였는지도 모른다. 그는 간단없이 탈출을 시도하고 있지만, 그가 선택한 길은 다시 균열의 시간인 1962~1967년으로 되돌아가게 한다.

『연대기』엔 거스리의 『영광을 향하여』에 얽힌, 믿을 수 없는 에피소드 하나가 기묘하게 놓여 있다. 1970년에 딜런은 반체제 문화 인사들의 호출을 피해 맨해튼 한가운데 있는 '레인보우룸'를 은신처로 택했다. 그곳은 순회공연을 중단한 그가 나타날 수 있을 거라고 예상할 수 있는 마지막 장소였다.

어느 날 저녁 레인보우룸에 프랭크 시나트라Francis Albert Sinatra의 아들이 방문했다. 그는 독창적인 예술가의 아류에 불과했다. 그럼에도 딜런은 그를 진심으로 환영했다. 시나트라 2세는 자신의 아버지가 공민권운동 지지자였으며 늘 사회적 약자를 위해서 싸워왔고, 아버지 자신도 사회적 약자라고 생각해왔다고 딜런에게 말했다. 그러고 나서 그는 아무런 설명도 하지 않고 "그 사회적 약자가 개자식이 되어서 나타났다는 걸 안다면 어떤 느낌이 들겠어요?"라고 덧붙였다. 그 순간에 딜런은 "창유리로 된 벽"을 응시하면서 수수께끼 같은 멘트를 한다. "도시의 풍경이 대단하군요. 60층 위에서 내려다보면 딴 세상 같겠군요."

『영광을 향하여』에서 거스리는 자신이 촌뜨기나 피에로 의상을 어떻게 걸치게 되었는지 이야기하며, 레인보우룸에서 시선을 어디에 둘지 몰라 헤매던 경험을 들려주고 있다 "하릴없이 창문을 우두커니 바라보다가 65층 아래로 시선을 돌렸다. 뉴욕 시가지가 기다란 섬 저쪽 아래에서 활기차게 숨을 쉬며 토닥거리기도 하면서 깔깔 웃고 있었다."

거스리가 "레인보우룸은 연주를 하기엔 정말 우스운 곳이지/여기서 미국으로 가는 길은 너무도 멀어"라고 노래했던 이후, 30년이란 세월이 흐른 뒤였다. 딜런은 진짜와 가짜의 경계가 희미해져버린 세계를 물려받았다. 레인보우룸에서 도망칠 수도 없었다. 거스리가 찬사하고 딜런이 목 타게 찾던 소박하고, 타산적이지도 않고, 교활하지도 않은 세상에 뿌리내릴 희망마저 없었다. 딜런은 담담한 태도로 이 이상한 일화를 이야기하지만, 그 역설은 배가되어 독자는 서글프고 공허한 느낌에 사로잡힌다.

*

"사람들은 자신에 대해서 다른 사람들이 알지 못하는 뭔가를 알고 있다. 자신의 그러한 생각을 표현한다면 누군가가 그것을 완전히 망쳐놓을지도 모르기 때문에 기분이 좋지 않다. 따라서 그러한 생각은 스스로 간직하는 것이 가장 바람직하다."

—CBS 인터뷰, 2004

딜런은 오랫동안 나와 같은, 그의 신비를 해독하려는 사람들을 불만스러워했다. 그는 우리를 그의 개인 영역을 침해하는 소란스런 침략자 무리로 본다. 그러나 그러한 불평은 쉽게 뒤집어질 수도 있다. 오랫동안 그는 자신의 의지와 무관하게 우리의 몸을 빌려서 우리의 정신에 머물러 있었기 때문이다. 4, 50년 동안 그가 했던 말들, 이미지, 그리고 그의 노래들이 예기치 않은 순간 깊숙한 곳에서 솟구쳐 올라와서는 황량한 거리에서 울리는 전자 바이올린처럼 내 머릿속을 헤집고 다녔다.

딜런은 지속적으로 내 지성을 자극한다. 그래서 나는 그에게 끝없이 도전하여 캐묻고, 거부하고, 반박하고 있다. 이 과정 속에 나도 어찌할 수 없는 감정의 급류에 휩싸이기도 하고, 평소엔 감지하기 힘든 어떤 영감의 기운을 맛보기도 한다. 어쩌면 나는 만나본 적도 없는 이 사람과 평생 마음속으로 대화를 나누는 일에 참여하게 되었다는 그 사실이 바로, 딜런의 예술에 영원성이 깃들어 있는 증거가 아니겠느냐고 조심스럽게 말하고 싶은 것인지도 모른다. 어쨌든 나는 여전히 딜런에게 사로잡혀 있으며 1960년대가 주는 교훈을 터득하고 있는 중이다.

1960년대에 딜런이 펼친 음악은 명확한 정리와 구분

을 거부한다. 이후 수십 년이 흐르는 동안 그는 때때로 자신이 흐려버린 경계들이 가지고 있는 안정성을 갈망하는 듯이 보였다. 그래서 그는 자신을 노래하는 가수에 지나지 않는다고 틈날 때마다 강조하곤 했다. 하지만 노래의 미학성과 정치성을 설파해온 것도 그다. 그는 가장 단순하면서도 가장 신비스러운 예술 형태의 하나인 노래가 인생을 바꾸는 힘이 있다는 것을 거듭 증언했다. 그의 정신적 지주였던 해리 스미스가 『시선집』을 통해서 밝혔듯이, 노래란 그것을 탄생시킨 사회의 산물이자 그 사회를 뛰어넘어 존속할 수 있는 것이기도 하다. 그래서 노래하는(자기 시대에 대해서 이야기하고 나서도 지속되는 노래들) 가수에 지나지 않는다는 그의 표현은 도저한 소명의식의 천명으로 이해되기도 한다.

"태어나느라 바쁜 것이 아니라 죽어가느라 바쁘다"는 명제는 일상 속에서 우리가 늘 참조해야 할 지혜다. 그런데 딜런은 가끔 이 지혜를 접어두고 싶었던 것 같다. 결국 정말로 하늘 아래 새것이 없다면, 역사가 돌고 도는 것이라면, 계속 새롭게 태어나야 한다는 명제는 힘을 잃게 된다. 그럼에도 불구하고 딜런은 새로운 것을 추구하기 위해 거듭, 거듭 다시 출발하지 않을 수 없었다. 어쩌면 출발부터 딜런을 주목하게 한 불안정성, 평생을 통해 그의 삶과 예술을 관통하고 있는 결핍감이 창조의 동력이 아니었을까. 하지만 이 불안정성과 결핍감은 딜런의 정신세계만이 아니라 그의 작품이 솟구쳐 나온 역사적 위기에도 그 근원이 있다. 그의 출발점은 끝내 안전한 항구를 허용하지 않았다.

디지털 플레이어에 담긴 노래들처럼 주머니에 넣고 다닐 수 있는 문화적 상품으로서 1960년대의 부활은, 딜런의 음악 속에 내재해 있는 교훈들이 무엇인가를 드러낸다. 저항의 원천이란 예측할 수 없으며, 투쟁은 모순된 논리에 따라 전개되며, 역사는 누군가가 미리 짜 놓은 각본에 따라가기를 거부한다는 것이 그 가르침의 골자다. 다국적 기업과 단일한 국민국가의 거만한 지배 권력에 의해 지배되는 세상에서, 인간의 경험이 상품화되는 것에 대한 항변과, 인간성에 대한 극단적일 정도의 변호는 그 어느 때보다도 더 절박하고 적실하게 느껴진다.

우리는 거대하게 잠재해 있는 낯선 사회세력들이 우리의 모든 정서적 움직임을 좌지우지하는 미디어에 매몰된 시대에 살고 있다. 또 그러한 문화에 면역되어 있다고 생각하는 사람들은 모두 다 꿈을 꾸고 있는 것이다. 이러한 맥락에서 이 예술가는 〈자유의 종소리〉, 〈괜찮아요 엄마(그저 피가 흐를 뿐예요)〉, 〈에덴의 문〉, 〈황폐한 거리〉, 〈조안나의 꿈〉, 〈정말로 상냥한 마리〉를 만들었다. 그리고 〈사악한 메신저〉는 극도의 긴장감 속에 있던 1960년대의 큰 소용돌이에서부터 줄곧 우리에게 이야기하고 있다. 참상이 벌어지는 사회에서는 증인이 곧 공범자라는 그의 통찰력은 여전히 소중하고 유효한 것이 아닐까.

미국과 영국의 전쟁기계들이 하루도 빠짐없이 TV에서 이라크를 황폐화시키는 것을 지켜보면서, 나는 〈바람만이 아는 대답〉의 한 구절, "얼마나 더 외면을 하고/ 보지 못한 척할 수 있을까?"를 생각했다. 그러다가 "배가 들어오면" 어느 날인가 "골리앗처럼, 정복당할 것"이라는 생각을 하기도 했다. 나는 그날을 오랫동안 기다려왔다. 시련에도 불구하고, 그것은 기다리고 투쟁할 만한 가치가 있는 일이라고 여전히 확신하고 있다. 딜런의 음악은 나를 살아가게 할 뿐만 아니라 그러한 기다림과 그러한 투쟁을 잘 극복해나가도록 도와주었다.

1960년대 그의 위대한 작품들에서 딜런은 소비 자본주의의 영향을 받는 삶의 딜레마를 확실하게 표명했다. 모든 것이 구매를 위한 상품으로 나타나는 세상에서 우리가 진정 우리 자신일 수 있을까. 딜런이 제기한 질문들은 여전히 우리가 풀어야 할 숙제로 남아 있다.

딜런의 1960년대 음악은 상품화되었으며, 시대에 따라 재포장되었다. 거기에 저마다의 관념적 해석이 뒤따랐다. 하지만 딜런의 노래는 관념적인 해석과 거대 자본의 상품 논리에 완전히 포획되지 않는 힘이 있다. 그 음악에는 여전히 인간해방의 정신과 복제될 수 없는 고통이 배어 있는 것이다. 그 음악에는 사회를 변화시키거나 자유로운 인간으로 그 사회에 생존하기를 바라는 사람들에게 여전히 요구하는 질문들이 있다. "여기서 빠져나갈 방법이 분명히 몇 가지는 있어!" 딜런은 그 방법을 결코 알아내지 못했을 것이다. 그렇다고 해서 그것이 그 길을 가고 있는 나머지 사람들을 도울 수 없다는 뜻은 아니다.

| 주(註) |

1) 브레히트의 〈서 푼짜리 오페라(In The Threepenny Opera)〉에서 청소부 제니는 해적선이 항구로 들어와 부자들을 때려눕히는 꿈을 꾸는데, 그 꿈속에서 해적들은 그녀에게 부자들의 삶과 죽음을 선택하게 한다. 딜런은 자서전 『연대기(Chronicles)』에서 "그건 거칠고 질 나쁜 노래이며, 그 곡에는 인간에 대한 사랑이 없다. 나는 그 노래를 분석하고는 잔뜩 흥분했다"고 적고 있다.
2) Bob Dylan interview by Cameron Crowe, notes for Bob Dylan : Biography(Columbia Records, 1985).
3) Malcolm Cowley, Exile's Return : A Literary Odyssey of the 1920s(London : Peter Smith, 1983 ; first edition, 1951).
4) Woody Guthrie, Bound for Glory(New York : Plume, 1983 ; first edition, New York : EP Dutton, 1943), pp.177 ~178.
5) Pete Seeger, as quoted on http : //www.woodyguthrie.de
6) Richard A. Reuss with Joanne C. Reuss, American Folk Music and Left-Wing Politics, 1927~ 1957(London : Scarecrow Press, 2000), p.210.
7) Alan Lomax, Selected Writings 1934~1997, ed. Ronald D. Cohen(New York : Routledge, 2003), p.57.
8) Ibid., p.253.

9) “A Booklet of Essays”, p.59.

10) 비트족 역시 1차 세계대전 이전의 미국, 특히 그리니치빌리지의 구석구석에 흘러넘치던 민중의 정신을 떠올리게 만들었다. 그리니치빌리지는 오랜 시간 동안 다양한 좌익 전통의 요람이자, 반스탈린주의자의 안식처로 자리잡았다. 2차 세계대전 시기는 공산당과 연결된 인민전선 예술가에게는 전성기였지만 평화주의자와 무정부주의자, 트로츠키파에게는 침체기였다. 그러나 1950년대 스탈린주의에 위기가 닥치자 좌파에 다른 경향이 들어서면서 공백이 생겼다. 폴 굿맨, 케네스 렉스로스(Kenneth Rexroth), 데이브 델린저(Dave Dellinger) 등의 무정부 · 평화주의자와 문화비평가들은 선택된 소수 사이에서 발언할 기회를 얻기 시작했다. 1950년대 후반에 미국의 새로운 평화운동은 공산당이든 자유민주당이든 그 어느 쪽에도 구애받지 않았다. 다시 말해서, 냉전에 저항하는 이 운동이 비트계 시인의 정신과 『가톨릭 워커(Catholic Worker)』(가톨릭노동운동을 이끄는 단체와 그 기관지를 지칭함. 현재까지 활동이 이어지고 있다—옮긴이)와 같은 “기구 단체에 전염병을 퍼뜨린” 것이었다. 『가톨릭 워커』는 그리니치빌리지의 첫 세대인 도로시 데이와 급진적 평화주의자들이 발행했다. 이러한 전통에서 출발한 활동가들은 퍼시피카 라디오(Pacifica Radio)를 설립했다. 뉴욕 시 지부인 WBAI(현재는 http : //www.wbai.org에서 방송을 들을 수 있다—옮긴이)는 그리니치빌리지의 전통을 실현하는 조직 내 포럼을 준비하면서 1960년에 방송을 시작했다.

11) ‘진정성(본래성, authenticity)’이란 말은 그리스어 ‘아우토스(autos, 자기 자신—self)’와 ‘헨토스(hentos, 만들기—to make)’에서 유래한다. 일반적으로 그 말은 ‘최초’, ‘진위’라는 뜻이다. 진정성이란 개념은 조금은 불분명하지만 강력한 힘을 발휘하는 의미를 지녀왔다. 산업적 생산물이 증가하고 시장 거래가 확산되는 방대한 익명의 도시로 가득한 현대사회에서 인간은 세계를 “자기가 손수 만든 것”을 통해서가 아니라 원격으로 생산된 총

생산물과 지불 조건에 따라서만 '경험'을 할 수 있게 되었다. 따라서 현대사회에서의 진정성의 개념은 자본주의사회의 중심을 거부하고 그로부터 벗어나는 것을 뜻한다. 20세기 중반에 이르러 미국에서는 진정성에 대한 호소가 격렬하게 일어났다.

12) 존 해먼드는 흑인영가에서 스윙에 이르는 콘서트를 준비하면서 컬럼비아레코드 사의 보관실을 뒤지다가 우연히 존슨의 여러 음반을 발견했다. 존슨의 음악을 들으면서 그의 음악에 담긴 저력에 매료된 그는 존슨을 카네기홀의 동지로 맞이하려 했으나, 북부의 이 젊은 블루스맨은 어디론가 갑자기 사라지고 말았다. 해먼드는 앨런 로맥스에게 자신의 열정을 이야기하면서 함께 고심했고, 그러던 중 로맥스는 미시시피 답사를 가는 도중에 존슨을 찾아갔다. 하지만 그 비범한 청년이 묘한 사정으로 죽었다는 이야기만 그의 어머니로부터 전해 듣는다. 존슨의 작품은 20년 동안 보관실에 놓여 있다가 해먼드의 권유로 1961년에 컬럼비아레코드 사가 편집해 발표했다. 이는 양 대륙의 젊은 음악인들에게 영향을 준 거대한 사건이었다.

13) 딜런이 1962년에 『브로드사이드』에 남긴 글을 보자. "정보통인 수많은 사람들은 그 답이 어딘가에 있다고 말들 하지만 아, 나는 믿지 않는다. 그 답은 부는 바람 속에 있다, 마치 무언가가 쉼 없이 나부끼는 것처럼. 언젠가는 내려앉겠지만…… 그러나 정작 그 답이 내려앉으면 사람들은 집어 들지 못해, 보지도 알지도 못한다는 게 유일한 고민거리이다…… 그러고 나면 그 답은 다시 날아가버리고 만다…… 아주 오만한 범죄자들은 자신들이 잘못됐다는 것을 알면서도 고개를 돌리고 만다. 나는 겨우 스물한 살이지만 전쟁이 수없이 일어났다는 사실은 알고 있다…… 스물한 살이 넘은 당신들은 더 제대로 알아야 한다…… 당신들은 나이도 많고 더 지혜롭기 때문이다."

14) 하버드대학 교수인 프랜시스 차일드는 1882년과 1898년 사이에 다섯 권의 『English and Scottish Popular Ballads』를 출판했다. 그 책들이 포크송의 시초가 되었다.

15) A chat with Martin Carthy by Matthew Zuckerman, in Isis : A Bob Dylan Anthology, ed. Derek Barker(London : Helter Skelter, 2001), pp.55~62. For Dylan in London 1962~1963, see also Derek Barker, "One Time in London", in Isis, pp.49~54 ; Heylin, pp.105~111.
16) Ewan MacColl, "Contemporary Song", in Sing Out!(September 1965) ; Bob Dylan : The Early Years, a Retrospective, ed. Craig McGregor(New York : Da Capo Press, 1990), pp.91~92.
17) Martin Luther King, Jr., "Letter from a Birmingham City Jail", in A Testament of Hope, Essential Writings of Martin Luther King Jr., ed. James M. Washington(San Francisco. HarperCollins, 1991), p.293.
18) 메드거 에버스를 살해한 바이런 드 라 벡위스(Byron de la Beckwith)는 부유하고 훌륭한 집안 출신이었다. 1960년대 중반에 백인 배심원 두 사람은 그를 무죄로 석방시켰다. 1994년 2월에서야, 그는 유죄 판결을 받고 73살에 종신형을 선고받는다.
19) Nat Hentoff, "The Crackin', Shakin', Breakin' Sounds", in McGregor, pp.47~59.
20) Irwin Silber, "An Open Letter to Bob Dylan", Sing Out!(November 1964) ; McGregor, pp.66~70 ; Benson, pp.26~29.
21) 1968년에 실버는 딜런을 재고했다. "딜런은 우리가 아니라 미국을 재건할 과업에 적당치 못한 구식적 가치를 버렸던 것이다. 딜런은 우리의 지도자가 아니라 우리의 시인이다."
22) For Ginsberg in Prague see Barry Miles, Ginsberg : A Biography(London : Viking, 1990), pp.353~368 ; "Big Beat", Ginsberg, Poems, p.349.
23) 1968년 '프라하의 봄'의 정신에 고취된 대중들이 목격한 이 에피소드는 자못 의미심장하다. 그것은 로큰롤과 비트시가 혁명과 조

우한 사례로 기억될 만하다.

24) "Kral Majales", Ginsberg, Poems, p.353.

25) Michael Horovitz, "Afterwords", in Children of Albion : Poetry of the "Underground" in Britain, ed. Michael Horovitz(London : Penguin, 1968).

26) Dylan interview by Nora Ephron and Susan Edmiston, in McGregor, pp.89~90.

27) Biograph notes.

28) 이 노래의 정치적 활기는 지속된다. 1980년대 초반 영국에서는 마가렛 대처의 신자유주의에 저항하기 위한 노래가 만들어졌는데, 만화가 스티브 벨이 장기간 그려온 『안티-토리당 풍자문(anti-Tory lampoon)』에 이 노래 제목을 붙였던 것이다.

29) Theodor Adorno, The Culture Industry : Selected Essays on Mass Culture, ed. J. M. Bernstein(London : Routledge Classic, 2001), p.32, 37, 40, 46~47, 52, 53, 55.

30) Ibid., p.55.

31) Miles, pp.378~381 ; James Miller, Flowers in the Dustbin : The Rise of Rock and Roll, 1947~1977(New York : Fireside/Simon & Schuster, 1999), pp.235~241.

32) 이 노래 제목은 랭보의 시 「나의 방랑」에서 유래했을 가능성이 있다. 그 시의 두번째 연을 보자.

"내 단벌 바지에 큰 구멍이 뚫렸네. 꿈꾸는 방랑자여, 내 가는 길에 운율을 다오. 내 숙소는 큰곰자리 간판 아래 있었네. 하늘의 내 별들은 상냥하게 바스락거리고 있었네."

33) 로비 로버트슨, 릭 단코, 리처드 마누엘, 그리고 가스 허드슨은 딜런과 함께 순회공연을 했다. 드러머인 레본 헬름은 고국에 남아 있었다. 그의 자리는 미키 존스(Mickey Jones)가 대신 맡았다.

34) 딜런이 언뜻 깨달았듯이 미국이란 선택적 구성체이다. 그러므로 결국 다른 국민국가들처럼 미국이란 나라는 최소한의 공통분모보다는 오히려 그 구성요소들에서 빚어지는 갈등과 상호작용에

의해서 정의된다. 이들의 노래 대부분이 할리우드나 로큰롤보다는 이국적인 집단의 포크 예술과 훨씬 더 가깝다는 사실은 큰 의미가 없다. 덕 보그스(Dock Boggs)가 사용한 형식상의 음계를 켈트어(인도 유럽 어족의 한 어파로서 아일랜드, 스코틀랜드 게일어, 웨일즈, 브리튼의 여러 언어를 포함—옮긴이)나 중동 또는 남아시아 음악에서도 들을 수 있다는 건 무엇을 말하는가. 앨런 로맥스가 1950년대에 언급했듯이, 그때 그는 시실리안 농부에 대해 현장 녹음을 했는데, 민요(포크)는 전 지구적 현상이며, 그러한 민요 예술은 대체로 서구의 상업적인 대중음악을 지배하는 화성법 밖에 있었다.

35) 그 홍수와 관련하여 딜런이 익히 알고 있던 노래들이 만들어졌다. 베시 스미스의 〈블랙워터 블루스(Blackwater Blues)〉, 블라인드 레몬 제퍼슨의 〈라이징 하이 워터 블루스(Rising High Water Blues)〉, 찰리 패튼의 〈하이 워터 에브리워어(High Water Everywhere)〉가 그것이다. 이 세 곡에서 가수들은 자연의 위력에 맞서다 무너져버린 이들을 노래한다. 선배 가객들처럼 집단적 비극을 다룬 〈홍수에 휩쓸려〉는 불어나는 물에서 도망을 치도록 권유하는 것이 바람직한가, 공정한가를 두고 논쟁하고 있는 무명의 개인들을 초점화한다.

36) 〈풀려나고 싶어〉는 버밍엄과 길포드에서 죄 없는 동료를 석방하자는 캠페인에 사용되었으며, 1980년대에 영국의 오심재판의 희생자가 된 사람들을 위해서도 사용되었다.

37) 딜런과 마누엘이 《베이스먼트 테이프》에 녹음한 가사는 다르다.

이 고독한 군중 속 내가 서 있는 저쪽 너머에서
한 남자가 죄가 없다고 맹세를 하네.
자기는 누명을 쓴 거라고 울부짖으며,
고함치는 소리를 하루 종일 듣고 있네.

38) 이 모든 일들은 노련한 트로츠키주의자이자 지칠 줄 모르는 반전조직가인 프레드 할스테드(Fred Halstead)를 짜증나게 했다. "이 시기에 우리 모두에게 필요한 것은 마음속에 있는 문제를 어

떻게 하자는 충고가 아니라, 견뎌나가자는 어떤 격려였기 때문에 당시에 나는 무척 화가 났다. 그러한 시도는 이미 다양한 형태로 지나치게 많았다."

39) 2002년 후반에 이라크 전쟁이 발발했을 때 오노 요코는 '전쟁은 끝난다, 여러분들이 바란다면'이라는 메시지를 상업광고에 가득 실었다. 1969년 레논과 요코의 평화로웠던 침실은 긴즈버그의 예언적 정치관에 많은 은혜를 입었다. 그러나 레논과 긴즈버그의 관계는 딜런과 긴즈버그보다 훨씬 더 편치 않았다.

40) 앨범 표지에 담긴 딜런 옆에 서 있는 두 남자는 우드스톡에서 앨버트 그로스먼을 찾아와서 딜런과 더 밴드와 함께 연주했던 벵골 음악인들이었다. 여기서 설명이 없는 한 인물은 비영어권 음악 전통과 관련하여 딜런이 작품 속에서 아주 드물게 언급을 한 사람이다.

41) 처음에 딜런은 기타와 오르간을 곁들여 사운드를 풍부하게 하려고 했다. 그러나 로비 로버트슨이 그 시도를 단념하도록 권했기 때문에 유난히 꾸밈이 없는 사운드를 세상에 내보내게 되었던 것이다. 게다가 타이틀곡의 가사를 미완성으로 내버려두었다. 다른 시를 쓸 예정이었는데 떠오르지가 않았던 것이다.

42) 오거스터스 오우즐리 스탠리 3세. 환각제 LSD를 개발한 화학자.

43) 1980년대 후반에 〈신이 우리와 함께 계시니(With God on Our Side)〉를 부를 때, 딜런은 새로운 가사를 붙였다.

1960년대에 베트남전쟁이 일어났다.
우리가 누구를 위해서 싸웠는지 누구 말해주실 분 있으세요?
그토록 많은 젊은이들이 죽어갔고,
그토록 많은 어머니들이 울음을 터뜨렸어.
그런데 물어볼 게 있어.
신은 우리 편이었나요?

44) 다루기 힘든 문제들을 제기하려는 깐깐한 기질은 소중히 여겨야 하지만 다루기 힘든 문제들을 묻는 사람들도 역시 복합적인 대답을 듣기 위해서는 인내심을 가져야만 했다. 더구나 그와 같은

주제가 정치와 같은 예민한 것이라면 딜런이 그 시점에서 속 시원히 대답할 리가 없었을 것이다.

45) 시위자들은 오지 않는 딜런 대신 〈바람만이 아는 대답〉를 불렀다. 그 자리에 참석해 있던 앨런 긴즈버그는 그 노래를 고스란히 들었다. "그 노래는 어린 꼬마가 맘에 들어 하는 가사일 수도 있었다. 힐튼호텔 맞은편에 있는 그랜드 파크에서 집회가 열리고 있을 때, 어느 날 오후인가 그걸 연주한 적이 있다. 그런데 그 노래는 처음부터 예언을 하고 있었다. 왜냐하면 거기 풀밭 위 바로 그 자리에 무슨 일이 일어나고 있는지 다 그려져 있었으니까. 머리를 길게 기른 이상한 어린 군중들은 결코 유령 경찰들이 휘두르는 곤봉을 두려워하지 않았다. 그때 힐튼호텔 위층 방 안에는 이 시위로 몹시 겁을 먹은 업계 대표들이 다각도로 문제를 검토하고, 당면한 현실과 진실에 대해서 강력하게 묻고 있었다. 최루탄 가스! 정말로, 그 장면이 바람 속에 불고 있었다. 경찰국가가 되어가고 있거나 아니면 아예 처음부터 경찰국가였는데 해방이라는 게 가능한 걸까?"

46) 윌리엄스는 컨트리의 아버지이자 로큰롤의 원조로 환영받음에도 불구하고 스스로를 포크 싱어라 칭했다. 자신이 긍정하는 장르는 로맥스와 딜런이 지지하는 진정성을 신조로 한 포크에 가깝다고 했다. 그는 1952년 술과 마약으로 세상을 떠나기 몇 달 전에 "포크 음악은 정직하다. 포크 음악은 날조하지 못한다. 포크 싱어가 슬픈 노래를 부른다면, 그는 슬프다. 그는 슬픔을 의미한다"라고 했다. 그것은 청년 시절의 딜런을 감동시켰던 컨트리 작품에 한한 솔직한 고백이었다.

47) 이와는 반대로, 30주년 티켓 '우드스톡 99'는 표 한 장에 180달러, TV 프로그램별 시청료가 60달러까지 치솟았다. 소비한계가 10만 달러인 우드스톡 플래티넘 신용카드도 있었다. 최첨단 보안시스템에도 불구하고 소방대원들은 참가자들이 낸 불을 끄느라 몇 시간 동안 씨름을 했다. 스피커 시스템은 파괴되었으며, 천막은 불에 타고 트럭들은 야단법석을 떨던 사람들이 춤을 주

면서 불길을 처리하려고 가는 동안 쿵쿵 쳐대는 바람에 다 망가져버렸다. 결국은 질서를 회복하기 위해 경찰기동대가 출동해야 했다.

48) Sinclair quoted in Fred Goodman, The Mansion on the Hill : Dylan, Young, Springsteen and the Head—on Collision of Rock and Commerce(New York : Vintage, 1998), pp.284~285.

| 옮긴이의 말 |

2001년 9월 11일 미국에서 대참사가 있었던 이후, 두 명의 유명 싱어가 노래를 불렀다. 세계화의 희생자에 대해 노래하던 브루스 스프링스틴은 《봉기》로써 미국인이 단결해야 할 때임을 노래했고, 예술가에게 극도의 정직성을 요구하던 스티브 얼은 《예루살렘》으로 미국이 처한 시대적 국면을 냉철하게 응시했다. 스프링스틴은 온 국민의 사랑을 한 몸에 받는 한편, 얼은 반역자라는 낙인이 찍혔다. 그러나 이 시기까지도 이 두 싱어의 노래에는 젊은 날의 밥 딜런의 페르소나인 우디 거스리의 정신이 면면히 흐르고 있었다.

우디 거스리는 '미국 급진주의자들의 좌파적인 꿈을 충족시키고, 마르크스주의자의 정치관을 민중의 언어로 표현하며' 오랜 세월 미국 포크 음악의 정신적 지주로서 역할을 해왔다.

1941년 5월 24일생인 밥 딜런(본명, 로버트 알렌 짐머맨)은 고향 미네소타 주 히빙에서 십대를 보냈다. 우디 거스리를 전심으로 받아들이고, 웨일즈의 방랑 시인 딜런 토마스를 흠모하여 예명이긴 하지만 자신의 성을 딜런으로 바꾸어버렸다. 밥 딜런이 성인으로서 막 사회에 발을 내딛으며 온갖 분야의 보헤미안들이 모인 그리니치빌리지에 도착했던 시기가 바로 1960년대 초였다.

1960년대는 철학과 문학, 그리고 제반 사회과학적 근대적 신념들이 유럽을 위시하여 전 세계에서 도전받고 있던 때였다. 미국도 예외가 아니었다. 흑인운동이 폭발하고 베트남전쟁에 저항하는 등 미국의 민주화 운동이 들불처럼 번져가고 있었다. 그 중심에 이십대의 젊은 밥 딜런이 반체제적 사유와 언어를 멜로디로 표현하는 싱어로서 신화적 존재로 우뚝 서 있었다. 이 책의 저자는 딜런의 그 수많은 노래들을 붙잡고 늘어지면서 시대적 징후를 탐색하고 분석한다. 저자가 밝히고 있듯이 "1960년대의 미국에서 젊음이란 시시때때로 불안하고, 두렵고, 끝없는 도전에 놓여 있다는 의미"였고 "축복이자 저주"였다. 우리에게도 낯설지 않은 말이다. 멀리는 해방 이후부터, 가깝게는 1970년대에서 1990년대에 이르기까지 젊은이로서 도전하고 응전해왔던 그 역사적 순간들. 한때 젊은이였던 이들 중에는 검열의 시대에는 너무도 분명했던 명분과 대의를 떠올리면서 그것이 아스라히 지나간 첫사랑이었는지 정념과 열정에 찬 사랑이었는지조차 헷갈리는 이도 있을 것이다. 그래서 때로는 딜런이 웅얼거리듯이 노래하는 것처럼 불쑥불쑥 치솟는 그 아픈 기억을 우물거리며 달래려 하거나 물거품처럼 사라진 듯한 그 시대의 대의에 전념했던 이유를 더는 돌아보지 않으려고 할 수도 있을 것이다. 그러나 이 책의 저자는 밥 딜런을 지렛대로 삼아 시대적 발언과 사회 애국적 표현 등이 함축된 수많은 싱어들의 노래를 들춰내가며 그 해묵은 물음을 끈덕지게 파헤치고 있다.

우디 거스리를 이어 저항의 상징이던 포크를 접고 딜런이 '개인'으로 돌아서는 결정적인 순간은 1965년 뉴포트에서 열린 포크 페스티벌이 있은 이후이다. 그날 그는 백 밴드를 이끌고 전기기타를 울리기 시작했다. 포크주의자들은 질색하며 경악했다. 대표적인 예로 오스카 브랜드는 "전기기타는 자본주의를 대표한다"고 말했다. 마찬가지로 뉴포트에 모인 군중과 포크 지지자들은 과학기술로 만들어지는 스튜디오 음악을 가짜로 여겼다. 벌통을 쑤신 듯한 뉴포트 공연 이후 밥 딜런은 저항음악의 기수이자 선구자의 자리를 박차고 나가 포크에서 로큰롤로 자리를 바꾸어 앉았다. 여기서부터 밥 딜런은 개인주의자로서 활동하며 운동과 금을 그어버린다.

저자는 딜런이 중도하차한 민주화의 노정 안팎에서 만든 곡을 정교하고 세밀하게 살피면서 때로는 기쁨을, 때로는 분노를 터뜨리고, 때로는 좌절하면서 딜런에 대하여 깊은 애증을 거침없이 드러내고 있다. 그리하여 구슬을 꿰듯 딜런의 노래에 천착한 과정을 유감없이 써내려가고 있다.

딜런은 미발표곡인 수많은 노래와 특히 성서의 아브라함과 이삭을 다룬 〈사악한 메신저〉를 통해서 소비 자본주의하에 살면서 무엇이건 상품화해버리는 미디어 올무에 갇혀 있는 우리 자신이 과연 진정한 우리 자신인가에 대해서 집요하게 묻고 있다. 이 책의 저자는 결론 내린다. '참상이 벌어지고 있는 사회에서는 증인이 곧 공범자라는 그의 통찰력은 여전히 소중하고 유효하다'고.

앞에서도 잠깐 언급했듯이, 책을 번역하면서 새삼 1960년대라는 세계사적 전환기를 생각하지 않을 수 없었다. 선발 제국주의의 뒤를 이은 후발 제국주의는 인종과 민족의 순혈주의 등을 내세워 자민족을 통합하며 파시즘을 키웠고 선발 제국주의와 맞붙었다. 아우슈비츠의 끔찍한 악몽을 남긴 뒤 세계는 동서로 분할되고 냉전의 시기에 접어들었다.

자유주의와 사회주의 진영으로 나뉘어 이념의 각축장이 된 세계는 비로소 1960년대에 이르러 회의와 도전에 직면하게 되었고, 그것이 1968년의 파리혁명, 프라하의 봄, 동경의 전공투로 이어진다. 이와 같은 이념적 사회체제에 대한 전방위적인 저항과 소요의 중심에 밥 딜런이 있었다. 여기에 밥 딜런이 단지 좁은 의미의 반전 가수로 규정되어서는 안 되는 이유가 있을지도 모른다.

청중은 그가 영원한 영웅 혹은 신화적 존재로 남길 원했을 것이다. 그는 보란 듯이 그 틈새를 빠져나가며 청중의 기대를 배반한다. 청중 혹은 군중이 언제나 정의는 아니기 때문이다. 군중은 이념에 의해, 지도자에 의해 언제든 파쇼로 돌변할 수 있다는 것을 멀지 않은 전사前史에서 보아오지 않았던가. 히틀러도 무솔리니도 한때는 군중의 영웅이요 신화였었다는 사실을 딜런은 '바람 속의 나부낌Blowing in the wind'이라고 노래했다.

그 많은 전쟁의 역사란, 개개인이 각각의 다양하고 다면적이며 변화무쌍한 주체임을 애써 외면하고 자신을 선과 정의와 도덕적인 주체라고만 강변하고 주장하는 행위로부터 비롯되었다는 것을 제대로 간파한 사람은 그다지 많지 않을 것이다.

오늘 밥 딜런을 읽는 이유는 무엇일까. 그리고 저자인 마이크 마퀴스는 어찌하여 그토록 딜런을 애증의 눈으로 집요하게 파고들며 혼란스러워 했던 걸까. 그것은 어쩌면, 시대의 가객 밥 딜런에게서, 지금까지 없었던 역사와 세계에 대한 새로운 반성의 모델을 발견할 수 있다는 희망 때문이 아니었을까.

오랜 시간 붙잡고 있었던 이 책을 출판하느라 애를 써주신 실천문학 관계자 여러분께 진심으로 감사드린다.

2008년 초하, 김백리

지은이 **마이크 마퀴스** (Mike Marqusee)
정치학과 대중문화에 관한 선구적인 책을 여러 권 펴낸 저술가로서 광범위한 시사적 · 역사적 주제에 관한 글을 써서 미국, 영국, 남아시아 등지에서 출판했다. 그 가운데 『속죄의 노래(Redemption Song)』, 『총성 없는 전쟁(War Minus the Shooting)』 등이 유명하다. 미국에서 태어나 자랐으며 1970년대 이래 런던에서 살고 있다.

옮긴이 **김백리**
『펼쳐보는 이슬람』, 『흑백수배』, 『시몬느 베이유』, 『대공황』, 『사랑, 언제나 목마르다』, 『명상동화 시리즈 4권』, 『어린 왕자를 찾아 떠나는 여행』 등을 번역했다. 1993년 중편소설 「갇힌 자의 순례」로 소설을 쓰기 시작, 1995년 장편소설 『이성이 잠들면 요괴가 눈뜬다』, 1997년 장편소설 『첫길』을 출간했다.

역사인물찾기 25
밥 딜런 평전

2008년 7월 1일 초판 1쇄 펴냄
2016년 10월 25일 초판 2쇄 펴냄

지은이 | 마이크 마퀴스
옮긴이 | 김백리
펴낸이 | 윤한룡
편집 | 김현, 박혜영, 최지인
디자인 | 이지윤
관리 · 영업 | 김선화, 김일영

펴낸곳 | (주)실천문학
등록 | 10-1221호(1995.10.26.)
주소 | 서울시 성북구 보문로 82-3 801호(보문동 4가, 통광빌딩)
전화 | 322-2161~5　팩스 | 322-2166
홈페이지 | www.silcheon.com

ISBN 978-89-392-0598-7 03840